Martina Adler

Zweifellos Du!
Die Entscheidung

AF139457

Impressum

Copyright © by Martina Adler
Zweifellos DU! Die Entscheidung, 1. Auflage 2023
ISBN: 9783754688724, veröffentlicht über Tolino Media

Herausgeberin:
Martina Adler, c/o autorenglück.de
Franz-Mehring-Str.15,
01237 Dresden
autorin.martina.adler@gmail.com
www.martinaadler.de

Lektorat: Robien Schmidt-Jansen – rubin-lektorat.de
Korrektorat: ArtKorrekt, Lektorat / Korrektorat Swen Artmann (Billerbeck): www.swen-artmann.de
Cover- und Umschlaggestaltung: Laura Newman – design.lauranewman.de
Buchsatz: Mary Kuniz – www.marykuniz.de/herzblut-buchsatz

Herstellung und Druck über tolino media GmbH & Co. KG,
Albrechtstr. 14, 80636 München. Printed in Germany.
Fragen zu Produktsicherheit an: gpsr@tolino.media.

Martina Adler

Zweifellos DU!

Die Entscheidung

Für Louis
Hör nie auf zu träumen!

„Wunder erleben nur diejenigen,
die an Wunder glauben. "
Erich Kästner

Vorwort

Ich sitze im Flugzeug, Tränen laufen mir die Wangen runter, und ich schieße schnell ein Selfie von mir, um es nach der Landung Martina zu schicken.

In meiner Hand ihr wundervolles Buch „Zweifellos Du!", das ich gerade ausgelesen habe.

Absolut erfüllt und gleichzeitig traurig, so geht es mir immer nach der letzten Seite eines richtig guten Buches.

Es sind Geschichten, von denen man sich wünscht, dass sie nicht zu rasch zu Ende gehen. Ich wollte den Moment einfangen, um ihr zu zeigen, wie sehr mich die Geschichte rund um Luisa berührt hat.

Und du wundervoller Mensch, der du gerade dieses Buch in den Händen hältst und anfängst zu lesen – du kannst dich auf eine zauberhafte Lesezeit freuen.

Martina hat es nämlich geschafft, die großen Themen der persönlichen Weiterentwicklung in einen liebevollen Roman zu packen. Und das mit einer guten Portion Leichtigkeit und ganz viel Humor.

Und ich spoiler schon jetzt was richtig Cooles. Ich komme auch in dieser Geschichte vor. Wow, war das ein verrücktes Gefühl, plötzlich zu lesen, dass ich selbst ein Puzzleteil von Luisas Reise bin. Das liegt wohl daran, dass ich auch im echten Leben einen klitzekleinen Einfluss auf Martinas Reise zu diesem Buch hatte.

Vor etwas mehr als einem Jahr lernte ich in meiner Coaching-Ausbildung eine Frau kennen. Ja, es hat etwas gedauert bis zu unserem ersten Gespräch, denn diese Frau hatte große „Zweifel", vor allem an sich selbst.

Die Stimme in ihrem Kopf, die übrigens auch eine große Rolle in diesem Buch spielt, war auch in ihrem echten Leben immer sehr laut. Es ist die Stimme, die dir den lieben langen Tag ganz schön viel Zeug erzählt, dir mutige Pläne ausreden möchte, dich zweifeln lässt und dich erfolgreich davon abhält, daran zu glauben, dass du alles sein kannst, was du willst.

Hätte jemand der Martina vor einem Jahr erzählt, dass sie einen Weg finden wird, Freundschaft mit ihrem lauten inneren Kritiker zu schließen, anschließend ein grandioses Buch über diese wichtigen Themen schreibt und ihr Idol aus ihrer Jugend, Susan Sideropoulos, ganz plötzlich neben ihr in ihrer Ausbildung sitzt und nur einige Monate später das Vorwort ihres ersten Romans verfasst – hmm … ich glaube, sie hätte laut gelacht.

Doch all das ist wirklich passiert, weil du, Martina, „Zweifellos Du" bist und nun mutig genug, allen anderen Menschen da draußen zu zeigen, wie es geht!

Susan Sideropoulos
Schauspielerin
Fernsehmoderatorin
Autorin

Prolog

Du fehlst mir. Nein, du fehlst mir nicht. Du fehlst mir. Nei-ei-n-n!!! Du fehlst mir nicht mehr.

Du Arsch!

Ich greife in der Küchenschublade nach dem Messer mit der etwa fünfzehn Zentimeter langen Klinge. Wie eine Gejagte rase ich zurück ins Wohnzimmer. Meine dunkelbraun gefärbten Haare stehen in alle Richtungen ab. Werde ich verrückt? Nein, nicht doch. Ich bin nur schlecht gelaunt. Mit weit aufgerissenen Augen betrachte ich das Ledersofa.

Dieses Scheißsofa!

Eine Wutwelle durchströmt mich heiß und kalt zugleich, während ich den Messergriff fester umklammere. Wie bei einer Slideshow ziehen all die Abende auf diesem Sofa an mir vorbei. Erinnerungen, die nur noch in meiner Brust schmerzen.

Ich strecke den linken Arm in die Höhe und hole aus. Mit einer schnellen Bewegung steche ich in das Leder und erschrecke im ersten Moment, als ich das Loch in der Armlehne betrachte. Von klein auf lernen wir, unsere Wut zu unter-drücken. Wir wollen nicht stören, nicht auffallen. Wie dumm, denn sie löst ein wahres Glücksgefühl aus und befreit.

Ich bin in einem Rausch und sehe dabei zu, wie sich die Spitze tief im Sitzpolster vergräbt.

„Weiter, weiter", treibe ich mich selbst an. Ein Stich und noch einer. Mein tranceartiger Zustand macht Spaß, und ich werde erst aufhören, wenn dieses Scheißsofa nicht mehr existiert. Erneut versinkt die Klinge im Leder. Voller Genug-tuung drehe ich das Messer im Inneren hin und her, ziehe es heraus und steche erneut in die Wunde.

In meine Wunde!

1
Besser als gute Vorsätze: Mutige Entscheidungen

Freitag, 31. Dezember

Noch dreißig Minuten bis Mitternacht. „Die Sperrzeit dauert drei Wochen. Sie mindert Ihren Anspruch auf Arbeitslosengeld um einundzwanzig Tage." Zum wiederholten Mal lese ich das Schreiben vom Arbeitsamt. In einem Anfall aus Hoffnungslosigkeit pfeffere ich das Papier durch die Luft. Während es auf den Boden segelt, nippe ich lustlos am Sekt. Beim Zurückstellen des Glases wirft mir mein Spiegelbild auf der glänzenden Marmorplatte eine verächtliche Fratze zu. Aus meinem Zopf hängen einzelne Zotteln heraus.

„Du siehst schrecklich aus", höre ich eine Stimme in meinem Kopf.

Sie hat recht! Auch meine dunkelbraun gefärbten Haare können nicht darüber hinwegtäuschen, dass ich so fürchterlich aussehe, wie ich mich fühle.

Luftschlangen kräuseln sich von der Decke, und Kunstschnee rieselt herab.

Leider gibt es das alles nur im Fernsehen.

Einige Zuschauer stehen in der Liveshow *Silvesterboom* mit Handys und Feuerzeugen in den abgedunkelten Reihen und schunkeln langsam zu dem Schlager *Wunder gibt es immer wieder* von Katja Ebstein. Andere singen hinter ihren OP-Masken mit, die sich beim Ausatmen lustig aufblähen. Lichtkegel in allen Farben zaubern bunte Reflexe an die Wand und auf die Bühne und erzeugen mit den künstlichen Nebelschwaden eine geheimnisvolle Atmosphäre.

Wunder gibt es immer wieder, denke ich sarkastisch. Dass ich nicht lache. Aber nicht in meinem Leben.

Die selbst gestrickte Kuscheldecke von meiner verstorbenen Oma Elfi um die Beine und Füße gewickelt, gammele ich wie jeden Tag im „Heute-sieht-mich-niemand"-Outfit auf unserem Sofa. Sexy war gestern.

Ich befühle meine kleine Corona-Speckrolle, die sich am Bauch gebildet hat. Wann war ich eigentlich das letzte Mal joggen? Ich nehme es mir so oft vor. Leider fängt es immer genau in dem Moment an zu regnen, wenn ich gerade die Sportsachen angezogen habe. Und es kann ja nicht gesund sein, nass zu werden. Deswegen bleibe ich lieber zu Hause. Man soll schließlich den Körper nicht unnötig quälen.

Seufzend starre ich auf den Bildschirm, als Lachen, gedämpfte Musik und rhythmisches Stampfen aus der Nachbarwohnung an meine Ohren dringt. Die tanzen doch nicht etwa Polonaise?

Wunderbar! Bei meiner 70-jährigen Nachbarin ist mehr Stimmung als bei mir. Nach eineinhalb Jahren hat sie die Corona-Regeln wohl auch nur noch satt.

Ich widme meine Aufmerksamkeit wieder der Silvestershow. Sebastian Goldstein steht nun in einer der Reihen und macht dem johlenden Publikum ein Zeichen, sich hinzusetzen.

„Was für ein Song! Meine Damen und Herren, ich freue mich sehr, dass Sie heute so zahlreich erschienen sind und wir alle nach dieser langen Coronapause endlich den Jahreswechsel zusammen feiern dürfen", sagt er lachend in das Mikrofon, das an seinem Kragen befestigt ist. Seinen braunäugigen Blick lässt er über die besetzten Plätze gleiten. T-Shirt und Jeans hat er gegen einen Happy-New-Year-Look mit Anzug und Glitzerkrawatte eingetauscht.

„Ich freue mich auch sooo sehr", äffe ich ihn nach.

„Kommen wir zu meiner Lieblingsfrage", beginnt er geheimnisvoll, und alle Augen sind auf ihn gerichtet. „Sie können sich bestimmt schon denken, worum es geht."

Die Outfits der Gäste funkeln wie ein buntes Flimmermeer, so als hätten Kinder einen Pinsel geschwungen und alles mit Glitzerfarben angemalt. Pailletten, Schmuckperlen, Metallic-Look. Silvesterboom im wahrsten Sinne des Wortes. Silberne und goldene Sterne baumeln von der Decke, und Discokugeln drehen sich blinkend um die eigene Achse. Einige Gäste winken in die Kamera, andere schauen verlegen zur Seite, während Sebastian Goldstein sich nach einem geeigneten Kandidaten umschaut.

„So, da habe ich eine reizende Zuschauerin gefunden. Schönen guten Abend!"

Er streicht sich durch seine dunkelblonden Haare, die stylisch zur Seite gegelt sind. Dann hält er einer älteren Dame mit grauer Dauerwelle, die in ihrem grünen Kleid, ihrem roten Glitzerjäckchen und den großen goldenen Ohrhängern wie ein Weihnachtsbaum aussieht, einen längeren Stab, an dessen Ende das Mikrofon befestigt ist, vor die Nase.

Ich seufze, weil Corona immer noch nicht vorbei ist.

„Möchten Sie uns Ihren Namen verraten?"

„Hallo, ich bin Erika Fromm", antwortet sie verlegen.

„Und woher kommen Sie, Frau Fromm?"

„Aus Köln."

„Erika Fromm aus Köln. Schön, dass Sie heute den Weg hierher gefunden haben", sagt er grinsend in die Kamera. „Haben Sie Lust, meine Lieblingsfrage zu beantworten?"

Sie nickt nichtsahnend.

„Frau Fromm, erzählen Sie doch einmal! Was sind Ihre guten Vorsätze für das neue Jahr?"

Ich pruste los, sodass Spuckefetzen durch die Luft wirbeln. Och nö, bitte keine Vorsätze.

„Ich würde meine Tochter und meine Enkelkinder gerne häufiger sehen. Aber sie wohnen in München. Und die letzten eineinhalb Jahre waren …" Sie senkt den Kopf.

„Kompliziert", beendet der Moderator den Satz. „Das verstehe ich."

„Meine Familie ist mir so wichtig", fügt sie hinzu und faltet die Hände wie zum Gebet zusammen.

Sebastian Goldstein nickt und hört über einen Knopf im Ohr der anderen Stimme am Ende der Leitung zu.

„Wissen Sie was? Ich habe einen guten Draht zur Redaktion", sagt er und lächelt dabei verschmitzt. „Sie sind bereits ein Glückspilz, bevor das neue Jahr begonnen hat. Das ist außergewöhnlich, was mir die Regie gerade zuflüstert." Der Moderator legt eine vielversprechende Pause ein. „Wir sind heute spendabel und unterstützen Sie. Wir schenken Ihnen für ein Jahr kostenloses Bahnfahren. Na, ist das was?"

Frau Fromm hat es die Sprache verschlagen und schlägt sich die Hände vors Gesicht. Alle im Raum klatschen begeistert. Und ich bin jetzt doch gerührt.

Sebastian Goldstein schreitet weiter die Stufen im Funkelmeer empor und bleibt vor einem jungen Pärchen stehen, das am Rand sitzt. Er begrüßt beide mit der Faust und hält der Frau ebenfalls den Stab mit dem Mikrofon vor die Nase.

„Sie sehen umwerfend aus, Miss! Wow! Ihren Mann haben Sie auch gleich mitgebracht." Er macht einen anerkennenden Gesichtsausdruck. „Einen wunderschönen guten Abend, Frau und Herr …?"

„Krämer", antwortet das Ehepaar gleichzeitig.

„Herr Krämer, welche guten Vorsätze haben Sie sich für das nächste Jahr vorgenommen?"

„Gesundheit, weil unsere kleine Tochter bei ihrer Geburt sehr krank war."

„Das tut mir leid." Er macht eine Pause. „Und wie alt ist die Kleine heute, Frau Krämer?"

„Elf Monate."

„Dann feiern Sie heute ein Happy End?"

Beide nicken und Herr Krämer erwidert: „Wir wollen einfach nur unser Familienglück genießen. Mehr Vorsätze haben wir nicht."

„Was für ein großartiger Jahreswechsel. Viel Glück!"

Die beiden ziehen kurz ihre OP-Masken ab und geben sich einen Kuss. Dafür gibt es Beifall.

„Das habe ich jetzt nicht gesehen", sagt Sebastian Goldstein schmunzelnd. Ich fühle ein Ziehen im Bauch. Bilder an die schreckliche Nacht im letzten Februar, als ich mein Baby verloren habe, blitzen auf. Ich schalte den Fernseher auf stumm, weil sich alles in mir zusammenzieht. Ich habe das dringende Bedürfnis nach mehr Alkohol.

Noch zwanzig Minuten bis Mitternacht. Ich habe auf einen anderen Abschluss in diesem Jahr gehofft. Jetzt sitze ich hier auf dem Sofa und langweile mich. Tristan ist bei seinem Freund, um ihn wegen seines Liebeskummers zu trösten. Und ich? Warum habe ich mich vor der Pandemie nie um eine Party an Silvester gekümmert? Mit Freunden, Spaß, einem gigantischen Büfett, Konfetti und Wunderkerzen. Dann würde ich nicht zum zweiten Mal am Silvesterabend sinnlos zu Hause hocken.

Ich schnappe mir das Handy vom flachen Wohnzimmertisch und lese die eingehenden Nachrichten. Alle schießen noch schnell Grüße durchs Netz.

Guten Rutsch, Glück, Gesundheit! Auf dass dieses Jahr so wird wie vor Corona. Happy new year!

Glück, Glück, Glück! Jeder redet von Glück. Was ist das eigentlich, dieses verdammte Glück? Ich raufe mir die Haare und unterdrücke die Übelkeit, weil ich an Mitternacht denke.

In einem Zug leere ich mein Glas und springe von WhatsApp auf Facebook. Es wird zum Jahreswechsel wie wild um die Wette fotografiert und in den Storys gepostet. Pling: Schau mal, mein tolles Leben! Pling: Und hier mein Baby! Pling: Nadine und ihr Mann vorm geschmückten Weihnachtsbaum. Natürlich mit Pumps und Anzug. Pling: Nadine und ihr Mann am festlich gedeckten Tisch. Pling: Nadine und ihr Mann kuscheln gemütlich vorm Kamin und strahlen mit ihren Erdbeerpunschgetränken um die Wette. Pling: X und Y sind happy. W und Z sowieso. Alle sind happy, happy, happy …

Und wir haben noch nicht einmal einen Weihnachtsbaum, weil Tristan Angst hat, die Nadeln könnten den teuren Marmorboden zerkratzen. Wie schön waren die Aufenthalte in den Hotels zur Weihnachtszeit mit meiner Flugcrew gewesen. Alles hübsch dekoriert, um die Gäste auf die Feiertage einzustimmen.

Ich habe eine Weile gebraucht, die Tatsache zu akzeptieren, dass ich als Stewardess von den Inzidenzen abhängig bin. Mal durfte ich fliegen, dann wieder nicht. Schließlich wurde mir gekündigt.

Am liebsten würde ich offline gehen, weil ich meine Ruhe brauche. Aber die Angst, etwas zu verpassen, ist größer. Also klicke ich mich durch die Instagram-Storys und scrolle durch unendlich viele Posts. Hier und da verschicke ich ein Herzchen oder ein Smiley, obwohl ich den Text noch nicht einmal gelesen habe und die Personen nicht kenne. Wenn mich niemand mehr im echten Leben sieht, dann vielleicht hier.

Ich like ein Ultraschallbild bei der einen, den dicken Babybauch einer anderen. Ahhh, … ist ja gut! Hier hast du auch noch ein Like für dein Baby unterm Tannenbaum. Ich bin nicht wirklich bei der Sache, doch ich klicke weiter. Das ändert sich schlagartig, als ich den Fernseher laut schalte.

„Hast du verlernt, auf dein Herz, auf dein Bauchgefühl, deine Intuition zu hören?", liest Sebastian Goldstein mit einer angenehmen, tiefen Stimme von einem Blatt ab.

Zum ersten Mal nach langer Zeit lösen Worte etwas in mir aus, und ich richte meinen Oberkörper auf.

„Oft fühlst du, wenn dich eine Situation, eine Freundschaft oder eine Beziehung nicht mehr glücklich machen. Dein Herz, oder wie auch immer du diese innere, sanfte und weiche Stimme nennen möchtest, ruft in dir dieses Gefühl hervor. Doch du gestehst es dir nicht ein, weil du verlernt hast, dein Herz wahrzunehmen." Der Moderator schaut in die Kamera und macht eine kleine Pause, bevor er mit dem Vorlesen fortfährt. „Warum ist das so?"

Ich rutsche unruhig auf dem Sofa hin und her.

„Die Gesellschaft, die Familie, Freunde und Arbeitskollegen, dein gesamtes soziales Umfeld, aber auch Erfahrungen haben dich eventuell in eine Richtung getrieben, in die du in deinem tiefsten Inneren gar nicht wolltest."

Gebannt starre ich auf die Lippen von Sebastian Goldstein, der abwechselnd in die Kamera und auf das Blatt in seinen Händen schaut.

„Eigentlich soll alles so bleiben, wie es ist. Ganz besonders dein innerer Kritiker, diese kritische, nörgelnde Stimme in dir, möchte keine Veränderung. Etwas Neues wagen? Nein danke! Viel zu anstrengend, ein zu hohes Risiko. Aber die aktuelle Coronapandemie schreit förmlich nach Veränderung. Je länger sie dauert, desto nachhaltiger rüttelt sie an den Grundfesten des Alltags und stellt vieles in Frage. Solch radikale Veränderungen erleben zahlreiche Menschen als Sinnkrise."

Verwirrt schüttele ich den Kopf. Ist das wirklich eine Silvestershow? Oder nicht vielmehr eine Lebensberatung? Mit zittrigen Händen nehme ich einen weiteren Schluck Sekt, weil die Worte ein heftiges Kribbeln in mir hervorrufen.

„Du hast zwei Stimmen in dir: zum einen die Stimme deines Herzens. Sie ist intuitiv, unterbewusst und sanft. Und zum anderen die Stimme deines inneren Kritikers. Sie ist vernünftig, logisch und oft sehr laut. Diese beiden Stimmen befinden sich im ständigen Kampf miteinander."

Ich habe zwei Stimmen in mir? Warum höre ich nicht die andere, die sanfte?

„Wenn du kein richtiges Glück mehr empfinden kannst, liegt es höchstwahrscheinlich daran, dass du deinem inneren Kritiker zu viel Macht über dich gegeben hast. Er hat es geschafft, den Weg deines Herzens mit dicken Steinen zu versperren und deine Träume zu vergraben. Er ist geschickt darin, Zweifel in Gedanken zu säen. Aber dein Herz möchte gehört werden, ansonsten wird es immer schwächer. Und du ebenfalls. Vielleicht wirst du krank und verlierst die Lebensfreude." Der Moderator hebt den Kopf und schaut in die Kamera.

Schaut er mich etwa an? Wie gruselig.

„Hast du Lust, im nächsten Jahr glücklich zu werden?", fragt er.

Glücklich werden? Wie soll das bitte schön in diesen seltsamen Zeiten funktionieren? Glück, Glück, Glück! Immer höre ich nur das Wort Glück.

„Dann gib dir einen Ruck, und mach bei unserem Gewinnspiel mit."

Gewinnspiel? Das ist nichts für mich, weil ich sowieso nie gewinne.

„Zweifelst du etwa schon wieder?" Der Moderator macht eine Sprechpause. „Was hast du zu verlieren?" Er schaut auf den unteren Rand des Blattes. Dorthin, wo sich normalerweise die Unterschrift befindet. Dann streicht er sich durch seinen blonden Dreitagebart und kratzt sich am Kinn. „Also, dieser Brief kommt von … äh … da steht: Der wichtigste Mensch in deinem Leben, der für dich lächelt, wenn du weinst."

Ich stutze. Komischer Absender. Ob der Brief von einer Frau kommt? Oder einem Mann?

Einen Moment glaube ich, ebenfalls eine Irritation im Blick von Sebastian Goldstein zu erkennen. Jedoch fasst er sich schnell.

„Machen Sie beim Silvesterspiel mit, und schreiben Sie an die unten eingeblendete Nummer Ihren Vorsatz für das neue Jahr. Vergessen Sie dabei nicht, Ihre E-Mail-Adresse und Postanschrift anzugeben."

„Bla, bla, bla …!"‘, antworte ich laut. Und wenn man keine Vorsätze hat? Bye, bye gutes neues Jahr! Alles geht so weiter wie bisher. Auf Wiedersehen, Glück. Hallo, Vorsatzloser.

„Hören Sie auf diesen wichtigen Menschen in Ihrem Leben. Seien Sie ein Glückspilz. Gewinnen Sie etwas Großartiges, das Sie verändern wird."‘

Die Kamera zoomt weg, und ich kann das zufriedene Gesicht von Sebastian Goldstein erkennen. Ich schalte leiser, weil Werbung eingeblendet wird.

Noch fünfzehn Minuten bis Mitternacht. Mitmachen? Ja. Nein. Ja. Nein. Ich frage besser mal Tristan um Rat. Sofort huschen meine Finger über das Display und wählen seine Nummer.

Ich warte.

Leider geht nur die Mailbox dran, und ich bin traurig, weil er sein Handy schon wieder ausgeschaltet hat. Aber an Silvester? Ich hinterlasse eine Nachricht, doch ein unguter Gedanke meldet sich ganz tief in mir. Ich schiebe ihn weg, bevor er greifbar wird. Dann werde ich sauer, weil ich in letzter Zeit mehr mit seiner Mailbox kommuniziert habe als mit ihm. Ich kann wirklich ein wenig Glück gebrauchen.

Seufzend nehme ich die offene Sektflasche vom Sofatisch und schaue zu, wie die perlende Flüssigkeit das Glas füllt. Ein fruchtiger Geruch steigt in meine Nase. Ich trinke einen Schluck und lasse mich gegen die Sofalehne plumpsen. Was ist mein Vorsatz?

Bevor ich anfangen kann, darüber nachzudenken, vibriert das Handy auf dem Marmortisch. Es ist eine Nachricht von meiner besten Freundin Annika.

An meine verschollene Freundin, wenn du aus deinem Winterschlaf aufgewacht bist, ruf mich an. Bin immer für dich da, weißt du ja. Öffne dein Herz, anstatt dir den Kopf zu zerbrechen. Der Rest kommt von allein. Einen guten Rutsch, dicken Kuss, Annika

Annika hat einen eingebauten Radar für meine Stimmungen. Auch wenn ich manchmal nicht so genau verstehe, was ihre weisen Sprüche bedeuten, so ist und bleibt sie die Freundin, die ich jedem wünsche. „Rufe dich morgen an. Versprochen", flüstere ich, lege das Handy zurück auf den Tisch und grübele weiter über meinen Vorsatz nach. Aber mir fällt beim besten Willen keiner ein. Stattdessen werde ich in den Strudel von negativen Gedanken gezogen, als ich das letzte Jahr Revue passieren lasse. Von der Stewardess zum Stubenhocker. Schlaflose Nächte und Weinattacken inklusive. Wo ist mein Selbstbewusstsein geblieben? Fliegen ist meine Leidenschaft, doch durch die Kündigung vor ein paar Wochen fühle ich mich wie ein Flugzeug im freien Fall. Jetzt auch noch die dreiwöchige Sperre des Arbeitslosengeldes. Mein Flugzeug ist endgültig abgestürzt, und ich kann nie wieder abheben. Warum habe ich die Schreiben vom Arbeitsamt nur so lange ignoriert?

Ich will meinen Alltag zurück. Ich habe keine Angst mehr, mich mit irgendeinem Virus anzustecken, sondern Angst vor der Zukunft.

Die einzige Struktur in meinem Leben ist und bleibt meine Lieblingsserie *Gute Zeiten, Schlechte Zeiten*. Sie gehört seit fast dreißig Jahren zum festen Bestandteil meines Wochenplans und hat mir im letzten Jahr den Arsch gerettet. Sie hat die sich wie Kaugummi hinziehenden Tage zumindest ein bisschen erhellt.

Was nehme ich mir nun für das neue Jahr vor?

Ich habe keine Ahnung und denke an all die Neujahrsvorsätze, die heute Abend überall ins Universum geschickt werden. All die unerfüllbaren Versprechen, von denen jeder insgeheim schon vorher weiß, dass sie nie eingehalten werden. Warum dann das ganze Theater?

Annika sagt immer: Glückliche Menschen haben viele Pläne und Ziele. Für sie ist die Welt bunt und quillt über vor lauter Möglichkeiten und Herausforderungen, die sie erleben möchten.

Verflucht! Was für Pläne? Und was für Ziele?

Nachdenklich nehme ich noch einen Schluck Sekt. Ich schaue auf die Uhr und bemerke, dass meine Halsschlagader wie wild pocht. Gleich ist es Mitternacht. Vorsätze, Vorsätze. Irgendetwas muss doch dran sein an diesen Vorsätzen.

Glückliche Menschen haben viele Pläne und Ziele. Ich höre immer nur das Wort glücklich. Bin ich glücklich?

In einem Monat fliegen wir auf die Kanaren und verlassen diese deprimierende Corona-Hölle für ein paar Wochen. Sollte ich da nicht glücklich sein? Sonne, Strand und Meer. Alles wird so wie früher.

Ich stocke.

Außer das Arbeitsamt kommt dahinter. Einen Urlaubsanspruch, wie er mir in einem Beschäftigungsverhältnis zusteht, gibt es so nicht. Wenn ich verreisen möchte, muss ich das mit der Arbeitsagentur absprechen. Wer fragt, bekommt eine Antwort. Wird die Zustimmung zum Urlaub abgelehnt und ich fliege trotzdem, bekomme ich weitere Probleme. Aber ich muss hier raus! Wie soll man denn Kraft tanken und auf andere Gedanken kommen, wenn man immer nur zu Hause hockt? Und jetzt fliege ich Ende Januar tatsächlich mit Tristan in die Sonne und kann mich trotzdem nicht freuen. Das ist nicht normal. Ich bin nicht normal.

Ich fühle eine Schwere auf meinem Brustkorb, so als hätte jemand hundert Steine auf mir abgeladen. Im Juli bin ich sechsunddreißig Jahre alt geworden. Die biologische Uhr tickt! Tick, tack, tick, tack. Mein Ablaufdatum naht.

Was sind meine Vorsätze? Es kann doch nicht so schwer sein, einen Vorsatz zu finden. Nur einen, den ich auch einhalte.

Bevor ich mich dazu entschieden habe, als Stewardess die Welt zu entdecken, habe ich als Lehrerin gearbeitet. Ich runzle die Stirn, weil mir meine ehemalige Kollegin Frau Schulze einfällt. Lange hat sie auf ihren Freund Rücksicht genommen, der erst seine Karriere voranbringen wollte, und ehe sie sich's versah, war sie vierzig, unverheiratet, kinderlos und er hatte mit seiner Affäre ein Kind bekommen.

Ich schließe die Augen. Mein rasendes Herz rauscht in den Ohren, und ich atme schnell und unkontrolliert. Wie kann ich zur Ruhe kommen?

Annika sagt immer: Alles hängt allein mit der Atmung zusammen.

Ich habe mir ehrlicherweise noch nie Zeit dafür genommen. Aber vielleicht hilft es ja. Also konzentriere ich mich ein paar Minuten auf den Rhythmus des Ein- und Ausatmens. Ich bin verblüfft, weil sich mein Puls beruhigt. Ich spüre die zunehmende Wärme und Entspannung durch meinen Körper fließen und atme auch dann langsam weiter, als ich mich selbst in einem dunklen Raum zusammengekauert auf dem Boden sitzen sehe. Ich fühle die Sinnlosigkeit meines Lebens und spüre, dass die anderen immer glücklicher sind. Ich atme weiter langsam ein und aus und sinke tiefer und tiefer in die Entspannung hinein, bis ich noch nicht einmal mehr das Brummen des Kühlschranks höre. Die mich umgebende Stille ist kraftvoll.

Da leuchtet in der Dunkelheit eine blaue Tür auf. Ein helles Licht scheint durch einen Spalt hindurch und zieht mich magisch an. Ohne groß darüber nachzudenken, stehe ich auf, folge dem Licht und öffne die Tür. Ich fühle mich leicht wie der Sommerwind auf meiner Haut und weiß genau, was ich will. An der Türschwelle halte ich inne.

Wo bin ich hier? Träume ich?

Die Sonne begrüßt mich mit ihren schönsten Strahlen, und ich spüre die Wärme. Bunte Schmetterlinge flattern mir entgegen, und während hinter mir alles grau und düster ist, liegt vor mir eine Landschaft in den sattesten Farben: Grüne Wiesen, auf denen Blumen strahlen und sich sanft hin- und herbewegen. Sonnenblumen, die ihre Köpfe in Richtung Helligkeit strecken und nur darauf warten, dass man es ihnen nachmacht.

Wenn das hier ein Traum ist, bitte, bitte, hör nicht auf!

Kleine Flüsschen plätschern am Wegesrand, Bienen summen in der Luft, und Vögel zwitschern ihre schönsten Lieder.

Der Duft nach frisch gemähten Wiesen und Lavendel steigt mir in die Nase. Ich atme den herrlichen Blumenduft tief ein und lasse die Harmonie des Ortes auf mich wirken. Staunend entdecke ich in der Ferne mein Traumhaus im provenzalischen Stil. Hellgelbe Fassade, dunkelblaue Fensterläden und Türen, umringt von Lavendel- und Sonnenblumenfeldern, mit einem atemberaubenden Blick auf eine Gebirgskette. Bergdörfer im Sonnenaufgang, ein Fest an Licht und Farben.

Wo bin ich hier? Es ist alles so unendlich friedlich. Diese Landschaft strahlt eine solche Ruhe und Leichtigkeit aus, dass mir die Tränen in die Augen schießen. Ich habe noch nie einen so schönen Ort gesehen und spüre tiefe Dankbarkeit und Liebe. Seit langer Zeit macht sich wieder einmal dieses flatterige, aufgeregte Gefühl in der Magengegend bemerkbar, und ich fühle mich ganz leicht, so wie angekommen. Freudentränen bahnen sich ihren Weg über meine Wangen, und ich weine so lange, bis keine Träne mehr übrig ist. Eine fast angenehme Leere breitet sich in mir aus. Ich will nicht zurück in die Dunkelheit.

Noch zehn Minuten bis Mitternacht. Langsam öffne ich die Augen, blicke auf und greife nach der Sektflasche, um meine erhitzten Wangen mit dem Glas zu kühlen. Ich schaue auf die Wanduhr über dem Fernseher und bin verwundert. Es sind nur fünf Minuten vergangen.

Annika rät immer: Nur ein paar Minuten positives Denken täglich können das ganze Leben verändern. Positive Gedanken ziehen ein positives Leben nach sich und führen dich an wundervolle Orte, von denen du gar nicht wusstest, dass sie existieren.

Ich habe ihr das nie geglaubt. Was, wenn da was dran ist?

Doch in der nächsten Minute kommt ein Gefühl auf, das mir meine gerade erst gewonnene Leichtigkeit nimmt. Es ist die Wut. Die Wut darüber, an diesem Punkt in meinem Leben angekommen zu sein. Ich habe zugelassen, dass die Ohnmacht von mir Besitz ergreift. Ich will das alles nicht mehr.

Ich will mich nie wieder so elend fühlen. Ich kann nicht mehr. Ich weiß zwar noch nicht, wie es weitergehen soll, aber es muss eine Möglichkeit geben, endlich glücklich zu werden und diesen sich ständig wiederholenden Dramen ein Ende zu bereiten. Du hast zwei Stimmen in dir, fallen mir die Worte aus der Silvestershow ein.

Heute soll die Stimme meines Herzens gewinnen.

Jaaaa! Ich nehme am Gewinnspiel teil. Was soll schon passieren?

Mein Kopf glüht, was bestimmt auch am Sekt liegt. Ich springe auf und hole aus dem Sekretär, der vor dem Panoramafenster thront, einen kleinen Notizblock und einen Kugelschreiber heraus. Ich mache es mir im Schneidersitz auf dem Sofa bequem und notiere ein paar Stichpunkte. Kurz stocke ich, doch dann purzeln die Worte nur so aus mir heraus. Wie lange habe ich mich gegen das Schreiben gewehrt? Aber in diesem Moment fühlt es sich richtig an. Es kribbelt überall in meinem Inneren, als würde eine Armee von Ameisen im Rhythmus meines bebenden Herzens Salsa tanzen. Ich hebe den Kopf und schaue auf den Bildschirm. Sechzig Sekunden bis zur Fortsetzung der Show. Meine Pulsschlagader pocht. Aufgeregt tippe ich die Worte ins Handy, gebe E-Mail-Adresse und Postanschrift an und drücke auf Senden.

Verrückt!

Ich schlage wie ein Kleinkind die Hände vors Gesicht, als hätte ich etwas Verbotenes angestellt. Aber ich spüre, dass eine einmalige Chance zum Greifen nahe ist und etwas Großes auf mich wartet.

Die Anspannung lässt nach, und ich schalte den Fernseher lauter. Die Show startet mit begeistertem Applaus.

„Herzlich willkommen zurück beim Silvesterboom, liebe Zuschauer. Liebe Promis, nehmen Sie Ihre Champagnergläser und kommen Sie für den letzten Song in diesem Jahr zu mir auf die Bühne", bittet Sebastian Goldstein die geladenen Gäste.

Das Licht im Studio wird gedimmt, und Scheinwerfer werfen viele kleine Sternenlichter an die Decke. Es sieht so aus, als hätte man einen echten Sommersternenhimmel in die Silvestershow geholt. Dann auf einmal blitzen strahlende Lichtschweife an den Wänden auf und sausen mit Raketenschub in die Tiefe. Sternschnuppen! Wunder des Himmels!

Noch fünf Minuten bis Mitternacht. Ich gieße Sekt nach und stehe ebenfalls mit dem Glas in der Hand auf, um die Terrassentür zu öffnen. Klirrend kalte Luft strömt in die offene Küche, belebt meine Sinne und macht den Kopf frei. Es wird wohl in diesem Jahr nochmals eine ruhige Silvesternacht geben, weil bereits zum zweiten Mal wegen der Pandemie ein Böllerverbot beschlossen wurde. Ich schaue in den Himmel über mir, an dem vor Corona um diese Uhrzeit schon vereinzelte Raketen zu sehen waren. Wie Sternschnuppen, denke ich, noch ganz begeistert von dem Lichtspiel im Fernsehen. Aber der Himmel über mir ist schwarz. Nur Schneeflocken glitzern im Schein der Straßenlaternen und fallen leise zur Erde. Wie sehr vermisse ich den Schwefelgeruch.

Noch vier Minuten bis Mitternacht. Wie oft habe ich mir geschworen, mich an Silvester nicht mehr von meinen Emotionen hinreißen zu lassen?
Schon beim ersten Takt des Songs läuft mir ein warmer Schauer über den Rücken, weil er mich daran erinnert, wie wir beim Abiball mit dem ganzen Jahrgang in den Festsaal einmarschiert sind. Der Song läutete damals einen Neuanfang ein. Das dachte ich zumindest. Ich war fest davon überzeugt, dass mir nach dem Abi die Welt zu Füßen liegen würde.
Die Band singt:

> *… It's the final countdown,*
> *the final countdown,*
> *the final countdown …*

Noch drei Minuten bis Mitternacht. Ich umklammere fest den Griff der Balkontür und nehme einen tiefen Atemzug, so als könnte ich allein durch Einatmen Mut in meine Lungen saugen. Ich schließe erneut die Augen, und schlagartig überkommt es mich. Es ist vermutlich das eine Glas Sekt zu viel, aber in diesem Moment fühlt es sich verdammt lebendig an.

> *… The final countdown,*
> *the final countdown …*
> *Ohh ho ohh …*

Noch zwei Minuten bis Mitternacht. Ich öffne die Augen und betrachte entschlossen mein Spiegelbild in der Balkontür. In der Fensterscheibe sehe ich, dass die Promis auf der Bühne zu den letzten Takten des Songs schunkeln. Eine Riesensternschnuppe wird auf die Wände projiziert. Ich darf mir etwas wünschen.

Noch eine Minute bis Mitternacht. Alles läuft in Zeitlupe ab. Ich erinnere mich an ein Zitat von Aristoteles. Und genau das will ich.

> *„Wir können den Wind nicht ändern,*
> *aber die Segel anders setzen."*

„Drei, zwei, eins … Frohes neues Jahr!"
Sektkorken knallen, und Konfetti fliegt durch die Luft. Kurz bin ich deprimiert, weil Tristan nicht bei mir ist, schiebe diesen Gedanken aber schnell beiseite. Mein dauerhaftes Selbstmitleid führt nur in eine Sackgasse.
Jetzt ist Schluss!
Ich habe das Gefühl, festzustecken wie im Schlick des Moores. Hoffnungslos versunken. Ich habe schon tausend Vorsätze geschmiedet und sie tausend Mal verworfen. Was bringen sie mir, wenn ich sie nicht einhalte?

Heute treffe ich eine Entscheidung!

Aufmunternd lächele ich meinem Spiegelbild zu. Herzlich willkommen, Neuanfang! Der Gedanke an ein neues Leben löst ein warmes Prickeln auf der Haut aus. Ich hebe das Glas und spreche mit fester Stimme meine Entscheidung aus:

„An mich: Ein neues Jahr hat soeben begonnen. Ich entscheide mich dazu, ab sofort mein Leben wieder selbst in die Hand zu nehmen und glücklich zu werden. Ich stehe auf eigenen Beinen und bin unabhängig. Ich werde ein anderer Mensch, der den Fokus auf die Lösungen und nicht auf die Probleme richtet. Anstatt deprimiert auf dem Sofa zu hängen und an mir zu zweifeln, werde ich selbstbewusst und gehe mutige Schritte. Ich werde jede sich bietende Gelegenheit nutzen. Ab jetzt! Ich höre auf mein Herz und will ein Baby! Das ist meine Entscheidung für das neue Jahr! Prost!"

„Pah, Luisa! Jedes Jahr der gleiche Schwachsinn. Du hältst deine Vorsätze sowieso nicht durch. Das schaffst du eh nicht. Du weißt noch nicht einmal, was dich glücklich macht."

Die Stimme aus meinem Kopf schreit mir ins Ohr und lacht mich aus.

Verdammt! Sie hört sich heute bedrohlich nah an.

2
Gestatten, ich bin dein innerer Kritiker

Samstag, 1. Januar – kurz nach Mitternacht

Peng! Puff! Rauchschwaden! Vernebelt mir der Alkohol etwa die Wahrnehmung? Ich könnte schwören, dass hier jemand ist. Werde ich verrückt?

„Du bist längst verrückt, Luisa", antwortet die Stimme.

Ich bin doch allein in der Wohnung! Wie kann da jemand mit mir reden?

Ich schaue mich um und komme mir völlig albern dabei vor. Hier ist niemand. Es ist nur der Alkohol, beruhige ich mich.

„Nein! Du bist nicht allein."

Jetzt wird es unheimlich, denn es ist definitiv nicht normal, Stimmen zu hören. Aber ich schwöre, dass da eben direkt neben meinem Ohr eine quäkige Stimme zu mir gesprochen hat, und zwar genau in dem Moment, als ich meine Entscheidung getroffen habe.

„Pah! Du und eine Entscheidung treffen", sagt die Stimme herablassend. „Ich wette mit dir, dass du sie morgen wieder vergessen hast."

Ein leichter Luftzug zieht in mein Ohr. Instinktiv blicke ich auf meine Schulter und schwanke vor Schreck nach hinten. Grünfunkelnde Augen starren mich an.

Ist das ein kleiner Teufel? Ein grimmiger Junge? Ich schaue genauer hin.

Habe ich Wahnvorstellungen? Halluziniere ich?

Das Wesen hat auch noch zwei Arme, zwei Beine und einen schwarzen Wuschelkopf mit zwei Hörnern drauf und sieht aus wie ein Junge im Teufelskostüm.

So muss es sein, wenn man den Verstand verliert.

„Sprichst du von deinem Verstand?"

„Äh ja …", stottere ich.

„Du hast keinen Verstand, sonst würdest du nicht in der Scheiße sitzen."

„Vielen Dank für das Kompliment."

„Bitte, aber es ist die Wahrheit."

„Ich muss hier raus, bevor mir übel wird", lalle ich und torkele auf den Balkon, um einen tiefen Atemzug zu nehmen. Kein Feuerwerk am Himmel. Dieses Mal brennt das Feuer in meinem Kopf.

Ich schaue auf die Straße. Ein paar Leute fallen sich um den Hals, schwenken ihre Wunderkerzen, tanzen auf der Schneedecke und köpfen Sektflaschen. Sie grölen „Neuanfang!"

Wie lächerlich! Wie viele Neuanfänge kann man überhaupt machen?

Der Rheinturm leuchtet in der Ferne in verschiedenen Farben und ich vermisse Tristan. Am liebsten würde ich mich in seine Arme kuscheln.

Nein, nein, nein! Die selbstbewusste Luisa kommt auch allein klar. Ich muss ihm Freiraum geben. Denk an deine Entscheidung, ermahne ich mich selbst.

„Du ziehst sie sowieso nicht durch", wiederholt das Wesen mit einem herrischen Unterton.

„Nein! Die neue Luisa gibt nicht auf!", antworte ich entschieden und schaue ihm dabei direkt in die Augen. „Du nervst! Wer bist du eigentlich?"

„Ich bin dein innerer Kritiker."

„Mein innerer was?"

„Du hast schon richtig gehört", erwidert er stolz und streckt dabei die Brust heraus.

Passiert das gerade wirklich, denke ich.

„Ja. Soll ich dir einmal ins Ohr pusten?"

„Kannst du meine Gedanken lesen?"

„Mit Gedanken liegst du nicht so falsch", trällert er munter weiter.

„Ich verstehe nur Bahnhof."

„Du Dummkopf! Wer, glaubst du, ist dafür verantwortlich, dass du dich ständig kritisierst?"

„Etwa du?"

„Klar! Das ist meine Aufgabe."

„Verschwinde!"

„Ich kann nicht verschwinden, weil ich zu dir gehöre."

„Wie kann jemand zu mir gehören, der mir nicht hilft."

„Das stimmt nicht. Ich will dir helfen, dich beschützen, dich antreiben! Und ich gebe keine Ruhe, bis mir das gelungen ist."

„Was?" Ich schnappe nach Luft. „Helfen, antreiben, beschützen? So jemand müsste doch freundlich sein."

„Seit Monaten versuche ich, dich vor Tristan zu warnen."

„Vor meinem eigenen Freund?"

„Ich habe dir so viele Signale gesendet. Aber du hältst dir nur immer deine Ohren zu."

Ein mulmiges Gefühl bildet sich in meiner Brust, doch ich ignoriere es.

„Du tust es schon wieder", stellt er fest.

Alles wirbelt durcheinander. Kann es sein, dass ich mit der Stimme spreche, die mich im letzten Jahr so oft kritisiert hat?

„So ist es! Und jetzt hör mir endlich zu."

Ich schwanke zurück ins Wohnzimmer und stelle mich taub. Die Wärme von drinnen ist wie eine undurchsichtige

Mauer, gegen die ich renne, und lässt den Alkoholpegel im Blut nochmals ansteigen. Mir ist schwindelig und übel. Und gerade als ich mich unter der Kuscheldecke verkriechen will, um diesen Spuk zu vergessen, beginnt das Pling-Gewitter auf der Marmorplatte. Das Handy vibriert so stark, dass es fast vom Tisch rutscht. Ein Blick reicht, um zu verstehen, dass eingehende Nachrichten meine Accounts fluten. Das neue Jahr ist nicht einmal zehn Minuten alt, und ich ärgere mich bereits über das Handy. Jeder hat etwas mitzuteilen, nur ich nicht.

Vielleicht hat Tristan sich gemeldet. Ob ich kurz nachschaue?

„Und dann kannst du es wieder nicht zur Seite legen", höre ich die Stimme.

Ich weiß, dass sie recht hat. Doch mein Handy ist die einzige Abwechslung in dieser tristen Coronazeit.

Erneut schaue ich auf die Schulter, auf der mein innerer Kritiker – soll ich ihn wirklich so nennen? – munter weiterplappert. Er ist wie ein Strudel im Meer und zieht mich seit Monaten in den Abgrund. Er sagt mir, dass ich nicht gut genug bin und alles falsch mache. Trotzdem drücke ich den Home-Button. Keine Nachricht von Tristan. Schade! Tief in mir meldet sich nochmals das ungute Gefühl. Aber ich bin zu müde, um darüber nachzugrübeln. Für heute ist Schluss. Ich schalte den Fernseher jetzt aus.

Pling macht es da in die Stille hinein, und ich zucke zusammen. In der Vorschau ploppt eine E-Mail mit dem Betreff Herzlichen Glückwunsch auf. Ich runzele die Stirn. Wer gratuliert mir denn bitte um diese Uhrzeit? Und zu was? Kopfschüttelnd öffne ich die Nachricht.

Liebe Luisa,
wer nicht an Wunder glaubt, wird auch keine erleben. Doch du hast um Mitternacht für einen Moment deinen Kopf ausgeschaltet und daran geglaubt, dass alles in deinem Leben möglich ist. Herzlichen Glückwunsch! Du hast beim Silvesterboom gewonnen.

Mit deiner festen Entscheidung hast du deinen inneren Kritiker provoziert, weil er Veränderungen überhaupt nicht mag. Manche Leute erzählen sogar, sie hätten ihn in solchen Extremsituationen schon einmal in Wirklichkeit gesehen. Ob das stimmt!?!

Wer ist denn eigentlich dieser innere Kritiker? Du kannst ihn auch deinen kindlichen Aufpasser nennen, weil er bereits in den ersten Lebensjahren, also in deiner Kindheit, entstanden ist. Er ist wie dein inneres Alarmsystem und hat die Aufgabe, dir Bedrohungen zu melden. Wenn es allerdings nach ihm ginge, sollte alles beim Alten bleiben. Vielleicht hast du zum Beispiel als Kind Ärger bekommen, wenn du zu laut warst. Um dieser verletzenden Situation kein weiteres Mal zu begegnen, hast du dir jemanden kreiert, der dich vor Schmerzen schützen soll. Deinen inneren Kritiker. Obwohl du heute erwachsen bist, wäre es ihm dennoch lieber, du würdest keine Risiken eingehen und in deiner Komfortzone verweilen. Deswegen sagt er dir in herausfordernden Situationen: „Pass auf! Gleich bekommst du Ärger. Lass das mal besser sein!"

Dein innerer Kritiker hat einen kindlichen Tunnelblick und kann nicht unterscheiden, ob seine Befürchtungen realistisch oder unrealistisch sind. Daher übertreibt er es häufig mit seinem Alarm. Leider verschwindet er nicht einfach wieder, weil er eine Seite deiner Persönlichkeit ist. Wir alle haben diese kritische Stimme in uns. Je stärker und verzweifelter du sie bekämpfst oder ignorierst, desto lauter und hartnäckiger wird sie. In manchen Situationen hat diese Stimme dich natürlich davor bewahrt, Fehler zu machen oder ein zu großes Risiko einzugehen. Aber du musst lernen, zu erkennen, wann dein innerer Kritiker wirklich Alarm schlägt. Auf keinen Fall darfst du dir von jeder Kritik die Laune verderben lassen. Mach deinen inneren Kritiker zum Verbündeten, und er wird dir sogar helfen. Du wirst in einigen Wochen verstehen, was ich damit meine. Je geringer dein Selbstbewusstsein ist, desto leichter kann dich der Plagegeist demotivieren. Daher stärke es mit deinem Gewinn, indem du mit Übungen neue Verhaltensweisen oder Sichtweisen im Gehirn verknüpfst. Zu Beginn musst du regelmäßig üben, damit das Gelernte zur Routine wird. Es ist wie mit dem Klavierspielen. Der beste Pianist wäre nicht der beste Pianist, wenn er nicht hart dafür gearbeitet hätte. Ich kann mir vorstellen, dass du viele Fragen hast. Du brauchst Geduld, Durchhaltevermögen und die Bereitschaft, alte Gewohnheiten zu verändern. Mein Geschenk wird dir dabei helfen. Es kommt in wenigen Minuten bei dir an.

Und nun viel Spaß auf deiner Reise.

Sei zweifellos DU!
Der wichtigste Mensch in deinem Leben, der für dich lächelt, wenn du weinst.

Trotz der späten Stunde bin ich hellwach, starre auf die Worte und lese sie ein weiteres Mal. Ich habe mir nie Gedanken darüber gemacht, warum die Stimme in meinem Kopf in den letzten Monaten so laut geworden ist.

Irgendwie ergeben die Worte aus der E-Mail keinen Sinn und dann irgendwie doch. Woher kennt diese unbekannte Person meine Entscheidung? Habe ich um Mitternacht eine Extremsituation erlebt und deswegen wirklich meinen inneren Kritiker gesehen?

In diesem Moment klingelt es an der Wohnungstür, und ein kalter Schauer läuft mir über den Rücken. Mein Handy zeigt fast ein Uhr an. Dann läutet es ein zweites Mal. Ich erhebe mich, schleiche mit angehaltenem Atmen durch den Flur und schaue durch den Spion. Dort steht niemand, und erleichtert lasse ich die angestaute Luft aus meinem Körper durch den Mund entweichen. Während ich die Tür vorsichtig einen Spalt öffne, kippt ein kleines angelehntes Päckchen direkt vor meine Füße.

Langsam drehe ich ernsthaft durch.

Verdutzt horche ich ins Treppenhaus, höre nur das Gemurmel und die Musik der Nachbarn aus den anderen Wohnungen. Mit zittrigen Händen bücke ich mich, um das Paket aufzuheben, schließe die Wohnungstür und gehe zurück ins Wohnzimmer. Verwirrt lege ich es auf den Marmortisch, setze mich im Schneidersitz auf das Sofa und starre das Päckchen minutenlang an. Dann nehme ich es vom Tisch und drehe es auf der Suche nach einem Absender in alle Richtungen. Es besitzt weder Briefmarken noch einen Poststempel und je länger ich es betrachte, desto schneller schlägt mein Herz. Ich lasse den Kopf kreisen, um meine Halsmuskulatur zu lockern. Das viele Rumsitzen in den letzten Monaten hat für Verspannungen im ganzen Körper gesorgt.

Meine Finger pulen das Klebeband los und ziehen es schließlich mit einem Ruck ab. Gespannt schaue ich in das Innere und hebe den in ein raschelndes Seidenpapier eingeschlagenen Inhalt aus dem Karton. Das verlockend zarte Knistern löst eine Welle der Euphorie in mir aus. Ich wickele das Papier ab, und eine unlackierte Schatulle aus hellem, glattem Holz kommt zum Vorschein. Neugierig öffne ich den Metall-Klappverschluss mit einem leisen Klicken. Der Geruch von frischen Bäumen und Lavendel weht in das Wohnzimmer und küsst Erinnerungen an meine Oma Elfi wach. Wie aus dem Nichts taucht die Tür zu der wunderschönen Landschaft auf, die mich zurück an diesen magischen Ort entführt. Mitten im Winter spüre ich die Sonnenstrahlen auf der Haut. Ein weiterer Duft, der mir so vertraut ist, zieht in meine Nase. Sofort schaue ich in die Holzschatulle, in der unter Lavendelblüten ein auf alt gemachtes Buch mit einem goldschimmernden Einband liegt. – Ein Notizbuch?

Ich nehme es heraus, halte es vor das Gesicht und ein ganz eigener Geruch nach Papier versetzt mich in die Vergangenheit. Es riecht nach Kindheit, nach Büchern und nach Neuanfang. Liebevoll streichele ich über den weichen Einband. Ohne das Buch geöffnet zu haben, befällt mich das Gefühl, einen unbeschreiblich wertvollen und alten Schatz in meinen Händen zu halten. Ich blicke noch einmal in die Holzschatulle und entdecke auch einen Kugelschreiber, auf dem *Follow the rainbow* steht. Er erinnert mich an die vielen leuchtenden Farben der Landschaft aus meinem Traum, sodass ich ihn am liebsten sofort ausprobieren möchte. All meine Sinne sind offen und aufnahmebereit.

Das Handy vibriert und holt mich in die Realität zurück. In der Vorschau der Mail steht:

Bitte öffne dein Workbook.

„Ein Workbook?"

„Pah! Du willst doch keinen Anhang von jemandem öffnen, den du nicht kennst. Vielleicht ist es ein Virus?", höre ich die Stimme von vorhin. Doch meine Schulter ist leer.

„Mach die Datei nur auf. Sag aber später nicht, ich hätte dich nicht gewarnt", spricht die Stimme aus dem Off weiter.

Und wenn es wirklich ein Virus ist? So ein Quatsch, beruhige ich mich. Es passt alles zusammen. Die Silvestershow, die Mail von dieser unbekannten Person und das Päckchen. Ich habe tatsächlich gewonnen, und ein heftiges Kribbeln breitet sich in mir aus. Es ist eine Mischung aus Vorfreude und Respekt vor einer neuen Herausforderung.

Also, worauf warte ich noch?

Ich lege das Notizbuch und den Kugelschreiber neben mich auf das Sofa. Auch wenn sich in meinem Kopf tausend Fragen formulieren, klicke ich leicht zögernd auf die Mail. Ein letztes Mal atme ich tief ein und beginne zu lesen.

Liebe Luisa,
ich bin ganz aufgeregt, weil du einer liebevollen Stimme gefolgt bist. Klicke auf den Anhang dieser Mail. Es ist dein Workbook mit den Übungen. Beantworte sie mit deinem neuen Kugelschreiber in deinem goldenen Notizbuch. Durch das Schreiben verbindest du dich mit dir

selbst. Ein chinesisches Sprichwort sagt: *„Die blasseste Tinte ist besser als das beste Gedächtnis."*
Durch das Aufschreiben sortierst du deine Gedanken, schaffst Distanz und löst so manchen Knoten in dir. Dein goldenes Notizbuch soll ein Wegbegleiter im Alltag sein. Schreibe, male und klebe dort alles hinein, was dein Herz bewegt. Sei kreativ wie ein Kind. Geh zur nächsten Übung, wenn du dich bereit dafür fühlst.

Der wichtigste Mensch in deinem Leben, der für dich lächelt, wenn du weinst.

„Luisa, du wirst verrückt. Was sollen die Übungen bringen?"

„Du nervst! Du hast jetzt Sendepause. Bye, bye! Ich will nix mehr von dir hören", antworte ich bitter.

Ein Blick auf die Wanduhr verrät mir, dass es fast zwei Uhr ist. Obwohl ich längst im Bett sein müsste, denke ich an meine Entscheidung. Anstatt deprimiert auf dem Sofa zu hängen und an mir zu zweifeln, werde ich selbstbewusst und gehe mutige Schritte. Ich werde jede sich bietende Gelegenheit nutzen.

„Luisa, es ist viel zu spät. Pah!"

„Nichts pah! Ich pack dir jetzt eine Tasche. Bitte schön! Hier dein One-Way-Ticket nach *Wo der Pfeffer* wächst. Ich ziehe das hier durch."

3
Innerer Kritiker

Samstag, 1. Januar

Ruhe kehrt ein. Die anfängliche Nervosität weicht einer angenehmen Entspanntheit. Ich speichere das Workbook auf dem Handy und kurz wird mir schwindelig, weil die Situation einfach unheimlich ist. Wie kann das sein? Ich mache bei einer Silvestershow mit und besitze eine Stunde später ein goldenes Notizbuch. Trotzdem fühlt es sich richtig an. Verrückt und richtig zugleich.

In meinen Beinen beginnt es zu kribbeln, denn ich habe zu lange im Schneidersitz gesessen. Ich schüttele die Beine einmal kräftig aus, mache es mir erneut auf dem Sofa bequem und öffne das Notizbuch.

Auf der ersten Seite steht:

„Wunder erleben nur diejenigen,
die an Wunder glauben.“
Erich Kästner

Ich atme hoffnungsvoll einmal tief ein und aus und schnappe mir mit einer schnellen Handbewegung den neuen Kugelschreiber. Die Vorfreude auf etwas Neues lässt mein Herz höherschlagen.

Übung 1: Deine Entscheidung

Schreibe deine Entscheidung auf. Damit verpflichtest du dich, sie in die Tat umzusetzen. Du musst nicht wissen, wie du sie erreichst. Aber allein, dass du etwas verändern möchtest, wird dir neue Türen öffnen. Jede Veränderung beginnt mit dem ersten Schritt, und wenn er noch so klein ist. Kennst du den Dominoeffekt? Veränderst du eine Sache, verändert sich alles. Wenn du eine Veränderung möchtest, musst du etwas ändern. Fang jetzt an!

Satzanfänge für dein Versprechen:
- „Ich entscheide mich dazu ...“
- „Meine Entscheidung ist: ...“
- „Ich verpflichte mich im neuen Jahr dazu, für mein Glück, meine Bedürfnisse, meine Liebe ... einzustehen, auch wenn sich mir Widerstände in den Weg stellen.“

Meine Motivation kippt, weil ich einen Unmut gegen das Schreiben verspüre. Deshalb lege ich das Notizbuch zurück in die Holzschatulle und schließe den Verschluss mit einem Klick. Aber so richtig gut fühlt sich das auch nicht an.

„Ich habe dich ja gleich gewarnt. Das Workbook passt nicht zu dir.“

Mir wird klar, dass sich nichts verändern wird, wenn ich aufgebe, bevor ich angefangen habe und entgegne: „Aufgeben ist keine Option!“

Ich nehme das goldene Notizbuch aus der Holzschatulle und schnappe mir erneut den Kugelschreiber. Als Überschrift notiere ich *Übung 1, Luisas Entscheidungsliste* und unterstreiche sie entschlossen. Jetzt kann etwas Neues beginnen.

„Du wirst keinen Erfolg mit diesen Übungen haben", warnt mich mein innerer Kritiker.

Ich verdrehe die Augen und schüttele den Kopf, weil ich diese Stimme unbedingt loswerden muss. „Psst. Sei leise!", halte ich dagegen.

Doch dann betrachte ich nachdenklich den ersten Satz. Irgendetwas fühlt sich daran nicht stimmig an. Ich schreibe zweitens:

Ein Kind bekommen oder vielleicht zwei.

Es prickelt in meinem Unterleib. Ist ein Babywunsch eine Entscheidung? Sagt man nicht immer, dass ein Kind eine Entscheidung fürs Leben ist?

Ich folge einem Instinkt und tausche den ersten Punkt mit dem zweiten aus. Die Glücksgefühle bringen mich richtig in Fahrt.

1. *Ein Kind bekommen oder vielleicht zwei!*
2. *Ich werde die Verantwortung über mein Leben zurückerlangen und es wieder selbst in die Hand nehmen. Anstatt deprimiert auf dem Sofa zu hängen und an mir zu zweifeln, werde ich selbstbewusst und gehe mutige Schritte.*
3. *Ich werde den Fokus auf die Lösungen und nicht auf die Probleme richten.*
4. *Ich werde mir einen neuen Job besorgen (Arbeitsamt anrufen).*
5. *Ich werde mich wieder besser um meinen Körper kümmern, regelmäßige, gesunde Mahlzeiten zu mir nehmen und mehr Sport treiben (Grrrr, aber was sein muss, muss sein!).*
6. *Ich werde alle Übungen durchziehen.*
7. *Ich möchte mehr Zeit für Freunde und Familie haben (Annika, Mama …).*
8. *Ich werde nur noch GZSZ schauen und genug Zeit für die Punkte 4-7 einplanen.*
9. *Ich werde mich weniger in den sozialen Medien herumtreiben, damit ich genug Zeit für die Punkte 4 -7 habe (Mal sehen, wie lange ich das durchhalte).*
10. *Ich werde die Beziehung mit Tristan reparieren.*

Ich sehe auf die Liste, bin recht zufrieden und lächele.

„Sie ist nicht perfekt", quakt mein innerer Kritiker.

Also lese ich sie noch einmal durch und zweifele, ob ich es durchhalten werde, nur eine Serie am Tag zu schauen. Werde ich es schaffen, weniger Zeit mit Facebook und Co. zu verbringen? Mehr Sport zu treiben?

„Du wirst das nicht auf die Reihe bekommen."

Noch einmal lese ich alles durch, und mir fallen mindestens zwanzig weitere Punkte ein. Die Liste ist unvollständig und nicht perfekt.

Ein Stich geht durch mein Herz, weil Tristan an letzter Stelle steht. Mein Lächeln verschwindet aus meinem Gesicht. Punkt 10 bereitet mir Kopfschmerzen.

Schnell springe ich zur nächsten Übung, um nicht weiter darüber nachzudenken.

Übung 2: Charakterisiere deinen inneren Kritiker

Sei stolz auf dich! Du hast dir gerade selbst ein Versprechen gegeben, deine Entscheidung in diesem Jahr in die Tat umzusetzen. Es ist ein erster Schritt, dein Selbstbewusstsein zu stärken.

In dieser Übung widmen wir uns deinem inneren Kritiker. Denn am besten kannst du jemanden zu deinem Verbündeten machen, wenn du ihn kennst.

Wie ist diese Person, die dich ständig kritisiert? Notiere alle Adjektive, die dir einfallen. Das können die fiesesten Charaktereigenschaften sein. Es gibt kein Richtig oder Falsch.

Ich bin ratlos, doch dann habe ich einen Anfang gefunden. Ich notiere *Übung 2* und ziehe einen Strich darunter. Ich lade meinen Frust auf dem Papier ab und fluche und beschimpfe meinen inneren Kritiker. Die Adjektive fließen aus mir heraus wie ein wütender Fluss. Ich nenne ihn: *fies, gemein, aufgeblasen, besserwisserisch, garstig, grimmig, rücksichtslos, sarkastisch, verbohrt und unsozial.*

Ich betrachte die Adjektive und fühle mich seltsamerweise befreit. Unerwartet fallen mir die Worte aus der E-Mail ein. Angeblich soll mich mein innerer Kritiker in manchen Situationen sogar davor bewahren, Fehler zu machen oder ein zu hohes Risiko einzugehen, weil er sich Sorgen macht. Das schlechte Gewissen überfällt mich, was ich überhaupt nicht verstehe. Denn bisher habe ich nicht bemerkt, dass ihm viel an meinem Wohlergehen liegt. An seiner freundlichen und zuvorkommenden Art, mir seine Fürsorglichkeit mitzuteilen, sollte er noch arbeiten. Kein Verbündeter oder Freund verhält sich so.

Ich nehme mir vor, mich nicht weiter von meinen Gedanken ablenken zu lassen, und öffne schnell das Workbook für die dritte Übung.

Übung 3: Male deinen inneren Kritiker

Nimm Bunt- oder Filzstifte zur Hand und entwirf ein Bild von deinem inneren Kritiker, wie von einer echten Person.

Wie in der letzten Übung ist es immer leichter, jemanden zum Verbündeten zu machen, wenn man ihn kennt und ein Bild vor Augen hat.

Ist er jung oder alt? Groß oder klein? Hat er Haare oder keine? Ein Fell? Wie sieht der Körper aus?

Das Bild ist nur für dich. Es ist kein Wettbewerb.

Viel Spaß!

Mein innerer Kritiker lacht laut auf. „Pah! Du kannst doch überhaupt nicht malen."

Da ist er wieder, und ich bin kurz davor, ins Bett zu verschwinden und alles hinzuschmeißen. Sind Veränderungen immer so schwer? Möchte ich so jemanden zu meinem Verbündeten machen?

„Lass es lieber, bevor du enttäuscht bist. Nach drei Strichen gibst du auf."

Demotiviert klappe ich das Notizbuch zu.

„Du denkst zu viel", sagt eine andere Stimme plötzlich leise, die nicht aus meinem Kopf kommt und ein Kribbeln in meinem Bauch auslöst.

Daraufhin lese ich mir erneut Übung 3 langsam und genau durch. Es ist kein Wettbewerb. Was habe ich zu verlieren?

„Du verplemperst deine Zeit. Such dir lieber einen Job."

„Hast du Angst, ich könnte dich nicht hässlich genug malen?", frage ich.

„Pah!"

Ich ignoriere das Monster in meinem Kopf, klappe das Notizbuch wieder auf und schmunzele nach nur wenigen Sekunden, weil mir der Film *Monster-AG* einfällt und Mike, der giftgrüne Apfel auf zwei Beinen. Auf einmal hüpfen viele kleine Kreaturen vor meinem inneren Auge auf und ab. Mit sechs, vier oder zwei Armen. Mit Zähnen und ohne. Mit Segelohren und ohne Ohren. Mit kleinen und großen Glubschaugen.

Und wie soll mein innerer Kritiker aussehen?

Es wäre doch gelacht, wenn ich diese Übung nicht hinbekäme. Fest entschlossen stehe ich auf. Alles dreht sich, und meine Hände suchen Halt an der Sofalehne. Aber ich werde nicht aufgeben. Der beste Zeitpunkt, um mein Leben zu verändern, ist jetzt. Brust raus, Schulter nach hinten, motiviere ich mich selbst, wanke zum Sekretär vor dem Panoramafenster und hole einen Bleistift und die Packung Buntstifte heraus. Zurück auf dem Sofa schließe ich die Augen und denke an meinen inneren Kritiker. Zunächst erkenne ich ihn nur unscharf, dann klarer, bis er deutlich vor mir erscheint. Ich sollte niemandem davon erzählen, dass er mir begegnet ist, sonst werde ich noch für verrückt erklärt.

Ich öffne die Augen, notiere *Übung 3*, unterstreiche sie und kritzele mit dem Bleistift schnell ein paar Umrisse, um das Bild im Kopf nicht zu verlieren. Ich male weiter und bin wie in Trance. Es entsteht ein kleiner Teufel in Jungengestalt, so groß wie eine Puppe, dessen Mundwinkel nach unten gezogen sind. Mit Sorgenfalten auf der Stirn. Die grünfunkelnden

Augen blitzen mich wütend an. Seine tiefliegenden Augenbrauen berühren sich fast und verstärken den grimmigen Eindruck. Unter seinen schwarzen Wuschelhaaren, die im Kontrast zu seiner hellen Haut stehen, schauen zwei kleine Ohren heraus. Auf dem Kopf sitzen zwei gelbe Hörner. Der Rest sieht aus wie bei einem Kind. Mit erhobenem Zeigefinger steht er vor mir. In der anderen Hand hält er eine Lupe, mit der er mich wie unter einem Brennglas kritisch beäugt. Rauchschwaden entweichen aus seiner Nase, so wie bei einem wütenden Drachen. Ich überlege, wie sein teuflischer Charakter besser zur Geltung kommen kann und zeichne ihm ein schwarzes Gewand, aus dem hinten ein roter Schwanz heraushängt. Zum Schluss bekommt er noch einen Umhang, den ich ebenfalls rot anmale.

Mit stolzgeschwellter Brust beurteile ich das Bild. Et voilà! Mein innerer Kritiker! Erstellt von der Frau, die eigentlich nicht malen kann.

„Veränderung, ich komme!" Zufrieden lehne ich mich auf dem Sofa zurück und betrachte meine Zeichnung.

Die Wanduhr über dem Fernseher zeigt halb vier an. Halb vier? Wo Tristan nur bleibt?

Für heute reicht es wirklich. Doch kaum habe ich das Workbook auf dem Handy geschlossen, lässt es mir keine Ruhe und ich öffne es erneut.

Übung 4: Gib deinem inneren Kritiker einen Namen

Herzlichen Glückwunsch! So langsam lernst du deinen inneren Kritiker kennen. In dieser Übung gehen wir noch einen Schritt weiter.

Gib deinem inneren Kritiker einen richtigen Vornamen. Damit machst du deinem Gehirn klar: „Das ist mein innerer Kritiker, aber das bin nicht ich. Und das will ich auch nicht sein."

Verbinde den Namen mit Leichtigkeit und Spaß. Auf diese Weise programmierst du dir ein, diese nörgelnde Stimme nicht mehr so ernst zu nehmen. Schlussendlich kannst du nicht nur über ihn lächeln, sondern auch über dich selbst.

Ich soll meinem inneren Kritiker einen Namen geben? Wie einer richtigen Person? Das ist schwierig. Jetzt gehe ich wirklich ins Bett.

„Sag ich doch! Früher oder später gibst du auf."

„Nein! Das muss ich mir von dir nicht sagen lassen, du Miesepeter."

Peter? Das wäre doch ein passender Name. Hmmm, ... oder Otto? Nee, da denke ich an den Film. Obwohl, eine Komödie verbinde ich mit Leichtigkeit. Nein! Der Name fühlt sich nicht gut an. Wie wäre es mit Herbert, Gerd, August oder Karl. Nee, alle doof.

Mein Kopf ist im Brainstorming-Modus. Harald, Fritz, Sepp, Hugo ... Hugo, Hugo?

Ich liebe Hugo, also das Getränk. Der Name ist zwar ebenfalls alt, aber heißen die Kinder heute nicht wieder so? Außerdem erinnert er mich an laue Sommerabende und jede Menge Spaß mit Annika. Entschluss gefasst! Mein innerer Kritiker heißt ab sofort Hugo!

„Hugo, Hugo!", rufe ich ihn. „Wo bist du denn?" Ich lausche in die Stille hinein. Warum sollte er auch auftauchen? Ich habe ja etwas geschafft. Und Loben gehört nicht wirklich zu seinen Stärken.

Ein Gefühl von tiefer Ruhe und Zufriedenheit breitet sich in mir aus, und ich lege das Notizbuch und den Kugelschreiber auf den Wohnzimmertisch. Beim Blick auf die Uhr erschrecke ich mich und bin verwundert, weil Tristan nicht nach Hause gekommen ist.

„Brrrr", entweicht es mir, als ich an das kalte Bett ohne ihn denke. Aber ich habe keine Energie mehr. Weder um über Tristan nachzudenken noch um mir mein Nachthemd aus dem Schlafzimmer zu holen. Das ausgewaschene Stück Stoff erinnert mich zusätzlich an mein altes Leben. Die neue Luisa beschließt heute spontan, mit Klamotten auf dem

Sofa zu schlafen, obwohl das total unbequem ist. Ich hätte gerne unhygienisch hinzugefügt, aber ich war seit Monaten nicht mehr in einer Bahn, einem Restaurant oder einem Café.

Ich schalte das Handy aus und ziehe die Kuscheldecke bis zur Nasenspitze. Meine Augen fallen sofort zu und bleiben es auch. Ich werde mein Leben wieder selbst in die Hand nehmen und glücklich sein, denke ich im Wegdämmern. Mit einem Lächeln auf den Lippen versinke ich nur wenige Sekunden später in einen tiefen Schlaf.

4
Neustart

Samstag, 1. Januar

Am nächsten Morgen werde ich unsanft von einem lauten Knall aus meinem Traum geweckt. Langsam öffne ich die schweren Augen und blinzele müde ins Wohnzimmer.

Oh Gott! Ich habe in Klamotten geschlafen!

Es knallt erneut. Wieso müssen diese Idioten ihre Böllerreste so früh am Morgen verballern? Mein Mund ist so trocken, als hätte ich eine Wüstenwanderung hinter mir. Wie in alten Zeiten. Trinken, Kopfschmerzen, Filmriss.

Was ist passiert? Und wie spät ist es eigentlich?

Das Tageslicht bahnt sich seinen Weg durch die Vorhänge. Ich strecke den Arm aus, taste schlaftrunken nach dem Handy und schalte es ein. „Verdammt! Schon zehn Uhr?", krächze ich und lege es zurück auf den Tisch. Doch es vibriert fleißig weiter. Mit einem Ruck setze ich mich auf, um die eingehenden Nachrichten zu lesen, bereue diese Bewegung allerdings sofort. Mein Kopf fühlt sich an, als hätte jemand mit ihm Fußball gespielt. Mir ist schlecht, und das hämmernde Pochen in den Schläfen macht jeden klaren Gedanken unmöglich. Die Nackenschmerzen sind erdrückend. Mir fällt der Sekt ein, von dem ich gestern viel zu viel getrunken habe.

Guten Morgen, lieber Kreislauf. Ein schönes neues Jahr! Ich schwöre, nie wieder Alkohol zu trinken. Das ist mein voller Ernst.

Ich friere, weil die selbstgestrickte Decke von Oma Elfi zwar kuschelig ist, aber nicht so wärmt wie eine richtige Bettdecke. Ein heißes Bad wäre toll. Mit viel duftendem Schaum.

„Ein Bad? Jetzt willst du schon wieder faulenzen?"

Was war das denn? Höre ich etwa Stimmen?

Aber die Stimme hat recht. Ich habe das ganze letzte Jahr meine Zeit vertrödelt. Jetzt ist Schluss. Also kein Bad. Was kann ich heute Sinnvolles machen?

Ich denke an Tristan. Ob er nach Hause gekommen ist?

So langsam verschwindet der Nebel in meinem Kopf. Ich habe gestern Abend eine Entscheidung getroffen, und sie hatte etwas mit ihm zu tun. Oder nicht? Mist! Ich hätte sie aufschreiben sollen, denn ich erinnere mich nicht mehr an alles.

Ich schaue lieber einmal nach, ob er in unserem Bett liegt. Mit einem mulmigen Gefühl schlage ich die Decke zurück und hieve mich schwerfällig vom Sofa. Schwankend bleibe ich stehen und suche nach meinen gefütterten Hausschuhen mit den Löwenkrallen. Der Boden ist so kalt, als würde ich barfuß durch den Schnee laufen. Ich drehe den Kopf erst vorsichtig nach links, dann nach rechts. Aua! Mein Nacken tut richtig weh und fühlt sich seltsam verdreht an. Ich beiße die Zähne zusammen, zähle langsam bis drei und setze einen Fuß vor den anderen. Dabei stolpere ich über die Handtasche und stoße gegen das Tischbein.

Rums! Klirrend kippt die Sektflasche um, wobei sich der übrig gebliebene Inhalt auf der Marmorplatte verteilt.

„Ach du Scheiße!", rufe ich. Tristan wird an die Decke gehen. Er hasst Flecken auf seinen teuren Möbeln.

„Du dumme Nuss! Du hast vergessen, die Flasche aufzuräumen."

Da schon wieder. Das hat geklungen, als käme eine Stimme direkt aus der Handtasche. Vorsichtig öffne ich sie und spähe hinein. Ich habe Angst, dass gleich ein Monster herausspringt. Ich will lieber nicht so genau darüber nachdenken und taste mit zugekniffenen Augen und angehaltenem Atem nach den Taschentüchern.

Da sind sie!

Erleichtert stoße ich die angestaute Luft aus, ziehe eins aus der Verpackung und tupfe den Tisch ab.

Glück gehabt! Kein Monster. Kein Fleck.

In nur fünf Schritten bin ich in der Küche und lege die leere Sektflasche in den Klappkorb für Altglas. Ich suche eine Aspirin aus der Medikamentenschublade, schlucke sie trocken herunter und nehme wahr, dass mein Handy ein weiteres Mal hell auf dem Wohnzimmertisch aufleuchtet. Ich laufe los und lese den Betreff in der Vorschau, der ein heftiges Kribbeln in meinem Bauch auslöst: *Tanze durch dein Leben!*

Als ich auf den Absender schaue, schlage ich mir mit der Hand auf die Stirn, denn auf einmal ist der gestrige Abend zurück: die Silvestershow, jedes Wort meiner Entscheidung, das Päckchen vor der Haustür, das Workbook und Hugo, mein innerer Kritiker. Mein Blick fällt auf das Notizbuch, den neuen Kugelschreiber und den leeren Karton auf dem Tisch. Wie konnte ich das eben nur übersehen?

Ich denke nicht weiter darüber nach und klicke auf das Display.

Guten Morgen Luisa,
ich gratuliere dir noch einmal recht herzlich zu deinem Gewinn. Wie oft hast du dir zu Beginn des Jahres etwas vorgenommen? Doch dann hat dich der Alltag davon abgehalten, deine Entscheidung in die Tat umzusetzen.

So wie dir ergeht es vielen Menschen. Deswegen werden mehr als 50 Prozent der Neujahrsvorsätze schon in der ersten Woche über Bord geworfen. Das liegt daran, dass du bisher immer Entscheidungen getroffen hast, die dich nicht mit ganzem Herzen erfüllt haben. Aber seit gestern Abend ist alles anders. Denn du hast entschieden, wieder glücklich zu werden.

Bist du bereit, all-in zu gehen und andere Wege auszuprobieren?

Für eine Veränderung musst du etwas anderes tun. Beginne jetzt, um mit voller Energie, in dein neues Jahr zu starten. *Tanze durch dein Leben!*

Nichts ist besser als sich mit Musik zu motivieren. Drehe die Anlage auf und tanze! Anschließend hältst du inne und spürst einmal in dich hinein, was die Musik mit dir gemacht hat.

Der wichtigste Mensch in deinem Leben, der für dich lächelt, wenn du weinst.

> *„Die reinste Form des Wahnsinns ist es,*
> *alles beim Alten zu lassen und gleichzeitig zu hoffen,*
> *dass sich etwas verändert."*
> Albert Einstein

Veränderung? Ist es nicht das, wonach ich mich sehne? Meine Mundwinkel ziehen sich nach oben, wenn ich an Musik denke. Und Tristan wird auch von meiner guten Laune profitieren. Erst werde ich tanzen und dann nachschauen, ob er nach Hause gekommen ist. Ich habe mich schon so lange nicht mehr zu Musik bewegt. Die schlechten Gedanken von eben sind wie weggeblasen. Stattdessen flattern Endorphine wie Schmetterlinge durch meinen Körper. Am liebsten möchte ich die ganze Welt umarmen. Als hätte jemand einen Schalter umgelegt, sause ich zur Anlage und drücke auf den Power-Button. Wahnsinn! Deswegen heißt der Knopf so, weil Musik

Kraft gibt. Kraft-Knopf. Ich spüre einen unbeschreiblichen Energie-Kick und wippe ein bisschen im Rhythmus mit. Ein paar Minuten genieße ich einfach nur diese Leichtigkeit.

„Luisa, du hast keine Zeit für so einen Quatsch! Schau mal auf die Uhr."

Mein Herz landet unsanft in der Realität, als ich auf die Wanduhr schaue. Es ist fast elf Uhr. Ich sollte jetzt wirklich ins Schlafzimmer gehen und schalte die Musik wieder aus. Zuvor lüfte ich noch rasch, beseitige Krümel vom Sofa und schüttele die Kissen auf, damit Tristan mit mir zufrieden ist.

Vor drei Jahren bin ich, direkt nachdem wir zusammengekommen sind, aus meiner WG zu Tristan in seine schicke Neubauwohnung mit Dachterrasse gezogen. Seitdem liebe ich den Blick auf den Rheinturm. Das große Wohnzimmer mit dem gemütlichen Essbereich neben der Küche ist ein Traum. Hier ist alles sauber und hell, so wie ich es mag. Annika nennt mich immer liebevoll einen kleinen Putzengel, aber ich finde, dass die Welt schon chaotisch genug ist. Da darf es wenigstens in meinen eigenen vier Wänden ordentlich sein. Es gefällt mir, wenn alles seinen Platz hat. Glücklicherweise teilen Tristan und ich diesen Ordnungsfimmel. Wir sind wirklich wie füreinander geschaffen.

Ich stecke mein Handy in die aufgenähte Seitentasche der Leggins und mache mich auf den Weg in den Flur. Dort stoße ich gegen einen Umzugskarton, wobei Tristans Jacke auf den Boden fällt.

Erleichtert atme ich lange aus, weil er nach Hause gekommen ist. Doch während ich mich bücke und die Jacke an seinen Platz zurücklege, türmen sich dunkle Wolkenberge über mir auf. Die letzten zwei Jahre sind wieder präsent.

Zu Beginn der Coronapandemie hatte Tristan sein Anwaltsbüro in seine Eigentumswohnung verlegt. Aber nach fast zwei Jahren hatte er wieder das Bedürfnis, unter Leute zu kommen. Schrittweise bringt er seit ein paar Wochen seine Unterlagen zurück und arbeitet nebenbei eine Vertretung für die Zeit unseres etwas länger geplanten Urlaubs ein.

Die Überstunden verlangen ihm täglich viel ab, deswegen ist er abends oft gereizt, und ich kann ihm nichts mehr recht machen. Natürlich habe ich Verständnis für ihn.

Ein Eispickel schiebt sich in meinen Magen und hämmert dort herum. Die Pandemie hatte mich unvorbereitet getroffen, wie so viele andere Menschen auch. Dementsprechend tief bin ich gefallen.

Wie kann ich diese negativen Gedanken stoppen?

Ich schließe die Augen und versuche, mich auf den bevorstehenden Urlaub zu konzentrieren. Am 29. Januar geht es los. Ich rieche schon die salzige Luft, die unsere Lungen wieder mit Liebe füllt. Ein leichter Wind säuselt uns um die Ohren und vermischt sich mit dem Lachen der Kinder zu einem beruhigenden Geräusch. Eimer mit nassem Sand werden von kleinen Händen getragen und auf den Boden geklatscht, um Burgen zu bauen. Schäufelchen graben nach Wasser. Plitsch, platsch! Alles ist so friedlich, und ich fühle mich so frei, wie schon lange nicht mehr. Tristan cremt mir den Rücken ein und …

„Luisa, hör auf zu träumen!"

Hugo konfrontiert mich schonungslos mit der Wirklichkeit und ich öffne wieder meine Augen. Ich will den Plagegeist in meinem Kopf stoppen, aber wie?

„Luisa, du hast keine Genehmigung von der Arbeitsagentur. Wenn dein Urlaub herauskommt, streichen sie dir noch mehr Geld."

Auf einmal fühle ich mich so mies, weil die Befürchtung aufkommt, mein Glück nicht verdient zu haben.

Doch! Die neue Luisa gibt nicht auf.

Mir kommt eine Idee. Ich will für Tristan und mich einen leckeren Neujahrsbrunch zaubern. Es ist so lange her, dass wir zusammen gefrühstückt haben. Genau das Richtige, um mit ihm über unsere Babyplanung zu sprechen. Ich werde die Beziehung mit Tristan reparieren.

Ich beeile mich, damit die Überraschung rechtzeitig fertig wird. Voller Vorfreude husche ich unter die Dusche. Das warme Wasser fühlt sich an wie der Goldregen bei Frau Holle. Anschließend föhne ich meine Haare, putze meine Zähne und betrachte mein Spiegelbild.

„Luisa, schau dir diese Augenringe an", wettert Hugo.

„Du hast recht. Ich sehe müde aus."

Ich habe mich in den letzten Monaten vernachlässigt und bin irgendwo zwischen Düsseldorf und Honolulu auf der Strecke geblieben. Ich gehe näher an den Spiegel heran und betrachte meine Augenringe. Dann krame ich in einem kleinen Täschchen nach dem Concealer. Noch Deo und Parfüm. Fertig! Geht doch!

In der Küche schiele ich nach der Hightech-Kaffeemaschine, in die Tristan monatlich ein Vermögen an Reinigungspulver und Tabletten investiert. Am liebsten würde ich mir sofort meinen geliebten Latte macchiato zubereiten, aber ich unterdrücke diesen Drang und warte, bis wir gemeinsam am Frühstückstisch sitzen. Heute soll alles perfekt werden. Ich lächele und schließe die Wohnzimmertür hinter mir, um ihn nicht zu wecken. Ich schalte den Backofen ein und platziere vier Aufbackbrötchen auf einem Blech, das ich auf die schwarze Marmorarbeitsplatte der Kücheninsel lege. Summend suche ich alle Zutaten für ein Omelett zusammen und schneide Tomaten, Schinken und Käse auf einem Teller in kleine Stücke. Ein wohliges Gefühl überkommt mich, und alte Erinnerungen blitzen auf. An die Zeit, als ich früher mit meiner Mutter in der gemütlichen Küche unserer Wohnung über ihrem Buchladen stand. Damals hatte ich mit Begeisterung beim Rühren von Teigen geholfen, und ihre gesamte Aufmerksamkeit hatte nur mir gehört. Meine Mutter war alleinerziehend, und so war jede Minute mit ihr kostbar. Wir hatten immer zusammengehalten und den Alltag gemeistert. Wie gerne hätte ich auch ein eigenes Kind. Instinktiv fasse ich mir an den Bauch, und sofort werden meine Augen feucht.

„Du Heulsuse!"

Tränen tropfen auf die Arbeitsplatte. Ich wische sie rasch mit dem Ärmel fort, weil ich Angst habe, dass sie Flecken hinterlassen können. Beim Piepen des Ofens zucke ich zusammen und schiebe die Brötchen hinein. Auf einer Herdplatte erhitze ich Butter in einer Pfanne und warte, bis ein köstlich nussiger Geruch in meine Nase zieht. Mit einer Schöpfkelle gieße ich einen Teil des Teigs dazu. Anschließend schalte ich den Backofen aus, lasse die Brötchen noch in der Nachwärme liegen und presse pfeifend Orangen aus. Der gedeckte Esstisch auf der anderen Seite der Kücheninsel wartet mit Marmelade, Wurst und Käse auf Tristan und mich. Die Backofenuhr zeigt an, dass es bereits Mittag ist. Jetzt wird es wirklich Zeit, meinen Schatz zu wecken.

Auf Zehenspitzen schleiche ich ins Schlafzimmer und warte einen Moment, bis ich mich an die Dunkelheit gewöhnt habe. Eine Miefwolke schlägt mir entgegen und vertreibt augenblicklich den köstlichen Frühstücksduft aus meiner Nase. Mit angehaltenem Atem taste ich mich bis zum Rollladenschalter vor und lasse die Jalousie ein Stück nach oben fahren. Beim Öffnen des Fensters strömt die rettende Luft ins Zimmer. Sie ist kalt, und ich husche flink zu Tristan unter die Decke. Er schnarcht, als würde er einen ganzen Wald roden. „Schönes neues Jahr", flüstere ich und schlinge die Arme um ihn.

„Lass mich schlafen, Luisa", grummelt er.

Ich bin ungeduldig und voller Energie und denke gar nicht daran, mein Aufweckmanöver zu beenden. Dabei fahre ich Tristan mit den Händen über die harten Rückenmuskeln und ertappe mich bei dem Gedanken, wie gut sich seine Haut immer auf meiner anfühlt.

„Scha-a-a-tz, Frühstück ist fertig. Ich habe uns ein Omelett gezaubert", hauche ich ihm ins Ohr und gleite mit meiner Hand unter sein T-Shirt.

„Noch nicht. Ich will schlafen, und mach das Fenster zu!" Er stöhnt und brummt vor sich hin.

Ich lasse mich nicht entmutigen und gebe ihm ein Küsschen auf die Wange. Doch im selben Moment rümpfe ich die Nase. Seine Fahne, die sich mit einem ekelhaften Parfümgeruch vermischt, den ich nicht kenne, löst einen Brechreiz aus. Wie ein Hund schnüffele ich an ihm. Riecht er anders, oder täusche ich mich?

„Luisa! Hör auf!", sagt Tristan genervt.

Ich versuche, das aufkommende Unbehagen wegzuerklären. Okay, er hat getrunken. Es war immerhin Silvester. Er wollte nicht nach Alkohol riechen, also hat er das Parfüm von seinem Freund benutzt.

„Mach die Augen auf, du dummes Mädchen!"

Ich gestehe mir ein, dass diese Geschichte verrückt klingt und verdränge dieses ungute Gefühl schnell wieder. Lasse ich mich von dem Geruch in die Flucht schlagen? Nein! Denn meine Pläne können nicht mehr warten. Ein weiteres Mal streichele ich Tristan durch seine dunkelbraunen Wuschelhaare und küsse ihn.

„Lass mich schlafen, hab ich gesagt", knurrt er.

„Gib auf, Luisa! Er will dich nicht", sagt Hugo warnend.

So langsam glaube ich das ebenfalls und werde traurig. Früher haben ihn meine Küsse wahnsinnig angemacht, auch wenn er müde war. Wir haben uns ausgezogen und sind leidenschaftlich übereinander hergefallen. Der Sex mit Tristan war heiß. Danach lagen wir stundenlang zusammen in den Federn und haben die Zweisamkeit genossen. Wir haben auf dem Laptop einen Film geschaut und Kaffee im Bett getrunken. Das Gefühl, dass wir Lichtjahre davon entfernt sind, breitet sich in mir aus. Ich hoffe, dass wir bald wieder heißen Kaffee im Bett trinken werden.

Wann genau haben wir eigentlich aufgehört, mit Sex in den Tag zu starten?

5
Neujahr und andere Katastrophen

Samstag, 1. Januar

Versagerin", brüllt Hugo mich an.

Ich halte mir dir Ohren zu und kehre ein wenig entmutigt in die Küche zurück, die ich noch vor fünfzehn Minuten als hoffnungsvolle Frau verlassen habe. Schluss jetzt! Die neue Luisa macht jetzt mit den Übungen weiter. Ich schnappe mir mein Notizbuch und ziehe mir einen Latte macchiato. Das zischende Geräusch der Kaffeemaschine beruhigt mich. Mit meinem fertigen Lieblingsgetränk sitze ich an der Küchentheke und schlürfe am perfekt schimmernden Milchschaum. Mit der herrlichen Aussicht auf den Rheinturm verfliegen alle unguten Gedanken. Ich werde ein anderer Mensch, der den Fokus auf die Lösungen und nicht auf die Probleme richtet. Intuitiv ziehe ich das Handy aus der Leggingstasche und öffne voller Vorfreude das Workbook.

Übung 5: Die Innerer-Kritiker-Stopp-Methode, erster Schritt

Es freut mich, dass du einen Namen für deinen inneren Kritiker gefunden hast. In dieser Übung geht es darum, ihn leiser zu drehen, indem du diese Stimme überhaupt erst einmal bewusst wahrnimmst. Als Warnsignal dienen deine Gefühle: Fühlst du dich mies, ist bestimmt dein innerer Kritiker am Werk. Dann sagst du laut und deutlich „Stopp!" In diesem Moment kannst du zum Beispiel auch mit der Hand auf den Tisch schlagen, aber natürlich nur, wenn es die Situation zulässt. Negative Gedanken werden durch den Schrecken unterbrochen. Wiederhole diese Übung, bis du unerwünschte Einwürfe deines inneren Kritikers kontrollieren kannst. Denk an das Klavierspielen. Du lernst es nur, wenn du übst, übst, übst. Mit der Zeit wird dein innerer Kritiker von selbst immer leiser. Verurteile dich nicht, wenn er zu Beginn noch häufiger auftaucht. Denn er hatte Jahre Zeit, es sich in deinem Kopf richtig schön gemütlich zu machen.

Diese Übung kommt wie gerufen. Ich soll „Stopp!" sagen und auf den Tisch schlagen, wenn ich meinen inneren Kritiker höre. Okay, abgemacht! Ich bin gespannt, ob sich etwas verändert.

Und was mache ich jetzt?

Während ich noch einen großen Schluck von meinem Latte macchiato trinke, fällt mir die E-Mail von heute Morgen ein. *Tanze durch dein Leben!* Ich springe auf und schalte die Anlage ein. Der Radiomoderator erklärt: „Taylor Swift hat mit dem folgenden Song eine wunderbare Strategie entwickelt, sich den Frust von der Seele zu schütteln. Die Sängerin rechnet mit ihren Hatern ab. Tanzen Sie mit und rütteln Sie im neuen Jahr so richtig ihren Körper durch." Es ertönt Taylor Swifts *Shake It Off*.

Das ist genau das, was ich jetzt brauche. Mit den Händen schüttele ich die Sorgen ab und singe lautstark mit: „I shake it off. I shake it off." Ich bin fast in einem tranceartigen Zustand. Die Energie kommt zurück, und obwohl kein einziger Ton stimmt, strahle ich über das ganze Gesicht.

Danke an das Workbook und die unbekannte Person. Wer immer du auch bist, ohne deine E-Mail heute Morgen würde ich nicht tanzen und singen. Ich spüre die Kraft der Musik, und die Laune steigt. Ich schnappe mir das goldene Notizbuch, weil ich Lust habe, meine Gefühle aufzuschreiben. Anschließend blättere ich zu dem Bild von meinem inneren Kritiker und freue mich, dass ich es ihm gerade gezeigt habe.

„Pah, Hugo!", sage ich laut. „Jetzt habe ich doch getanzt."

Dann höre ich Schritte im Flur und kurz wird mir heiß und kalt. Tristan verschwindet im Bad. Wie ein Roboter bereite ich schnell seinen Kaffee zu, gieße ihm ein Glas Tomatensaft ein, den er so sehr liebt, und warte am gedeckten Tisch. Mein Herz schlägt bis zum Hals. Ich wippe ungeduldig mit den Füßen zur Musik, weil er ein wenig länger als erwartet braucht. Aber mit dem Tanzen und Singen ist es vorbei.

Eine Viertelstunde später steht Tristan vor mir. Er trägt ein weißes Poloshirt, wodurch seine dunklen Haare noch besser zur Geltung kommen. Sie sind feucht vom Duschen und kräuseln sich auf dem ganzen Kopf. Der leichte Schatten eines Dreitagebarts bedeckt seine Wangen und sein Kinn. Ich springe auf, um ihn zu küssen.

„Guten Mittag, mein Schatz", sage ich scherzhaft.

„Hab keine Zähne geputzt." Er weicht zurück.

„Das macht nichts. Dafür liebe ich deinen Geruch von gewaschenen Haaren und Duschgel auf der Haut. Ein schönes neues Jahr!", flöte ich.

„Jo, dir auch. Kann ja nur besser werden. Aber ob diese fürchterliche Musik dabei hilft?" Er lächelt mich schief an, setzt sich an den Esstisch und fläzt sich seitlich auf den Stuhl. Ich überhöre seine Stichelei.

„Hast du die ganze Nacht durchgemacht?"

„Hmmm."

„Du Armer! Ich habe dir schon einen Kaffee vorbereitet. Tadaaa!" Ich zeige auf seine Tasse.

Er nippt und sagt: „Lauwarm."

Shit! Es sollte doch alles perfekt sein. Tristan hasst kalten Kaffee. „Tut mir leid. Soll ich dir einen neuen machen?"

„Passt schon." Ich kann nicht heraushören, in welcher Stimmung er ist.

„Luisa, wieso ist der Kaffee kalt? Du hast es wieder nicht drauf", meckert Hugo.

„Stopp!", sage ich ein wenig zu laut, als ich mich an die Methode aus dem Workbook erinnere.

„Sprichst du mit mir?", fragt Tristan.

„Äh, wie bitte? Nein! Ich habe nichts gesagt."

Warum kann Tristan sich nicht über die Musik freuen? Am liebsten würde ich sofort wieder lostanzen. Und wieso lobt er das Frühstück nicht?

„Wollen wir uns ein paar Fotos von unserem Urlaubsort anschauen? Die bringen dich gleich auf andere Gedanken."

„Später, Luisa. Vielleicht schaltest du erst einmal das Gedudel aus. Du weißt doch, dass ich das nach dem Aufstehen nicht ertrage."

„Okay", sage ich enttäuscht, drücke auf den Knopf der Anlage und stapfe zum Backofen. Ich stelle die beiden Teller mit den Omeletts ein bisschen zu laut auf den Tisch und gebe die Brötchen in einen Korb.

Tristan schaut mich genervt an. Kurz bin ich erschrocken, weil die neue Luisa doch gut gelaunt sein wollte.

„Alles noch warm. Unser erstes Frühstück in diesem Jahr." Ich lächle, obwohl mir tausend wütende Kommentare einfallen, die ich ihm am liebsten an den Kopf knallen möchte.

„Hmmm", erwidert er erneut.

„Hallo, jemand zu Hause?", frage ich winkend, weil ich will, dass er sich über das Frühstück freut und sich mit mir unterhält.

Mein Herz kann dem Druck nicht mehr lange standhalten und wird schwer, denn Tristan antwortet nicht. Ich schnappe mir das Glas von der Küchentheke und spüle meinen Frust mit dem letzten Schluck herunter. Heiß ist da wirklich nichts mehr. Dann setze ich mich ebenfalls an den Esstisch und nippe am Orangensaft. Tristan greift nach einem Brötchen und isst sein Omelett. Er bedankt sich nicht für das Frühstück und sagt nicht, dass es ihm schmeckt. Stattdessen schweigen wir gemeinsam, ohne uns dabei anzuschauen. Die Stille ist kaum auszuhalten. Dann zucke ich zusammen, denn auf einmal stören mich seine Schluckgeräusche. Sie lösen plötzlich einen solchen Ekel aus, dass mir der Appetit vergeht. Das Hungergefühl von heute Morgen ist verschwunden, und ich stochere lustlos in meinem Omelett herum. Hin und wieder stecke ich mir einen Bissen in den Mund.

„Wie war's bei deinem Freund?", frage ich ihn, damit er mit dem Kauen aufhört.

„Okay", antwortet er.

Ich bin überfordert. Seine knappen Antworten verstärken immer mehr mein ungutes Gefühl, das sich im ganzen Körper ausbreitet. Wieso fragt er nicht, wie ich den Silvesterabend verbracht habe? Stattdessen schmatzt er weiter vor sich hin, schweigt und treibt mich damit in den Wahnsinn. Der Kloß im Hals wird dicker, und ich versuche, ihn mit einem Schluck Orangensaft herunterzuspülen. Das Essen liegt tonnenschwer in meinem Magen.

„Was ist los, Tristan?", frage ich.

Keine Antwort.

„Soll ich dir von meinem Abend erzählen? Mir ist etwas Unglaubliches passiert."

„Hmmm." Er blinzelt mich an und runzelt die Stirn. „Ist grad nicht der richtige Zeitpunkt, Luisa."

„Habe ich etwas falsch gemacht? Jetzt sag schon!", fordere ich ihn auf. „Du siehst so niedergeschlagen aus."

„Hmmm."

Etwas stimmt nicht. Oh mein Gott! Was ist los? Sein Blick. Hat er ernst geklungen? Mein Herz hämmert laut, und ich glaube, ich werde gleich ohnmächtig. Er nimmt einen weiteren Bissen und einen Schluck Kaffee. Er schaut an mir vorbei, und in diesem Moment wirbeln tausend Gedanken in meinem Kopf herum. Eine Frage schiebt sich mit voller Wucht in den Vordergrund. Warum hat er mich gestern Nacht nicht angerufen? Das macht man doch in einer Beziehung an Silvester so, oder nicht?

„Was ich dir sagen …"

Irgendetwas zieht sich in mir zusammen. Meine Alarmglocken schrillen.

„Bin mal kurz im Bad", sage ich bemüht locker und springe auf, weil mir übel wird. Ich halte diese Anspannung nicht mehr aus.

„Hmmm. Okay."

Meine Stimmung ist im Sinkflug. Gedankenverloren tapse ich durch den Flur und stoße mit dem Ellenbogen erneut gegen die Kartons.

Diese Scheißkartons!

Tristans Jacke fällt wieder auf den Boden und sein Handy rutscht heraus. Ich bücke mich und bemerke, dass es den Parkettboden anstrahlt. Ich greife danach und drehe es um. Der Kalender erinnert Tristan an … Oh Gott!!!

Mit offenem Mund starre ich auf das Display und gucke ein paar Mal hin, um zu verstehen, ob es sich um einen Tippfehler handelt.

Weltreise mit Olivia am 29.1. – Checkliste durchgehen.

Ich spüre, wie mir alles Blut aus dem Gesicht weicht und mein Blick verschwimmt. Wie kann das möglich sein? Ich verharre regungslos, doch die Gedanken laufen auf Hochtouren, als wollten sie bei Olympia gewinnen. Ich warte auf Tränen, aber es kommen keine. Vielleicht gewöhnt man sich ja daran, betrogen zu werden?

„Scheiße", murmele ich mit klopfendem Herzen und stolpere rückwärts gegen den Holzrahmen der Badezimmertür. Aua!

„Was ist los?", fragt Tristan aus der Küche.

„Nichts passiert! Hab mich nur gestoßen", sage ich in gespielt lockerem Ton und versuche dabei nicht die Fassung zu verlieren. Ich lächle, obwohl mir zum Heulen zumute ist.

Das muss ein Fehler sein, ein Missverständnis.

„Glaubst du das wirklich? Du dummes Mädchen", warnt mich Hugo.

„Nicht schon wieder *du*. Ich halte dich nicht mehr aus. Stopp! Stopp! Stopp!" Ich taumele mit Tristans Handy ins Bad und schließe mich ein. Über das Waschbecken gebeugt spritze ich kaltes Wasser ins Gesicht und rede mir ein, dass es sich um einen Fehler handeln muss. Mein Herz krampft sich zusammen und ist schwer wie eine Tonne. Ich höre, dass Tristan in den Flur kommt. Sucht er sein Handy? Dann entfernen sich die Schritte wieder.

„Du gutgläubiges Dummerchen."

„Halt die Klappe!" Ich schiebe ein wütendes „Hugo" hinterher, in der Hoffnung, bei seinem Namen ein Gefühl der Leichtigkeit zu verspüren. Aber nach leicht fühlt sich in diesem Moment überhaupt nichts an. Eher fühle ich mich schwer und hoffnungslos. Eine Gänsehaut kriecht mir über den Rücken bis in den Nacken, wo sie ein Brennen auslöst, als würden tausend Nadeln Tango tanzen.

„Nein! Das kann nicht sein ...", flüstere ich. Verzweifelt raufe ich mir die Haare. Er muss sich vertippt haben. Er hat sich doch geändert. Oder? Irgendwie glaube ich gerade selbst nicht daran. Scheiße!

„Luisa, du bist sooo naiv."

„Was willst du von mir, Hugo?"

Ich drehe mich im Kreis bis mir noch schlechter ist, halte dabei das Handy steif in der Hand und zittere vor Anspannung. Mir ist kalt und heiß zugleich, mein Puls zerfetzt mir fast den Kopf, und im Magen bildet sich ein schwerer Klumpen, der immer größer wird.

„Ich habe dich so oft gewarnt", sagt er.

Das flaue Magengefühl, das ich so gut aus den letzten Monaten kenne, verschlimmert sich.

„Stopp!" Zur Hölle mit dieser Innerer-Kritiker Stopp-Methode. Sie funktioniert nicht, denn nur mit Mühe kann ich die Übelkeit zurückhalten. Ich atme mehrmals tief ein und aus. Glücklicherweise scheint es zu wirken, denn mein Herzschlag wird langsamer. Die dunkle Wolke über mir fliegt davon. Danke Annika!

Genau genommen gibt es zwei Möglichkeiten. Nein, drei! Der erste Gedanke, der mir durch den Kopf schießt, ist: Ich ignoriere und verdränge die Nachricht auf dem Handy. Zweitens: Ich spreche Tristan darauf an. Nein! Das bedeutet ein zu hohes Risiko, ihn zu verlieren. Außerdem bin ich nicht bereit für die Wahrheit. Drittens: Ich laufe weg!

Sagt man nicht, dass der erste Gedanke zu einem Problem der beste ist? Ignorieren. Verdrängen. Also wie immer.

Ich werde ein anderer Mensch, der den Fokus auf die Lösungen und nicht auf die Probleme richtet. Ob Verdrängen damit gemeint war? Bestimmt nicht.

Ich schließe die Badezimmertür auf und trotte zurück in die Küche. Misstrauisch beobachte ich Tristan, wie er sein Brötchen zerlegt, aus den Krümeln Kügelchen rollt und sie sich in den Mund wirft. Er bemerkt mich, knetet weiter und summt vor sich hin. Er macht nicht den Anschein, als hätte er vor, mir reinen Wein einzuschenken.

„Sag mal, Luisa. Hast du mein Handy gesehen?"

Ich überhöre die Frage. Ignorieren. Verdrängen. Es ist nicht so leicht, sich nichts anmerken zu lassen. Denn der Druck staut sich in mir wie in einem Wasserkessel auf. Dennoch gehe ich ein paar Schritte auf ihn zu.

„Tristan, ich liebe dich. Vergiss das nicht, ja?", sage ich sanft und berühre ihn an der Schulter.

Ignorieren. Verdrängen.

Er schließt die Augen und macht eine seltsame Grimasse. „Wie könnte ich das vergessen?"

Was ist das für eine Antwort?

„Luisa, also …"

So langsam werde ich wütend. Wie kann ein erwachsener Mann, noch dazu ein Anwalt, in Erklärungsnot kommen?

„Suchst du das hier?", frage ich mit zuckersüßer Stimme, wobei meine Hände leicht zittern. Ich wedele mit dem Handy vor seiner Nase herum und versuche mir ein Lächeln abzuringen.

Er schaut verdutzt auf das Gerät. Dann drücke ich auf den Home-Button, und der Kalendereintrag blinkt auf. Sein Blick verrät ihn. Er streckt eine Hand aus, zieht sie sofort wieder zurück und hüstelt.

„Also, was ist los, Tristan?", frage ich.

„Ich …", stottert er.

„Ja?", frage ich mit engelsgleicher Stimme.

„Ich …" Er zögert und knibbelt an seinen Fingern. Für eine Weile herrscht absolute Stille im Raum, die sich ins Unendliche zu dehnen scheint. Dann atmet er laut aus und fährt sich mit einer Hand durch die Haare.

„Ich …"

„Ja?"

„Ich bin nicht bereit."

„Wofür?"

„Ach, Luisa, du weißt genau, was ich meine. Deswegen haben wir uns doch ständig gestritten."

Ich knalle das Handy auf den Tisch und bin über mich selbst erschrocken.

„Ich will wieder frei sein, und ich will kein …"

„Kein was?", frage ich mit spitzer Stimme.

„Ich fühle mich schon so lange eingeengt."

„Von mir oder von den ganzen Corona-Regeln?"

Er starrt mich an, dann platzt es aus ihm heraus: „Ich bin nicht bereit für … ein Baby. Und ich liebe eine andere Frau, Luisa!"

Ich schwanke einen Schritt nach hinten. All die unguten Gefühle der letzten Wochen ergeben plötzlich einen Sinn. Seine Worte treffen mich wie eine Tsunamiwelle, und mein Bauch fühlt sich an, als hätte Tristan dort soeben reingeboxt.

„Tristan", flüstere ich. „Wie? Das verstehe ich nicht. Ist das ein Scherz?"

„Nein, Luisa."

Mein Herz pumpt Blut in Höchstgeschwindigkeit durch die Adern. Ich atme schwer. Das ist doch ein Neujahrsscherz. Hektisch schweifen meine Pupillen umher. So oft habe ich mich in den letzten Monaten ungerecht behandelt gefühlt, aber das hier?

„Wer? Ach, nein. Ich kenne ja bereits ihren Namen", sage ich sarkastisch und wundere mich selbst, dass ich so ruhig bleibe. Ich betrachte dieses Theaterspiel von außen, als würde es gar nicht um meine Person gehen. Eine gute Taktik, mit der ich in den letzten Monaten überlebt habe. „Dein Handy hat es mir gezwitschert. Olivia, die Vertretung. Die vielen Überstunden, ja?"

„Ja. Am Anfang war sie wirklich nur … Das hat sich geändert. Verstehst du, was ich meine? Wir haben bereits eine andere …"

„Wir? Eine neue Vertretung? Seit wann läuft *denn* das Ganze?"

„Seit ungefähr einem halben Jahr." Er schaut verlegen auf seinen Teller.

„Du hast versprochen, dich zu ändern."

„Glaub mir, ich wollte das nicht."

„Und? Ist sie gut im Bett?"

„Luisa! Mach es uns doch nicht so schwer."

„Nicht so schwer? Tristan, du spinnst wohl. Und wie ist sie so? Deine Olivia."

„Sie ist anders. Gut gelaunt und lebensfroh."

„Gut gelaunt und lebensfroh. Verstehe! Und wie bin ich?"

„Deprimiert, traurig, antriebslos", erwidert er.

„Langweilig?"

„Luisa, das hast du jetzt gesagt."

„Weißt du was?", unterbreche ich ihn und werde zum ersten Mal laut. „Vor zehn Monaten habe ich unser Kind verloren. Ich konnte mich noch nicht einmal ablenken, weil mich dieses ewige Hin und Her zwischen Kurzarbeit und Fliegen wahnsinnig gemacht hat. Wie du vielleicht weißt, ist das nicht meine Schuld. Und die Krönung kam vor ein paar Wochen. Ja, genau! Du erinnerst dich? Meine Kündigung. Traumjob weg. Und jetzt auch noch das Geld. Sorry, dass ich da nicht so gut gelaunt und lebensfroh bin wie deine Olivia."

„Du hättest dich halt mal beim Arbeitsamt melden müssen."

„Mir ging es nicht gut."

„Nicht mein Problem, Luisa! Und sorry, unter einem Traumjob verstehe ich etwas anderes. Du warst doch nur eine Saftschubse."

„Stopp!" Ich knalle meine Hand auf den Tisch, sodass alles wackelt. Meine Hand brennt wie Feuer, und ich merke, wie ich rot anlaufe. Tristan zuckt zusammen und schaut irritiert. „Aber deinen geliebten Tomatensaft darf dir die dumme Saftschubse im Flugzeug bringen. Ja?" Ich zeige auf das Glas. „Apropos Flugzeug. Viel Spaß auf deiner Weltreise mit Olivia." Das „a" ziehe ich ein wenig in die Länge und rümpfe die Nase. „Unsere Reise auf die Kanaren hat sich ja wohl hiermit erledigt."

„Okay, ich geh dann mal", sagt Tristan. „Das hier führt zu nichts. Lass deine Aggressionen woanders raus."

„Aggressionen? Wie soll ich denn deiner Meinung nach auf so eine Nachricht am Anfang des Jahres reagieren? Soll ich dir die Füße küssen und dankbar sein?"

„Sag nie wieder Stopp zu mir. Hörst du?"

„Oh, so sensibel heute? Ja, verschwinde nur und lass dich hier nicht mehr blicken."

Er räuspert sich. „Eigentlich ist das ja meine Wohnung."

„Ich fasse es nicht. Du schmeißt mich raus, obwohl du bald weg bist?"

„Schon gut. Wie viel Zeit brauchst du? Eine Woche?"

Ich schaue Tristan ungläubig an. Er lächelt nicht, aber ich kann erkennen, dass er sich freut, weil er die Macht besitzt.

„Wie soll ich so schnell in Düsseldorf eine bezahlbare Wohnung finden?"

„Okay, zwei Wochen. Aber dann bist du weg! Ich muss hier noch ziemlich viele Dinge vor der Weltreise erledigen."

„Zwei Wochen?" Seine Worte dringen nur gedämpft zu mir durch.

Tristan zuckt mit den Achseln. „Dir fällt schon was ein. Ich bringe die restlichen Kartons jetzt für die neue Vertretung ins Büro und schlafe dann die nächsten Tage bei Olivia." Er nickt mir kurz zum Abschied zu, dreht sich um und verlässt die Küche.

Ignorieren. Verdrängen. Ich habe versagt.

„Du bist schuld, dass Tristan dich verlassen hat."

Die Worte meines inneren Kritikers rammen mich noch weiter in den Boden. Wie angewurzelt stehe ich minutenlang an der gleichen Stelle. Irgendwann knallt die Haustür ins Schloss. Ich verstehe die Welt nicht mehr, wanke ins Schlafzimmer und sinke erschöpft aufs Bett. Alles um mich herum dreht sich. Tristans Worte hallen in meinen Ohren nach wie ein Echo. Dieser Tag hat so hoffnungsvoll begonnen. Wie konnte er sich nur zu einem solchen Albtraum entwickeln? Mein Herz fühlt sich an, als wäre jemand darauf herumgetrampelt. Ich warte darauf, dass er zurückkommt, um mich zu trösten, um sich zu entschuldigen. Er soll sagen, dass das alles nicht so gemeint war. Doch er kommt nicht. Es bleibt still. Nur in meinem Kopf tobt ein Orkan.

6
Was lange gärt, wird endlich geklärt

Samstag, 1. Januar

Ich bin eingedöst, denn mittlerweile ist es wieder dunkel. Ich mag den Winter nicht. Kalt. Grau. Ungemütlich. Vom Bett aus flimmert ein Lichtschein unter der Tür hindurch, und ein Luftzug streicht mir übers Gesicht. Tristan trampelt im Flur und im Treppenhaus auf und ab und schleift die letzten Kartons über den Boden.

Du Scheißkerl.

Mein Herz schlägt bis zum Hals. Die Wut breitet sich im Körper aus, und ich stoße einen kleinen Schrei aus. Wie eine Rakete schieße ich hoch und stürme in den Flur.

„Wo habt ihr es getrieben? Na, in unserem Bett? Pardon, deinem Bett. Auf unserem Sofa? Ach nein, deinem Sofa. Wenn ich einkaufen war? Wenn ich spazieren …?", platzt es unkontrolliert aus mir heraus.

Die Erkenntnis nimmt mir die Luft zum Atmen. Neulich, die dunkelbraune Haarsträhne auf dem weißen Ledersofa, die viel dunkler und länger als meine war. Das mulmige Gefühl, das ich aber schnell wieder verdrängt und ignoriert habe, weil ich Tristan nicht verlieren wollte. Das Geplapper im Kopf, das mich permanent gewarnt hat.

„Du Schwein! Auf dem Sofa! Ist das wahr?“, schreie ich, während er sich räuspert und umdreht. Aber ich gebe nicht auf und will jetzt alles wissen, bevor mein Mut nachlässt. „Schau mich an.“

„Wenn es sein muss“, sagt er in gelangweiltem Ton.

„Ich hätte deine Unterstützung gebraucht. Stattdessen vögelst du eine andere?“

„Luisa.“

„Nix Luisa.“

Tristan knibbelt an seinen Fingern und schweigt.

„Wolltest du eigentlich ein Kind mit mir?“

„Ja, ähm … Am Anfang schon, … glaube ich.“

Mit leerem Blick starre ich ihn an.

„Ich dachte immer, ein Baby würde irgendwann in mein Leben passen. Nach der Weltreise, eigene Kanzlei … Aber der Zeitpunkt …“

„… hat nie gepasst“, beende ich erschüttert den Satz. „Letztes Jahr hat doch alles gepasst?“

„Du hast den Zeitpunkt bestimmt“, erwidert Tristan.

„Gib doch zu, jedes Mal, wenn wir im Bett waren, hattest du Panik. Glaubst du, ich habe das nicht gemerkt?“

„Du hast mich enorm unter Druck gesetzt.“

„Unter Druck gesetzt? Du bist auch nicht mehr fünfundzwanzig.“

„Habe ich ein Wort gesagt, als du schwanger geworden bist? Ein Wort?“ Tristan schreit ebenfalls, wobei seine Kiefermuskeln zucken.

„Brauchtest du nicht, man hat es dir angesehen.“

„Och, die Psychologin“, sagt er abwertend mit erhobener Stimme, wobei Spuckefetzen aus seinem Mund fliegen.

„Dafür brauchte man nicht viel Psychologie, um dir anzusehen, dass du schockiert über meine Schwangerschaft warst."

„Gratuliere", sagt er, und seine braunen Augen durchbohren mich wie Eispfeile.

„Danke, euch auch! Viel Spaß mit deiner Olivia. Ich gehe davon aus, dass ich dich heute zum letzten Mal gesehen habe?"

Er steht schweigend vor mir, und ich stürze in die Küche, um bei seinem Anblick nicht zu ersticken. Meine Güte, hier herrscht das reinste Chaos. Essensreste und das Geschirr vom Frühstück stehen herum. Ich räume auf und putze wie eine Irre, in der Hoffnung, dass meine Wut dadurch kleiner wird. Dann klingelt es an der Haustür, und eine Minute später trällert eine Frauenstimme: „Fertig, Schatz?"

Schatz? Verdammt nochmal! Bin ich im falschen Film?

„Klar, Süße", antwortet Tristan.

Mir bleibt die Sprache weg. Süße? Die Küche verschwimmt vor meinen Augen. Wie kann er mir das nur antun? Aufgewühlt stürze ich mit geballten Fäusten aus der Küche. Olivia schaut mich zuerst verwirrt an, dann giftig, danach herablassend. Ich verschränke die Arme vor der Brust. Sekundenlang herrscht Stille. Sie trägt ein schwarzes Wollkleid, darüber einen hellgrauen Mantel, dazu dunkle Highheels. Mitten im Winter? Sie sieht aus wie ein Model mit ihren langen, braunen Haaren und ihrer gebräunten Haut. Die perfekte Olivia! Selbstbewusst und sexy. Ich bin nicht einmal ansatzweise so wie sie, selbst wenn ich mich noch so sehr bemühe. Sie hat einiges an Make-up aufgetragen. Außen schön, innen hohl.

„Du bist hässlich!", raunt mir die Stimme in meinem Kopf zu.

„Stopp!", schreie ich und schlage mit der Hand gegen die Wand. Wütend stampfe ich mit dem Fuß auf, woraufhin ich zur Besinnung komme. Ich mag mit meiner hellen Haut und den naturroten Haaren nicht dem Idealbild entsprechen, doch ich werde dieser dämlichen Kuh nicht die Genugtuung geben, auf mich herabzublicken, als wäre ich der Dreck unter ihren manikürten Fingernägeln. Ich versuche, die Fassung zu bewahren, und begrüße sie so ruhig, wie es eben in dieser Situation möglich ist: „Olivia. Schön, dich hier zu sehen. Du bist mein Ehrengast. Die Party kann losgehen."

Sofort antwortet Tristan: „Lass gut sein, Luisa. Jetzt ist nicht der richtige Zeitpunkt, um zu diskutieren."

„Ach, und den Zeitpunkt bestimmst du?" Ich grinse und füge eins zu null für mich in Gedanken hinzu.

„Warte unten", fordert Tristan Olivia auf.

Sie schaut ihn an und legt den Kopf schräg.

„Warum das denn?", antwortet sie mit ihrer piepsigen Stimme wie ein patziges Kind.

„Geh bitte nach unten und warte auf mich, okay? Du musst dir das hier nicht antun."

„Was nicht antun?", frage ich. „Hört dein Jungspund etwa nicht auf dich?" Ich bin schockiert, denn sie sieht aus wie sechzehn.

Ich schaue die beiden an und warte auf eine Antwort. Sie schweigen. „Gut! Ich entscheide. Jetzt ist genau der richtige Zeitpunkt", sage ich mit entschlossener Stimme. „Wir diskutieren und zwar jetzt."

„Sie hat keinen Stolz", raunt Olivia Tristan ins Ohr.

Er sieht mich mit durchdringendem Blick an. Missbilligung steht ihm ins Gesicht geschrieben.

„Wie fühlt sich so ein Betrug an. Na?", erkundige ich mich.

Die beiden reagieren nicht.

„Hat es euch die Sprache verschlagen?"

Tristan stupst Olivia an und sagt: „Ich bin fertig mit Packen. Lass uns gehen."

Er überreicht ihr einen Stoffbeutel mit Kleinkram. Er selbst trägt eine Reisetasche über seiner Schulter und den letzten Karton in beiden Händen. Olivia öffnet die Wohnungstür, und ihre Absätze klackern auf den Fliesen. Ich möchte noch etwas zu Tristan sagen, doch er dreht sich von mir weg und dackelt ihr hinterher. Ich sollte sie ziehen lassen, aber ich kann nicht und folge ihnen nach draußen. Diese Tussi zieht eine schwere Parfümwolke hinter sich her. Ihr vermeintlicher Luxusduft riecht wie ein billig zusammengepantschtes Wässerchen. So ähnlich wie das Parfum von … von heute Morgen! Das kann nicht sein! Ich drehe durch.

„Tristan, wie fühlt sich so ein Betrug an?", rufe ich noch einmal, obwohl ich mich am liebsten übergeben würde. Meine Stimme hallt im Treppenhaus nach.

Er schaut sich nicht um, und ich höre, wie sich leise eine Tür öffnet. Frau Klingebiel? Und zum ersten Mal seit Monaten bricht die gesamte Wut aus mir heraus. Es ist mir egal, wer mithört. Soll doch die ganze Welt erfahren, was für ein Mistkerl in diesem Haus wohnt.

„Warum kannst du mir nicht antworten?", brülle ich.

Die beiden schweigen.

„Wie fühlt sich das an? Ein einfaches super würde reichen. Wie alt ist deine Kleine überhaupt?"

Olivia drückt mit ihren langen tiefrot lackierten Fingernägeln auf den Knopf des Aufzugs. „Ich bin schon fünfundzwanzig."

„Uiiiii", erwidere ich belustigt.

„Ach ja, liebste Luisa. Bitte noch einen Tomatensaft. Mit Pfeffer und Salz. Husch, husch ins Häuschen." Mit ihren Händen verscheucht sie mich.

Ich kann nicht fassen, was Tristan an so einer eingebildeten Kuh findet.

„Ich verstehe, warum er dich verlassen hat. Luisa, du solltest dir Beruhigungstabletten verschreiben lassen."

Ich starre sie an.

Tristan schweigt und schaut angewidert zu mir. Jegliche Zuneigung ist aus seinem Blick gewichen. Dann öffnen sich die Aufzugtüren, und die beiden verschwinden in der Kabine.

„Hau doch ab, du feiger Hund!", schreie ich ihm hinterher. In diesem Moment spüre ich, wie etwas Finsteres in mir versucht, das Ruder zu übernehmen. Plötzlich verstehe ich die Serienfiguren, wenn sie die Kontrolle verlieren. Auch ich besitze diese dunkle Seite. Eine unheimliche Welle jagt durch meinen Körper.

Wie eine aufgeregte Tarantel rase ich in die Küche, schnappe mir aus dem Kühlschrank die halbvolle Flasche Tomatensaft und jage die Treppe hinunter. Ich bin vor ihnen unten und höre, wie sich Tristan in der zweiten Etage mit Frau Klingebiel unterhält und sie Neujahrswünsche austauschen. Die neugierige Nachbarin muss den Aufzug gestoppt haben. Glück für mich, denn so habe ich genug Zeit, ein wenig Tomatensaft vor der Haustür zu verteilen. Ich öffne den Schraubverschluss. Böses Mädchen. Mein Adrenalinspiegel sorgt für den Rausch und gibt mir den letzten Mut-Kick. Als die beiden aus dem Aufzug treten, erschrecken sie, weil sie nicht mit mir gerechnet haben. Doch da ist er wieder: Olivias höhnischer Blick. Innerlich explodiere ich, gebe mir aber nicht die Blöße und öffne die Haustür, als wolle ich ihnen helfen. Tristan und Olivia schauen sich an, und ich hole wie in der Schlussszene eines Theaterstücks zum letzten Schlag aus. „Tristan, verschwinde aus meinem Leben, du Mistkerl! Ich will dich nie, *niemals* wiedersehen!" Dann drehe ich langsam den Kopf zu Olivia. „Und das gilt auch für dich, du Schlange! Tut mir leid. Ich hatte keine Zeit mehr, den roten Teppich für euch auszurollen", sage ich voller Genugtuung und verbeuge mich. Mein Atem ist flach, und mein Herz pumpt so schnell, dass ich das Pulsieren in den Ohren höre. „Aber dieses Rot tut es bestimmt auch." Ich ziehe die Tomatensaftflasche hinter dem Rücken hervor und trinke einen Schluck. Unglücklicherweise muss ich losprusten, und rote Spritzer landen auf Olivias hellgrauem Mantel. „Sorry! Und jetzt husch, husch! Fasten your seatbelt!"

Mit einem Knall schlage ich die Tür zu und höre, wie es draußen poltert.

7
Crash, Boom, Wutausbruch

Samstag, 1. Januar

Der penetrante Geruch von Olivias Parfum strömt mir beim Öffnen der Fahrstuhltüren entgegen und verursacht erneut Übelkeit. Ich unterdrücke den Brechreiz und stolpere einen Schritt nach hinten aus der Kabine. Die Aufzugtüren schließen sich. Mit zusammengebissenen Zähnen und wackeligen Beinen schleiche ich die Stufen hinauf und bete, dass mir niemand im Treppenhaus begegnet. In der Wohnung greift die Stille nach mir und zieht wie ein frostiger Hauch über meinen Rücken. Die Tränen, die ich in den letzten Stunden so eisern zurückgehalten habe, schießen wie Sturzbäche aus mir heraus.

Er hat mich verlassen. Er macht mit Olivia eine Weltreise. Er liebt mich nicht mehr. Ich bin allein.

Völlig entkräftet sacken meine Beine unter mir zusammen, und ich lande auf dem Boden. Hilfe! Die Gedanken wirbeln durcheinander, und ich fühle mich wie ein Kopf ohne Körper! Komm zurück! Ich liebe dich! Wir schaffen das Missverständnis aus der Welt.

Mit schwitzigen Händen ziehe ich mein Handy aus der Seitentasche der Leggins, weil ich Tristan eine Nachricht schreiben muss. Ich drücke auf den Home-Button, nichts passiert. Mist! Kein Akku. Ich versuche aufzustehen, aber alles dreht sich. Mir brummt der Schädel, und das flaue Gefühl in der Magengegend wird stärker.

„Versagerin!", schreit mich Hugo an.

„Stopp! Zum hundertsten Mal Stopp!", brülle ich. „Warum funktioniert diese Methode nicht?"

Ich ziehe mich an der Wand hoch, falle zurück und stoße mir dabei den Hinterkopf. Die Stirn pocht, und in diesem Moment kann ich die Welle der Übelkeit, die sich aus meinem rumorenden Magen nach oben durch die Speiseröhre drückt, nicht mehr aufhalten. Sie landet als grünlich-schleimiger Batzen auf dem teuren Marmorboden. Ein spitzer Schrei verlässt meine Kehle, so ekelig ist das. Mein Rachen brennt, als würde Schmirgelpapier darin festsitzen. Durst! Doch der Wasserhahn scheint kilometerweit entfernt zu sein. Ich wische mir den Mund mit dem Ärmel ab, rolle mich seitlich auf dem kleinen Flurteppich zusammen und döse weg. Meine Umgebung verschwimmt zu einer Farbe, wie die Landschaft hinter einem mit Regentropfen benetzten Fenster. Ein Schatten schiebt sich vor die Sonne. Zwei grünblitzende Augen rasen auf mich zu. Da steht er, mein innerer Kritiker, und lacht wie der Teufel höchstpersönlich.

In der Dunkelheit knallt eine Tür. Noch nie klang sie so laut. Noch nie kam Tristan nicht zurück. Ein heftiger Ruck durchfährt meinen Körper wie ein Stromschlag.

Er hat mich verlassen. Er macht mit Olivia eine Weltreise. Er liebt mich nicht mehr. Ich bin allein.

Ich sitze in einem dunklen Raum und rüttele an der Tür. Aber sie lässt sich nicht öffnen. Ich schaue durch das Schlüsselloch. Der Schlüssel steckt von außen. Ich will Tristan hinterherlaufen, aber ich kann mich nicht mehr bewegen. Ich will an diesen schönen Ort mit den bunten Blumen, der sich an Silvester so real angefühlt hat. Was, wenn ich nie wieder dorthin zurückfinden werde? Was, wenn ich für immer in diesem dunklen Raum gefangen bleibe? Ausgesperrt. Ausgesperrt aus meinem eigenen Leben. Was für ein Albtraum! Mein Herz schlägt schneller, und ich wache auf.

Ich stöhne durch die zusammengepressten Zähne. Mein Kopf liegt seltsam verdreht auf dem Boden, und jede Bewegung schmerzt noch stärker als heute Morgen. Mein Hals ist steif, und das Brennen zieht bis in die Schultern.

Immerhin spüre ich meinen Körper wieder, denke ich sarkastisch, während ich auf dem Boden in meiner eigenen Kotze liege. Ein säuerlicher Geruch zieht in meine Nase, und fast wird mir ein zweites Mal übel. Der Kotzfleck muss weg, bevor die Säure den teuren Marmorboden beschädigt.

Während ich mich darauf konzentriere, meinen Oberkörper aufzurichten, vernehme ich einen unbekannten Laut. Instinktiv drehe ich den Kopf in die Richtung, aus der das Geräusch kommt.

„Luisa, du stinkst", höre ich eine Stimme, die so real klingt, als würde jemand neben mir stehen.

„Ich werde verrückt!", murmele ich und stütze mich mit beiden Händen an der Wand hinter mir ab. Mein Blut pulsiert in den Adern.

„Du bist schon verrückt."

„Das gibt es doch nicht." Da sitzt tatsächlich mein innerer Kritiker und sieht aus wie das Bild, das ich gemalt habe. Träume ich, oder bin ich wach?

Verheult rutsche ich der Stimme entgegen. Zuerst sehe ich einen verwuschelten Haarschopf, aus dem zwei kleine gelbe Hörner ragen. Ein Teufel in Jungengestalt, so groß wie eine Puppe, dessen Mundwinkel nach unten gezogen sind. Die grünfunkelnden Augen blitzen mich wütend an.

„Verflucht! Das ist wirklich mein innerer Kritiker!", rufe ich, fest davon überzeugt, dass mein Gehirn schon seit heute Morgen mit der Gesamtsituation überfordert ist und mir nur einen Streich spielt. Sind es die ekeligen Dämpfe, die mir meine Sinne vernebeln?

„Pah!" Jetzt stampft dieses Wesen einmal heftig mit dem Fuß auf und lacht.

„Ich liege in meiner eigenen Kotze, und du lachst?", frage ich ihn.

„Pah! Das hast du dir alles selbst eingebrockt."

„Ich soll mir das eingebrockt haben?"

„Ja, wer sonst? Du hast dich im letzten Jahr gehen lassen."

„Lass mich in Ruhe! Du bist nicht real. Ich spreche doch nicht mit einem Hirngespinst", sage ich und ignoriere ihn.

„Pah! Mich wirst du nicht los, denn ich bin ein Teil von dir", sagt er mit einem höhnischen Unterton.

Mir fallen die Worte von der unbekannten Person aus der E-Mail ein, dass der innere Kritiker eine Seite der Persönlichkeit ist, und wir alle diese kritische Stimme in uns haben.

Wieder zur Besinnung gekommen, hocke ich mich hin und blicke dem Teufel direkt in seine Augen.

„Hugo!"

„Nenn mich nicht Hugo! Das mag ich überhaupt nicht."

„Hugo", wiederhole ich. „Ich mag dein Geplapper auch nicht. Hugo-o-o!" Ich denke an die vierte Übung. *Verbinde den Namen mit Leichtigkeit und Spaß.*

„Hugo, Hugo, Hugo." Es klappt, und ich breche in ein hysterisches Lachen aus. „Hugo, wo bist du?"

Mein innerer Kritiker ist wieder verschwunden, und ich raffe mich auf, um die Putzutensilien aus dem Bad zu holen. Ich werde die Schweinerei beseitigen. „I have the power! I have the power!", rufe ich wie die Hauptfigur She-Ra aus *Princess of Power*, einer Serie, die ich als Kind immer gerne geschaut habe. Superkräfte überkommen mich. In Gedanken erhebe ich mein Schwert. Attacke!

Die Wut setzt eine Riesenkraft frei. Im Flur öffne ich einen großen Müllsack, streife Gummihandschuhe über und sammele die Omelett-Brocken mit Küchentüchern auf.

Dann besprühe ich den Fleck mit Desinfektionsspray und lasse es kurz einwirken. Ich wische immer wieder mit Papier über die gleiche Stelle. Ich drücke so stark auf, bis die Handballen brennen, als könnte ich die Ereignisse dieses nicht enden wollenden Tages wegwischen. Diese gleichbleibenden Geräusche sind wie Musik in meinen Ohren, und ich gebe mich ganz der Arbeit hin. Es hat sogar etwas Meditatives. Der Nacken tut zwar weh, doch nicht ansatzweise so, wie der Schmerz in meinem Herzen. „So ein Wahnsinn", singe ich mit kraftloser Stimme. „Warum schickst du mich in die Hölle? Hölle, Hölle, Hölle!"

Völlig entkräftet schrubbe ich am Ende mehrmals mit dem Wischmopp über den Boden, kontrolliere die Wand und starre auf die Stelle. Die Säure hat den empfindlichen Marmorboden angegriffen. Im Licht erkenne ich eine kleine Beschädigung an der Oberfläche. Es ist nicht perfekt! Mir schießen in Sekundenschnelle Tränen in die Augen, die sich mit dem Schweiß auf meinen Wangen vermischen. Wird mein Herz wenigstens unbeschadet davonkommen? Ich vermute eher nein.

„Versagerin! Gib auf! Nichts bekommst du auf die Reihe."

„Halt die Klappe, Hugo! Ich gebe nicht auf, nur weil ein paar Kratzer im Licht schimmern." Aber es fällt mir schwer, mich nicht durch ihn entmutigen zu lassen.

Ich werde die Verantwortung über mein Leben zurückerlangen und es wieder selbst in die Hand nehmen.

Obwohl es mitten in der Nacht ist, entscheide ich mich, den Abfall noch heute zu entsorgen, weil ich diese ekelige Erinnerung keine Sekunde länger in der Wohnung ertrage. Ich marschiere ins Schlafzimmer, um in der Sommerschublade nach der Sonnenbrille zu suchen. Keiner soll meine zugeschwollenen Augen sehen. Beim Öffnen der Schublade zieht sich mein Hals zu, und ich versuche zu schlucken. Der Kloß im Rachen schwillt zu einem gewaltigen Felsbrocken an. Dort liegt das Strandkleid, das mir Tristan im letzten Urlaub geschenkt hat. Die große Traurigkeit stürzt erneut auf mich ein. Zittrig hole ich tief Luft und schaffe es, die schlechten Gedanken zu vertreiben. Ich denke an meine Entscheidung, straffe die Schultern und verlasse das Schlafzimmer so schnell, wie ich gekommen bin.

Im Flur stopfe ich den Müll in den Sack und bringe ihn nach unten. Wieder oben angekommen trifft mich der beißende Geruch wie eine Druckwelle.

„Pah! Du hast das Lüften vergessen", sagt Hugo tadelnd.

Ich versuche, ihn zu überhören, reiße die Fenster in der Wohnung auf und schnappe nach Luft. In der Küche lösche ich meinen Durst und spüle den sauren Geschmack auf der Zunge herunter. Obwohl ich hundemüde bin, räume ich die Reste vom Frühstück und das Putzzeug weg. Mein ganzes System ist auf Autopilot geschaltet. Nichts soll mich mehr an diesen fürchterlichen Neujahrstag erinnern.

Als ich im Wohnzimmer die Fenster schließe, fällt mein Blick auf das weiße Eckledersofa. Ein heftiges Zucken und ein unsanfter Ruck fahren wie ein Stromschlag durch meinen Körper. Ich kann diese fürchterliche Lethargie abschütteln. Doch der Gedanke, dass Tristan und Olivia mich auf diesem Sofa hintergangen haben, schnürt mir ein weiteres Mal die Kehle zu. Ich möchte brüllen, aber meine Stimme versagt. Das schickt sich nicht für Mädchen und erst recht nicht für Frauen.

Ich denke an die mitternächtliche Mail. *Dein goldenes Notizbuch soll ein Wegbegleiter im Alltag sein. Schreibe, male und klebe dort alles hinein, was dein Herz bewegt.* Ich habe lange nichts geschrieben. Doch in diesem Moment schießen die Worte aus mir heraus. Im Schneidersitz auf dem Sofa sitzend, erwecke ich eine alte Leidenschaft zum Leben. Ich schreibe ein Gedicht.

Ich bin wütend, schrecklich wütend.
Am liebsten möchte ich ganz laut schreien
und wie ein Drache Feuer speien.
Doch als Frau ziemt es sich nicht.

Besser die Wut bleibt in dir,
bis du daran zerbrichst.
Wieso gilt Sanftmut als weibliche Eigenschaft?
Das gehört sofort abgeschafft.
Eine wütende Frau verliert an Status, ganz gleich, in welcher
Position.
Aber bei Männern sind diese Verhaltensweisen eine Option.
Ab heute wird sich das alles ändern,
und ich werde nicht mehr meine Zeit mit unterdrückten
Emotionen verplempern.
Meine Wut muss raus,
deswegen lösche ich nun dieses Sofa aus.

Eine Stunde später schnellt mein Arm ein letztes Mal in die Höhe, um die scharfe Klinge in das weiße Ledersofa zu rammen. Meine Wut ist verraucht. Aber ich bin mir sicher, dass sie wiederkommen wird. Erschöpft lasse ich das Messer auf den kleinen Marmortisch neben das goldene Notizbuch und den Kugelschreiber fallen. Mit einem Lächeln auf den Lippen betrachte ich den Schrottberg. Mein Meisterwerk! Überall liegen Schaumstofffetzen und Lederstücke herum. Ich fühle mich wie eine Kriegerin mit Pfeil und Bogen. Anspannung, Entspannung. Befreiung!

Doch schon im nächsten Moment erstarre ich. Oh Schreck! Ich will auf keinen Fall die Nacht in unserem Bett verbringen, wo es nach Tristan riecht. Da habe ich die rettende Idee. Im Schlafzimmer ziehe ich die selbstaufblasbare Luftmatratze unterm Bett hervor, schnappe mir die warme Decke samt Laken und klemme mein Nachthemd unter den Arm. Eine Weile verharre ich in der Stille und atme lange ein und aus. Luisa, du schaffst das! Ich bin mir in diesem Moment allerdings nicht sicher, ob ich damit das Leben ohne Tristan meine oder die Nacht auf der Luftmatratze. Nackenschmerzen lassen grüßen. Rückenschmerzen gibt es gratis dazu, denke ich voller dunkler Vorahnungen. Aber das muss jetzt sein. Immerhin bin ich verschiedene Matratzen als

Flugbegleiterin gewohnt. Und nicht alle Hotelmatratzen waren ein rückenfreundlicher Traum.

Im Wohnzimmer schlüpfe ich in das Nachthemd und stecke das Handy ans Ladekabel. Mit letzter Kraft schiebe ich den Schrottberg aus der Mitte des Raums vor den Fernseher und warte, bis sich die Luftmatratze aufgeblasen hat. Dann betrachte ich mein Schlaflager. Oder sollte ich es besser Straflager nennen? Als ich endlich liege, entfährt mir ein langer Seufzer. Eine bleierne Müdigkeit überkommt mich. Ich schließe die Augen, und nach nur einer Minute falle ich in einen traumlosen Schlaf. Auch Hugo ist für heute verstummt. So viel Tatendrang konnte er wohl nicht ertragen.

8
Wenn du denkst, es geht nicht mehr

Freitag, 7. Januar

Eine Woche lang schlafe und weine ich nur und esse labbrigen Toast. Jeder Morgen beginnt mit Herzrasen, das im Rhythmus zu bohrenden Kopf- und Nackenschmerzen und Zeilen von Hip-Hop-Songs hämmert. Der Anblick des Schrottbergs gibt mir den Rest und erinnert mich an mein verpfuschtes Leben. Fazit des Liegekomforts auf der Luftmatratze: Wellnessurlaub sieht anders aus. Süße Träume. Nicht garantiert.

Und natürlich meldet sich mein innerer Kritiker täglich beim Aufwachen mit unschönen Kommentaren und redet mir ein, dass ich eine Null bin. Kaum öffne ich die Augen, lässt er kein gutes Haar an mir. Er schwirrt wie eine nervige Motte durch meinen Kopf und ist der Grund, weshalb ich mich hundeelend und wie gelähmt fühle. Unfähig, auch nur einen klaren Gedanken bezüglich meiner Zukunft zu fassen. Das Workbook habe ich kein einziges Mal mehr auf dem Handy geöffnet, und das goldene Notizbuch liegt immer noch unberührt auf dem Marmortisch.

Es ist Freitagmorgen, und ich liege mal wieder auf der Luftmatratze und starre an die Decke. *Killing me softly* von den Fugees dröhnt in Dauerschleife von einer alten CD über die Anlage durch das Wohnzimmer. Meine Gedanken spielen Pingpong und springen von Tristan zu meinem leeren Unterleib. Zum hundertsten Mal frage ich mich, ob ich jemals eine eigene Familie haben werde. Ich male mir aus, dass Tristan gleich vor der Tür steht und mich anfleht, ihm noch eine Chance zu geben. *Es tut mir leid, Luisa. Olivia ist nicht die Richtige und viel zu jung. Ich liebe nur dich und will ein Baby mit dir.* Doch dann wird mir schmerzlich bewusst, dass er weg ist und meine Gedanken nur Hirngespinste sind. Kein Mann! Kein Baby! Und kein Job! Und zu guter Letzt auch noch obdachlos! Wenn das mal nicht zum Bemitleiden ist!

Es vibriert auf dem Marmortisch. Aber mir ist durch das lange Liegen so kalt, dass ich mich kaum bewegen kann. Die Bodenkälte des Marmors ist direkt durch den Hohlraum in der Luftmatratze in mein Kreuz gestiegen. Ich reibe die Hände aneinander und greife nur unter Schmerzen nach dem Handy. Doch vor lauter Zittern rutscht es durch meine Finger und fällt zu Boden. Der Gedanke, es könnte kaputt sein, bringt mich in Sekundenschnelle zum Schwitzen. Für ein neues Handy habe ich definitiv kein Geld.

Glücklicherweise ist es auf dem Teppich gelandet. Ich beiße die Zähne zusammen, angele mit ausgestreckten Händen danach und prüfe die eingehende E-Mail. Der Betreff lautet:

Aufgeben ist keine Option. Hier kommt deine nächste Übung.

„Verrückt", murmele ich und öffne sie.

Übung 6: Fünf Tipps, wie du heute ins Handeln kommst.

1. Schreibe die Tipps in dein goldenes Notizbuch und fange sofort an.
2. Beginne mit dem ersten kleinen Schritt. Merke: Lieber kleine Schritte als keine Schritte.
3. Belohne dich.
4. Lies deine Entscheidung noch einmal durch.
5. Erledige heute eine Sache, die dich deiner Entscheidung näherbringt.
6. Teile anschließend deine Gedanken mit einer anderen Person.

„Aufgeben ist keine Option", sage ich völlig perplex, und mit einem Ruck sitze ich senkrecht auf der Luftmatratze. Diese Worte beflügeln mich, und ein flatteriges Gefühl pocht in der Magengegend. Ist das wirklich die nächste Übung? Schnell vergleiche ich die Mail mit der Übung 6 meines Workbooks. Tatsächlich! Die unbekannte Person möchte, dass ich weiterkämpfe. Es ist, als hätte jemand den Schalter umgelegt, und ich beschließe, jetzt die Notbremse zu ziehen, weil ich mein ewiges Gejammer so satthabe. Man darf leiden, wenn man sein Baby verliert, wenn einem gekündigt wird und wenn es mal nicht so läuft. Und natürlich nach einer Trennung. Aber jetzt ist Schluss!

1. Beginne mit dem ersten Schritt. Das tue ich und schlage die Decke zurück, schlüpfe in die warmen Löwenkrallen-Hausschuhe und schalte die Untergangsmusik aus. Check! Mit dem Handy, dem goldenen Notizbuch und dem Kugelschreiber in der Hand eile ich in die Küche und lege alles auf die Kücheninsel.

Und jetzt?

2. Belohne dich. Immerhin habe ich es geschafft, aufzustehen, sage ich zu mir selbst. Das ist Grund genug für eine Belohnung. Wie wär's mit einem Tee und einer Wärmflasche? Check! Ich hole eine Tasse aus dem Schrank und hänge einen Teebeutel von Annikas Yogi-Tee hinein, den sie mir geschenkt hat. Dann warte ich, bis der Wasserkocher piept und gieße das heiße Wasser auf.

„Mhmm", sage ich und atme den Duft der Teekräuter ein. Motiviert setze ich mich auf den Barhocker mit Blick auf den Rheinturm und genieße den Ausblick. Mit der Wärmflasche auf den Oberschenkeln puste ich kleine Wellen in den Tee. Mit jedem Schluck breitet sich ein Wohlbehagen in mir aus. Ich öffne erneut die E-Mail, schreibe die Tipps ab und freue mich, dass der erste und zweite Punkt gar nicht so schwer waren. Ich schalte mein Handy stumm, wofür ich mir innerlich ein paar Mal auf die Schulter klopfe.

3. Lies deine Entscheidung noch einmal durch. Ich nehme einen weiteren Schluck Tee, lese die Punkte auf der Liste durch und denke an den Silvesterabend. *Wunder gibt es immer wieder,* summe ich vor mich hin, und wie von Zauberhand geleitet, lese ich den Anhänger des Teebeutels. *Eine Tasse Tee hat noch jedes Problem gelöst.* Mein Kopf wippt völlig ungläubig hin und her, weil ich diesen Sprüchen nie eine große Bedeutung geschenkt habe.

„Wer die Entscheidung getroffen hat, etwas zum Positiven zu verändern, entdeckt auch im Kleinen das Großartige." Zumindest ist das Annikas Ansicht. Sie sagt, Tee ist wie Meditation und Inspiration aus der Tasse. Schon die Zubereitung hat eine erholsame Wirkung auf den Körper und die Seele, weil andere Gedanken ausgeblendet werden. Du holst den Teebeutel aus dem Schrank oder gibst Kräuter in ein Sieb, kochst Wasser auf, wartest und zelebrierst deinen Tee.

Wider Erwarten brechen die Tränen nicht aus mir heraus, als ich bei Punkt 10 auf meiner Entscheidungsliste ankomme.

10. Ich werde die Beziehung mit Tristan reparieren. Ohne weiter darüber nachzudenken, kritzele ich hastig den Satz so lange über, bis er nicht mehr zu sehen ist, und ersetze ihn durch: *10. Ich brauche keinen Mann!!!* Die drei Ausrufungszeichen sollen mich daran erinnern: Ich meine es verdammt ernst. Check! Dann bin ich schon beim vierten Tipp angelangt.

4. Erledige heute eine Sache, die dich deiner Entscheidung näher-bringt. Sofort fällt mir eine eigene Wohnung ein. Aber ich bin arbeitslos, und die Mieten in Düsseldorf sind verdammt teuer. Ich klicke nervös den Kugelschreiber auf und zu. Klick!

„Du Pfeife!"

Mein Kopf rattert schon wieder, und ich drifte ins Negative ab.

„Stopp! Verflucht! Diese Scheiß-Methode. Sie funktioniert einfach nicht." Ich knalle das Handy auf die Theke. Doch ich will nicht aufgeben, grabsche auf der Mülleninsel nach dem Laptop und öffne die Wohnungsanzeigen. Nachdem ich Seiten mit schicken Neubauwohnungen in Oberkassel durchsucht habe, die ich mir beim besten Willen nicht leisten kann, verändere ich die Suche. Okay, dann eben ohne moderne, offene Küche. Das ging früher schließlich auch. Aber selbst die Preise für ältere Wohnungen sind hier in diesem gehobenen Wohngebiet zu hoch. Ich muss somit mein Glück auf der anderen Rheinseite versuchen und stelle fest, dass die Mieten in einigen Stadtteilen günstiger sind, jedoch immer noch nicht bezahlbar für jemanden mit Arbeitslosengeld. Ob meine Arbeitslosigkeit ein Hindernis bei der Bewerbung darstellen wird? Ich verändere die Suche immer weiter und bin mittlerweile bei 1-Zimmer-Wohnungen in Gegenden angekommen, bei denen mir ein kalter Schauer über den Rücken läuft. Auf keinen Fall!

„Du bist zu anspruchsvoll", ermahnt mich mein innerer Kritiker.

„Stopp!"

„Reiß dich mal zusammen."

„Ruhe, Kopf! Ich wohne in keiner Gegend voller dubioser Gestalten und einer enorm hohen Verbrecherquote. Nein, nein und nochmals nein!", schmettere ich dem Bildschirm entgegen. In Eller stirbt man schneller! Und ich kann erst recht nicht in eine WG mit fremden Menschen einziehen. Aber allein wohnen? Meine Stimmung kippt eine Etage tiefer. Ich klappe den Laptop scheppernd zu, drücke die Wärmflasche fest auf den Bauch und klicke den Kugelschreiber. Ich brauche dringend Ablenkung und greife nach dem Handy. Es war immer schon so, dass ich es gerne benutze, wenn mich Probleme quälen. Vielleicht sollte ich googeln, was die Anzeichen eines Handyjunkies sind. Soll ich es in den Müll werfen? Aber kann man heute noch ohne Handy leben?

Was? Sieben verpasste Anrufe? Meine Mutter hat sieben Mal angerufen?

Ich tippe auf das Display, um sie zurückzurufen, aber ein innerer Widerstand meldet sich. Vielleicht möchte sie, dass ich ihr im Buchladen helfe, weil sie es mit ihrem gebrochenen Arm nicht allein schafft. Das möchte ich wirklich gerne. Jedoch wäre ich gezwungen, ihr von meiner Trennung zu erzählen, denn sie würde meine Stimmung selbst aus hundert Kilometern Entfernung wittern. Aber ich kann mit niemandem darüber sprechen, auch nicht mit meiner Mutter. Ich schäme mich. Oder hat sie angerufen, weil sie mich wieder überreden will, den Buchladen zu übernehmen? Ich verstehe, dass sie Angst hat, das Erbe ihrer Mutter zu verkaufen. Das will ich auf keinen Fall! Nur setzen mich ihre Anrufe enorm unter Druck, und das schlechte Gewissen greift ständig nach mir. Dann fühle ich mich wieder verantwortlich für sie und ihr Leben. Schon früh hatte ich Mitleid mit ihr, da sie von meinem Vater für eine andere Frau sitzen gelassen wurde, als ich zwei Jahre alt war. Das Einzige, das ihr auch heute noch eine gewisse Genugtuung verleiht, ist, dass ich Sommer mit Nachnamen heiße, so wie meine Oma. Denn meine Mutter und mein Vater waren nie verheiratet.

Meine Augen werden immer schnell feucht, wenn ich an meine wundervolle Oma Elfi denke. Gemeinsam führten sie und meine Mutter den Buchladen, über dem wir drei wohnten. Doch dann zog Oma in die Seniorenresidenz am Grafenberger Wald. Da war ich zehn Jahre alt. Von dem Zeitpunkt an arbeitete meine Mutter rund um die Uhr im Buchladen und kümmerte sich allein um mich. Seitdem war sie immer müde, und ich spürte ihre Traurigkeit, auch wegen Oma. In dieser Zeit lag meistens eine Schwere auf ihr und auf mir. Ich wollte ihr so gerne helfen, wusste aber nicht wie. Bis zu Oma Elfis Tod, als ich siebzehn Jahre alt war, besuchte ich sie immer freitags in ihrem kleinen Zimmerchen am Waldrand und las ihr vor. Ich gab ihr die Liebe zurück, die sie mir all die Jahre gegeben hatte.

Ich liebe den Buchladen. Als Kind habe ich mir oft gewünscht, später dort zu arbeiten. Aber die Zeiten haben sich geändert. Ich habe einen anderen Beruf gewählt und kann ihn nicht übernehmen, oder doch? Ach, ich weiß es nicht. Gibt es denn keine andere Lösung? Ich möchte doch so gerne zurück in den Flieger.

Schnell wische ich die wirren Gedanken zur Seite und widme meine Aufmerksamkeit meiner Übung.

4. Erledige heute eine Sache, die dich deiner Entscheidung näherbringt. Die Wohnungssuche war definitiv ein kompletter Reinfall.

5. Teile anschließend deine aktuellen Gedanken mit einer anderen Person. Ahhhh! Wie bitte? Nein, nein, nein! Ich spreche mit niemandem über meine Trennung. Dieser letzte Tipp kann unmöglich der Weg zum Ziel sein. Na toll! Zwei Punkte nicht erledigt.

„Du Flasche!", schallt es in meinem Kopf.

Ich will wirklich glücklich sein, doch ich bekomme es einfach nicht hin.

„Loserin."

Soll ich Annika schreiben? Ja, nein, ja, nein. Wenn ich eine Veränderung möchte, muss ich etwas anderes tun. Soll ich über meinen Schatten springen?

„Versagerin."

„Stopp! Stopp! Stopp!", schreie ich nun und meine Stimme überschlägt sich. Dann versuche ich zu atmen und schieße meinen inneren Kritiker samt aller Zweifel zum Mond. Ich tippe eine Nachricht an Annika und wünsche ihr ein schönes neues Jahr. Am 7. Januar ist das durchaus noch erlaubt. Ich frage sie, ob sie vorbeikommen möchte. Ich muss ja nicht gleich mit der Tür ins Haus fallen. Ob sie mir verzeiht, dass ich mich so lange nicht gemeldet habe? Gibt es einen Grund an unserer Freundschaft zu zweifeln? Luisa, ermahne ich mich. Denk positiv! Das Workbook hilft mir bestimmt weiter.

Mein innerer Kritiker ist verstummt. Tatsächlich? Ganz erholsam. Auf keinen Fall möchte ich von neuem mit dem Dauerjammern anfangen. Also klicke ich die Datei auf dem Handy an und fahre fort.

Übung 7: Ertappe deinen inneren Kritiker

Der Plagegeist hat nichts zu meckern, wenn du positiv denkst und selbstbewusst bist. Dafür ist es wichtig, dass du dich liebevoll behandelst. Und das fängt schon damit an, wie du innerlich mit dir sprichst. Nicht umsonst heißt das Sprichwort: „Der schlimmste Feind bist du selbst." Wenn du negative Gedanken in Dauerschleife wiederholst, verinnerlichst du sie und identifizierst dich mit ihnen. Das macht auf Dauer krank. Du hast deinen inneren Kritiker selbst erschaffen und seine negativen Sichtweisen übernommen. Ebenso kannst du das alles auch wieder verändern. Und das ist doch eine gute Nachricht, oder?

In dieser Übung sollst du in dich hineinhören und die Sätze aufschreiben, die er dir ständig erzählt. Bestimmt wird es nicht lange dauern, bis die ersten negativen Gedanken auftauchen. Liste sie bitte in deinem goldenen Notizbuch auf. Notiere anschließend, wie du dich fühlst, wenn du sie liest.

Ich runzele die Stirn und bemühe mich, nicht enttäuscht zu sein. Ich habe etwas Großartigeres erwartet. So ein Lichtlein am Horizont, eine Lösung für meine Probleme, so was wie: Hey, hier ist deine Traumwohnung! Du hast im Lotto gewonnen!

Stattdessen soll ich warten, bis mein innerer Kritiker zuschlägt? Ich stelle den rechten Ellenbogen auf die Theke und stütze meinen Kopf auf der Hand ab, weil ich überfordert bin.

Schnell wird mir jedoch klar, dass ich zu viel erwarte und ungeduldig bin. Ich muss realistisch bleiben. Es kann sich nicht alles von heute auf morgen verändern.

Ich entschließe mich, der Übung zu vertrauen, und schließe kurz die Augen, um Kontakt mit dem Teufel in meinem Kopf aufzunehmen. Es dauert wirklich nicht lange, bis mir seine ersten negativen Sätze um die Ohren fliegen. Ich schnappe mir den Kugelschreiber und schreibe:

Hugos Bosheiten:
1. „Du bist eine Versagerin."
2. „Das schaffst du sowieso nicht."
3. „Du bist einfach zu blöd."
4. „Du bist hässlich."
5. „Du bist nicht gut genug."
6. „Du hast keine Talente."
7. „Du strengst dich nicht an."

Das sollte reichen, weil mir beim Durchlesen gerade flau im Magen wird. Ich erschrecke mich über die Intensität dieser täglichen Bosheiten und notiere, dass mich die negativen Sätze runterziehen und ich traurig werde. Ich ergänze im Notizbuch, wie sehr ich mich schäme, dass ich so abwertend über mich denke und bin schockiert. Wenn ich so mit Annika sprechen würde, wäre sie bald nicht mehr mit mir befreundet. Erst beim Aufschreiben begreife ich, wie heftig meine Gedanken sind. Zum Stift greifen und begreifen. Der Stift wirkt quasi als Verlängerung meines Gehirns. Trotzdem hoffe ich, dass es in der nächsten Übung heiterer wird.

Übung 8: Positives Gegenargument – Neutralisiere deinen inneren Kritiker

Pro Tag denkst du circa 60.000 Gedanken. Davon sind zwei Drittel negativ. Das sind 40.000 negative Gedanken, die dir dein innerer Kritiker jeden Tag um die Ohren knallt. Beziehungsweise du dir selbst. Stell dir vor, 40.000 Menschen beschimpfen dich täglich. Ich glaube, es ist kein Geheimnis, dass diese Gedanken deine Psyche auf Dauer belasten, weil du diese Sätze unbewusst übernimmst. Deswegen sprich gut mit dir selbst, so wie mit einem Menschen, den du über alles liebst.

„Sprich gut mit dir selbst, wie mit einem Menschen, den du über alles liebst", wiederhole ich und bekomme eine Gänsehaut. Mein ganzer Körper vibriert, weil ich genau das eben über meine Freundschaft mit Annika gedacht habe. Ich bin gespannt, wie die Übung weitergeht.

Ein Glaubenssatz drückt aus, an was du selbst glaubst. Er ist tief in dir verankert und prägt deine Wahrnehmung und Haltung zum Leben. Hast du zum Beispiel den negativen Glaubenssatz, dass du in einer Partnerschaft immer betrogen und verletzt wirst, gefährdet das deine Beziehung. Du erreichst genau das Gegenteil von dem, was du dir eigentlich wünschst. Google doch mal den Begriff: *selbsterfüllende Prophezeiung*.
Es ist nicht leicht, den inneren Kritiker davon zu überzeugen, diese schädlichen Glaubenssätze abzulegen, weil sie sich über Jahre entwickelt haben. Dennoch ist es möglich, wenn du regelmäßig übst.
In dieser Übung lernst du, wie du den Spieß einfach mal umdrehst. Finde für jeden negativen Gedanken ein positives Gegenargument. Keine Angst! Im ersten Moment mag sich dein Gegenargument scherzhaft anhören. Das ist aber nur so, weil du es nicht gewohnt bist, liebevoll mit dir selbst zu kommunizieren. Schreibe nach der Übung auf, wie du dich fühlst.

Ein Beispiel:

- o Innerer Kritiker: „Das hat keinen Sinn, deswegen versuche ich es lieber erst gar nicht."
- o Positives Gegenargument: „So ein Quatsch! Vielleicht funktioniert es ja doch? Wenn ich es nicht ausprobiere, nehme ich mir die Chance, dass es klappt."

Ich denke 40.000 negative Gedanken am Tag? Glaubenssätze? Selbsterfüllende Prophezeiung? Puh! Ich gebe auf! Doch tief in mir spüre ich, dass dies der richtige Weg sein muss. Die Übungen tun mir gut, und zaghaft lese ich die negativen Gedanken erneut durch. Wenn ich den Spieß umdrehe, wird aus dem ersten Punkt „Ich bin eine Macherin". Ich kichere und ein neugieriges Kribbeln breitet sich aus. Wahnsinn, wie sich das anfühlt. Hier ist die heitere Übung, die ich mir gewünscht habe. In den nächsten Minuten komme ich in einen Zustand, den einige vielleicht als Flow bezeichnen würden. Ich denke mich glücklich und vergesse alles um mich herum. Diese positiven Gegenargumente notiere ich auf einer neuen Seite in meinem Notizbuch.

Meine positiven Gegenargumente:
1. *„Ich bin eine Macherin."*
2. *„Ich bin stark und schaffe alles, weil ich es will."*
3. *„Ich bin intelligent, sonst hätte ich dich nicht enttarnt."*
4. *„Ich bin eine hübsche Frau."*
5. *„Ich bin gut genug."*
6. *„Ich habe viele Talente und glaube an mich."*
7. *„Ich gebe immer mein Bestes und erledige Aufgaben zuverlässig und konzentriert."*

Wow! Am Schluss stehen da ziemlich motivierende Sätze. Dennoch frage ich mich, ob damit die Luisa gemeint ist, die in den letzten Tagen verzweifelt auf der Luftmatratze lag? Was für eine Verwandlung!

Schnell halte ich meine Gefühle schriftlich fest, um sie im Gehirn zu verankern. Mein Herz schlägt aufgeregt gegen die Brust. Versunken in diese Motivationsspirale überhöre ich fast die Klingel. Wer schellt denn an einem frühen Freitagnachmittag bei mir? Bin ich nicht die einzige Arbeitslose? Ist es der Postbote? Tristan? Hilfe!

Ich habe keine Lust aufzumachen, weil ich tatsächlich gerade die Zeit mit mir selbst sehr genossen habe. Warum kann ich so ein Klingeln nicht einfach ignorieren? Ich bin eine dumme Nuss. Oh nein! Das war schon wieder negativ. Ich bin keine dumme Nuss, aber ich darf ja wohl keine Lust haben, die Tür aufzumachen.

Im Nachthemd und mit den Löwenkrallen-Hausschuhen an den Füßen schlurfe ich durch den Flur. Der säuerliche Geruch hängt immer noch in der Luft, und mein Magen krampft sich zusammen. Positiv denken, ermahne ich mich mit einem Gegenargument, so wie ich es eben gelernt habe. „So schlimm riecht es doch überhaupt nicht. Es duftet", sage ich amüsiert. An der Wohnungstür sehe ich auf den Bildschirm der Gegensprechanlage.

Annika? Ach du meine Güte! Sie hat sehr schnell auf die Nachricht reagiert.

„Wie du wieder aussiehst!", schreit Hugo.

Wenn ich sie reinlasse, erkennt sie sofort, was los ist. Ich muss lüften, aufräumen … Was soll ich machen? Ich kann sie ja nicht vor der Haustür stehen lassen.

Positiv, positiv, denk positiv, Luisa! Das positive Gegenargument liegt ganz klar auf der Hand. Freunde sind toll und Annika ist meine beste Freundin. Ohne weiter nachzudenken, drücke ich in diesem Moment auf die Lautsprechertaste.

„Annika?"

„Hallo, Luisa", trällert sie.

„Bist du es wirklich?"

„Ja, wie viele Annikas kennst du? Du hast mich doch eingeladen."

„Du reagierst aber schnell."

„Lässt du mich rein, Süße?"

Ich betätige die Einlasstaste auf der Gegensprechanlage und warte an der geöffneten Tür. Zwei Minuten später bimmelt der Aufzug, die Türen gleiten auf, und Annika tritt in den Hausflur. Sie ist Zugbegleiterin bei der Deutschen Bahn und sieht mal wieder aus, als käme sie gerade aus einem Wellness-Ressort: Weinrotes, knielanges Kleid, passendes Halstuch, dunkelblaue Pumps und darüber einen marineblauen Mantel. Ihre blonden Haare hat sie zu einem Pferdeschwanz zusammengebunden, und nur ein wenig Make-up schimmert auf ihrer leicht gebräunten Haut. Die neu entworfene Arbeitskleidung von dem bekannten deutschen Stardesigner steht ihr so gut, dass ich mich neben ihr wie Aschenputtel fühle. Das neue Outfit wirkt einfach viel sympathischer und moderner als das alte. Hallo, du lieber Künstler, wann kommst du zu mir? Denn seit Tagen gammele ich im selben Nachthemd herum und sehe darin aus wie ein Zombie im beigen Kartoffelsack: rotgeweinte Augen mit dicken Schatten darunter.

„Hallo, Süße, schau nicht so. Wir bekommen das wieder hin!", verspricht sie gleich bei der Begrüßung.

„Bist du auf dem Weg zur Arbeit oder schon fertig?"

„Feierabend!"

„Ähm?"

„Ich war mit Feli gestern im Park. Da ist mir Tristan entgegengekommen, und …"

„Oh." Meine Unterlippe zittert. Fang bloß nicht an zu heulen, ermahne ich mich.

„… er war nicht allein", vollendet Annika den Satz.

Ich werde erst blass, dann rot und fühle mich ertappt. Ich kann eine einzelne Träne, die mir über die Wange kullert, nicht zurückhalten.

„Ich dachte, du könntest Gesellschaft gebrauchen."

Sie öffnet einen Stoffbeutel, und ich werfe einen kurzen Blick hinein. „Mhmm, wie das duftet …"

„Ich war bei unserem Lieblingsitaliener."

„Woher weißt du …“, beginne ich.

„Dass du seit Tagen nichts gegessen hast?“

„Nichts ist übertrieben, aber …“

„Wie lange sind wir befreundet, Luisa?“ Sie lächelt und streichelt mir über das Haar, was ich als unangenehm empfinde, weil es fettig ist. Haare sind immer schon mein wunder Punkt gewesen.

Ich denke an den Tag unserer ersten Begegnung zurück. Damals haben mich ein paar Jungs auf dem Nachhauseweg wegen meiner roten Haare gehänselt, beschimpft und geschubst. Erst als Annika aufgetaucht ist und ihnen mit einer Karategeste gedroht hat, sind sie verschwunden. Im Anschluss hat sie mich nach Hause begleitet, und wir haben uns Witze erzählt, bis uns vor Lachen die Bäuche wehtaten. Seit diesem Tag sind wir befreundet, und ehrlich gesagt, wäre die Schulzeit ohne Annika nur halb so schön gewesen. Wenn ich an diesen Tag im Herbst denke, kann ich fast wieder das Laub unter den Füßen rascheln hören, sehe die Blätter über uns, die so bunt strahlten, wie die Gummibärchen schmeckten, die sie aus ihrem Ranzen holte. Da war die Welt noch in Ordnung. Na ja, fast.

„Erde an Luisa … Huhu.“ Sie wedelt mit dem Beutel vor meinem Gesicht herum. „Wenn du mich endlich reinlässt, bereite ich alles vor, und du springst unter die Dusche, okay?“ Sie zieht eine Flasche Sekt aus dem Beutel. „Der ist für uns.“

„Bei mir gibt's nichts zu feiern“, antworte ich trotzig und denke an meinen Sektkater vom Neujahrsmorgen, wobei mir augenblicklich übel wird.

„Oh doch, wir können feiern.“

„Und was?“

„Dass du den arroganten Idioten endlich los bist.“

„Pssst.“ Ich lege meinen Zeigefinger auf die Lippen und horche ins Treppenhaus. Dann ziehe ich Annika in die Wohnung und schließe die Tür.

„Komm her“, sagt sie leise, stellt den Beutel auf den Boden und nimmt mich in ihre Arme.

In diesem Moment brechen alle Dämme, und ich lasse meinen Tränen freien Lauf. Wir stehen einige Minuten schweigend im Flur.

Schließlich löst sie sich von mir und streichelt mir liebevoll übers Gesicht. „So, und jetzt bekommst du mal wieder etwas Ordentliches zwischen die Zähne."

„Und wo ist Feli?"

„Sie ist mit Andy bei mir zu Hause. Die ganze Klasse ist in Quarantäne."

„Verstehe! Mal wieder wegen C?"

Sie nickt. Homeschooling. Hört das eigentlich nie auf? Ich habe durch Annika ja so einiges mitbekommen. Die armen Kinder.

„Also, wenn du dir einen spaßigen Tag mit mir erhofft hast, kann ich damit nicht dienen."

„Wir sprechen gleich weiter. Ab unter die Dusche", sagt sie und hängt ihre Klamotten an der Garderobe auf.

„Stinke ich etwa?"

„Bis gleich beim Essen. Ich bereite alles vor." Sie lacht und schiebt mich Richtung Bad.

„Ja, Mami … äh, … Anni", antworte ich mit belegter Stimme. „Schön, dass du da bist."

„Wozu hast du eine beste Freundin?"

Vor Kälte bibbernd springe ich sofort unter die Dusche. Das heiße Wasser prasselt auf meinen Körper, und meine Anspannung lässt nach. Als meine Haut schon knallrot ist, klettere ich hinaus und wische den Dampf vom Spiegel. Missmutig betrachte ich mich darin und versuche zu lächeln. Die Frau, die ich dort sehe, ist mir fremd. Bin ich das? Als Stewardess war ich durchaus zufrieden mit meinem Äußeren. Und die Uniform stand mir gut, sodass ich mich sogar oft sexy fand, auch wenn die Haarfarbe natürlich gemogelt war. Dann mochte ich ebenso die zahlreichen Sommersprossen im Gesicht. Doch heute sehe ich krank und blass aus. Meine blauen Augen haben jeglichen Glanz verloren. Auch die

Haare sehen aus, als hätte ich sie einer Vogelscheuche geklaut. Kleine dunkelbraune Löckchen kleben mir an der Stirn, im Scheitel ist glücklicherweise kein roter Ansatz zu erkennen. Vor Weihnachten konnte ich mich noch zu einem Friseurbesuch motivieren.

„Du siehst scheiße aus", liegt mir Hugo in den Ohren, und ich bete, dass er sich nicht blicken lässt. Schließlich gleicht das hier fast einer Extremsituation.

„Danke, Hugo! Genau das, was ich hören möchte. Bleib, wo du bist. Ich habe keine Lust auf deine Gesellschaft."

Hatte ich mir an Silvester nicht vorgenommen, glücklich zu sein? Klappt ja super bisher.

Im Schlafzimmer ziehe ich mir frische Klamotten an. Ein letzter Blick in den Wandspiegel bestätigt mir, dass ich aussehe, wie ich mich fühle: Miserabel! Aber egal! Annika wird es schon verkraften. Sie ist schließlich meine beste Freundin. Ich höre Geklapper aus der Küche, und mit hängenden Schultern schlurfe ich mit den Löwenkrallen-Hausschuhen durch den Flur. Annika steht mit dem Rücken zu mir und wärmt das Essen im Backofen auf. Als sie mich bemerkt, dreht sie sich um und ruft: „Tritt ein, bring Glück herein!"

„Oh ja, das kann ich gebrauchen", antworte ich und verdrehe theatralisch die Augen. Ich sehe, dass der Tisch schon gedeckt ist, und staune nicht schlecht, weil sie den Schrottberg mit einem Bettlaken abgedeckt hat.

„Es duftet verführerisch gut. Was gibt's?"

„Lasagne für Mademoiselle Sommer und eine vegetarische Pizza für mich." Sie nimmt ein Geschirrtuch und hängt es wie eine Kellnerin über ihren Arm.

„Allez, jolie femme. Bitte setzen Sie sich. Wir sind zwar nicht in Ihrem Lieblingsland, aber es wird trotzdem délicieux."

Sie betont die Wörter auf so charmante Weise mit einem französischen Akzent, dass ich mir ein Schmunzeln nicht verkneifen kann. Als ich am Tisch sitze, kommt der Hunger zurück.

„Bon appétit, und jetzt erzähl, Luisa!“ Annika sitzt unruhig auf ihrem Stuhl und schiebt sich ein Stück Pizza in den Mund. Auch ich nehme eine große Gabel von der Lasagne.

„Mhmm … köstlich“, antworte ich leise.

„Nicht ablenken, Süße! Ich will alles wissen.“ Sie zeigt auf das zerfetzte Sofa. „Ja, auch diese Geschichte.“

„Hast du das Bettlaken aus dem Schlafzimmer geholt?“

„Nicht ablenken, Luisa.“

„Okay, okay! Ich war außer Kontrolle. Das musste sein.“

„Wut ist gut!“

„Nicht schon wieder so ein Spruch.“

„Nein, das meine ich ernst. Wer wütend ist, heilt sich selbst. Nichts macht mehr krank als unterdrückte Wut. Wut kann Menschen verändern. Manchmal muss sie in voller Ladung raus, aber an der richtigen Stelle. Sonst kann sie auch zerstörerisch sein.“ Annika schielt zum Sofa.

„Ähm … ich habe mir nie Gedanken über meine Wut gemacht.“

„Genau, weil du sie immer unterdrückt hast. Meditieren kann helfen. Die Wut fühlen, aber ohne etwas zu zerstören. Ich schwöre darauf.“

„Meditieren? Wut fühlen? Nee, lass mal! Das ist nur was für dich.“

„Abwarten.“

„Hmmm. Ich weiß ja nicht. Auf jeden Fall kann Wut auf Dauer ziemlich teuer sein.“ Ich ziehe eine Augenbraue nach oben. „Tristan wird mir alles in Rechnung stellen. Wovon soll ich bitte ein neues Sofa bezahlen? Und wie erkläre ich ihm das?“

„Jetzt erst einmal der Reihe nach.“

Annika legt mir ihre Hand beruhigend auf die Schulter, und dann sprudelt es nur so aus mir heraus. Ich lasse nichts aus und fange bei der Silvestershow an, berichte vom Gewinnspiel, dem Alkohol und der Entscheidung, mein Leben wieder in die eigene Hand nehmen zu wollen. Ich erzähle von dem Päckchen vor der Haustür und der aufflammenden

Hoffnung, dass auch ich endlich glücklich werden darf. Ich zeige ihr das Workbook auf meinem Handy und hole das goldene Notizbuch. Gemeinsam blättern wir darin, und es fühlt sich so gut an, dass sie mir zuhört. Sie lächelt, als sie das Bild von Hugo sieht. Ich erzähle ihr von der Musik, vom Tanzen und meiner für einen winzigen Moment wiedergefundenen Leichtigkeit, bis Tristan mich nur eine Stunde später mit einer Nachricht auf seinem Handy direkt in die Hölle geschickt hat.

„Dieser Schuft! Ich hatte schon vor ein paar Monaten das Gefühl, dass er sich verändert hat."

„Wie hast du es gemerkt?"

„Hallo? Du hast dein Baby verloren. Genau ab diesem Zeitpunkt war er immer unterwegs. Wie oft hast du allein zu Hause gesessen und auf ihn gewartet?"

Ich atme tief ein. „Warum hast du mich nicht gewarnt?"

„Weil es nur so ein Gefühl war. Ich wollte dich nicht noch mehr verunsichern. Hättest du auf mich gehört?"

„Hmmm …"

„Wenn du mir damals erzählt hättest, dass Felis Vater nicht alle Tassen im Schrank hat, ganz ehrlich, ich wäre trotzdem mit ihm zusammengeblieben. Ich glaube, du musstest selbst herausfinden, was er für ein Arsch ist."

„Du hast recht! Marcel war speziell, und du warst soooo verliebt."

Annika nickt und legt mir eine Hand auf die Schulter „Irgendwann wirst du wissen, wofür das alles gut ist."

Ich bin Annikas Sprüche gewohnt, aber dieser hilft mir im Moment überhaupt nicht weiter. „Und wann weiß ich, dass alles gut ist?"

„Du wirst es fühlen."

Fühlen? Ich gehe nicht weiter darauf ein, weil mich auch das keinen Schritt weiterbringt. Stattdessen genieße ich es, dass mein Appetit zurück ist. Ich esse alles auf und wische die Soße mit einem Stück Brot vom Teller. Dann holt Annika zwei hohe Gläser und die Sektflasche aus dem Kühlschrank.

Mit einem lauten Knall springt der Korken in die Höhe und ein weißgrauer Nebel wabert durch die Luft.

„Da du nun kein Sofa mehr besitzt, machen wir es uns halt hier gemütlich. Auf dich! Sei froh, dass du Tristan los bist! Dieses Jahr wird dein Jahr." Sie erhebt ihr Glas und stößt es gegen meines.

Ein übertriebener Seufzer entfährt mir, während ich einen Schluck von dem prickelnden Sekt trinke. „Und wie geht's jetzt weiter?" Ich stelle das Glas auf den Tisch und reibe mir über den verhärteten Nacken.

„Luisa, es geht immer weiter."

„Sieht so jemand aus, der weiß, wie es weitergeht?" Ich zeige auf die Ringe unter meinen Augen. „Ich sehe aus wie ein Zombie."

„Ein schöner Zombie."

„Kein Wunder, dass mich Tristan nicht mehr will."

„Diesen Schuft brauchst du nicht, um glücklich zu sein. Ich schwöre dir, wir sorgen dafür, dass du dich wieder sexy fühlst."

„Sexy?", frage ich und ziehe die Augenbrauen zusammen.

„Alles gut! Miss Perfect bekommt ein Ticket für den Urlaub. Jetzt kümmerst du dich nur um deine Wünsche und Träume und kommst mal wieder zu dir."

„Urlaub am Meer wäre toll. Aber ich fühle mich schlapp und mein Nacken tut weh. Mein Leben ist verpfuscht."

„Und Miss Drama Queen schicken wir gleich mit dem nächsten Ticket hinterher."

Ich verschränke die Arme und ziehe eine Schnute. „Aber ich vermisse Tristan."

„Was vermisst du an ihm?"

Nachdenklich fahre ich durch meine Haare.

„Vielleicht vermisst du nur das, was ihr zu Beginn eurer Beziehung hattet. Aber das sind nur Erinnerungen an eine Vergangenheit ohne Zukunft."

„Schon wieder so ein doofer Spruch."

„Was ist das für eine Beziehung, wenn er in schlechten Zeiten nicht für dich da ist? Beziehung heißt, dass ihr zusammen auf eurem Weg Höhen und Tiefen beschreitet. Wenn er das nicht kann, dann geh allein weiter."

„Aber ich will nicht allein sein."

„Das bist du auch nicht, denn du hast deine Freunde und dich selbst."

„Mich selbst? Das ist mir alles zu kompliziert."

„Du verbringst den ganzen Tag mit dir. Da solltest du die Hauptrolle in deinem Leben spielen."

„Hä? Hauptrolle?"

„Komm Süße! Die Übungen in deinem Workbook hören sich doch so an, als könntest du endlich wieder Schwung in dein Leben bringen. Runter vom Sofa, bewegen und so."

„Bewegen? Verstehe ich nicht. Das ist mir alles zu viel."

„Wer sich nicht bewegt, bewegt nichts. Das heißt, komm ins Handeln. Tu etwas! Vom Grübeln veränderst du nichts in deinem Leben. Du brauchst neue Perspektiven. Es gibt für alles eine Lösung", tröstet Annika mich, während sie mir über den Kopf streicht.

Endlich kommen meine verdammten Tränen, und sie fließen in Wellen. Ich will sie gar nicht mehr zurückhalten, weil ich an einem Punkt bin, wo mir alles einfach egal ist.

„Nur noch eine Woche, dann muss ich hier raus."

„Eins nach dem anderen. Erst entsorgen wir das Sofa, dann besprechen wir …"

„Und wo willst du es hinbringen?" Ich unterbreche sie.

„Ein paar Straßen weiter steht Sperrmüll."

„Das geht doch nicht. Das ist nicht unser …"

„Geht nicht, gibt's nicht. Das hier ist ein Notfall."

„Und danach?"

„Erst mal trinken wir unseren Sekt, und dann habe ich noch eine Überraschung für dich."

„Oh, Annika. Bitte keine Überraschungen! Davon habe ich genug. Sag mir, was du vorhast. Ich bin nämlich überhaupt nicht in Stimmung."

Sie greift nach einem Plastikbehälter in ihrem Stoffbeutel und stellt ihn vor mir auf. „Bitte schön", sagt sie grinsend.

Während ich den Deckel abnehme, holt Annika zwei Teller aus der Küchenschublade. Ein herrlicher Duft nach Schokolade zieht in meine Nase. Für jeden von uns kommt ein Stückchen selbstgebackener Kuchen mit extra viel dunkler und glänzender Glasur zum Vorschein. Ich starre das Dessert wie hypnotisiert an.

„Na Süße, wieder in Stimmung?"

„Ja, ich mach alles, was du willst." Ein kleines Lächeln huscht über mein Gesicht. „Wieso hast du heute Kuchen mit zur Arbeit genommen?"

„Eine Kollegin hatte Geburtstag. Das ist der Rest."

„Was für ein Zufall", antworte ich grinsend.

„Alles kommt immer zur richtigen Zeit. Deswegen wirst du auch irgendwann wissen, wofür das alles gut ist. Das Leben ist immer für dich."

„Wenn du meinst", antworte ich und verdrehe die Augen, ohne dass Annika es bemerkt. Sie platziert die beiden Stücke auf den Tellern, und sofort beiße ich herzhaft hinein.

„Mhmm. Du backst sooo gut. Ich schwöre, wenn ich ein Café hätte, würde ich dich einstellen."

Annika erhebt noch einmal ihr Glas. „Auf dein Wort! Den ganzen Tag in der Backstube stehen wäre tatsächlich mein Traum."

„Die Leute würden dir die Bude einrennen."

„Luisa, auf die schönen Momente im Leben. Auf den Schokokuchen, auf dich, auf unsere Freundschaft, denn …"

„… jeder einzelne Moment ist anders", unterbreche ich sie. „Es gibt schöne Momente und Momente, die wehtun. So ist das im Leben. Und am meisten tun sie weh, wenn wir sie nicht loslassen können und nicht akzeptieren, dass sie vorbei sind."

„Brav, Luisa! Da hast du mir gut zugehört. Wenn du loslässt, hast du wieder beide Hände frei, um mit etwas Neuem zu beginnen", sagt sie lächelnd.

„Zum Beispiel mit dem Workbook?"

„Zum Beispiel! Also, dann trinken wir heute auf dein Workbook, das Loslassen und die schönen Momente."

„Ob ich je wieder schöne Momente haben werde?“

„Du musst nur lernen, dich …“

„… auf die positiven Dinge zu fokussieren“, beende ich ihren Satz.

Wir prusten beide los.

„Und du meinst, dass sich dann wirklich etwas verändert?“, frage ich sie ungläubig.

„Ich bin der festen Überzeugung. Wenn du deinen Blick auf das Positive richtest, verblasst das Negative.“

„Und du glaubst daran?“

„Ja! Und dann kommt eine Veränderung.“

„Und jetzt muss ich ständig etwas Neues ausprobieren, wenn's mal nicht so läuft?“

„Übertreib nicht! Das muss nichts Großes sein, es reichen schon kleine Dinge. Mit deinem Workbook und deinem Notizbuch bist du auf einem guten Weg.“ Sie zwinkert mir zu.

„Ich bin gespannt“, murmele ich.

„Es ist wie ein Dominoeffekt. Tippst du einen Stein an, kippen die anderen um. Veränderst du eine Sache, zieht das die nächste Veränderung mit sich. Du wirst sehen.“

Irgendwie hat das Workbook auch schon von diesem Dominoeffekt gesprochen. Ob da was dran ist?

„Annika, bei dir hört sich das alles so leicht an. Und wie bekomme ich bis nächste Woche eine neue Wohnung?“

„Du ziehst einfach erst einmal zu uns. Ab Montag startest du dann so richtig durch mit deinem neuen Leben.“

Wenn eine Liebesbeziehung heißt, zusammen Höhen und Tiefen zu beschreiten, dann bedeutet Freundschaft das auch. Wenn man am Boden zerstört ist, braucht man eine Freundin. Eine, die einen schon ewig kennt und weiß, was gut für einen ist. Annika und Luisa. Beste Freundinnen. Wir sind länger befreundet als die Hälfte unseres Lebens. Wenn du denkst, es geht nicht mehr … Annika ist definitiv das Lichtlein am Horizont.

9

Aller Anfang ist schwer

Sonntag, 9. Januar

Du Loserin."

„Halt die Klappe!" Ich stoße einen wütenden Schrei aus, während ich in der Mitte des Wohnzimmers stehe. Es sieht so leer aus, wie ich mich fühle.

Sie ist anders. Gut gelaunt und lebensfroh.

Ich bin auch anders, Tristan. Pass mal auf!

In der Küche greife ich im Getränkeständer nach dem Tomatensaft, öffne den Verschluss und ziehe den Wassertank aus der Hightech-Kaffeemaschine. Ich setze die Flasche an und …

„Was machst du denn da?", ruft Annika ein wenig panisch, die gerade von der vorletzten Fuhre in die Wohnung zurückkommt.

„Wart's ab! Das wird mein kleines Abschiedsgeschenk für diesen betrügerischen Volldepp", antworte ich mit funkelnden Augen.

„Ich habe eine bessere Idee. Nimm das Teil doch mit. Was kann die Kaffeemaschine dafür, dass Tristan so ein Idiot ist?"

„Und mein Tomatoccino?", frage ich trotzig.

„Stell ihm die Tomatenflasche doch hin und schreib etwas Nettes." Sie zwinkert mir zu.

„Gute Idee! Du bist die Beste!"

Mit freundlichen Grüßen, deine Saftschubse!

Den Zettel klemme ich unter die Flasche. Dann will ich nur noch raus, weg von hier. Mein Blick schweift zum Abschied durch das Wohnzimmer. Tschüss, lieber Rheinturm. Es ist ein stiller Gruß zwischen uns beiden.

Wir rufen Andy an und bitten ihn, uns mit der schweren Kaffeemaschine zu helfen, während Annika und ich den letzten Karton nach unten schleppen.

Es ist sechzehn Uhr, als ich den Wohnungsschlüssel im Schloss drehe und mein altes Leben hinter mir lasse.

„Wo eine Tür zugeht …", beginnt Annika.

„… geht eine andere auf. Ja, ja", antworte ich mit rollenden Augen.

Unten angekommen werfe ich das letzte Stück meiner Vergangenheit in Tristans Briefkasten. Mit einem dumpfen Klirren gleitet der Schlüssel zwischen der Post auf den Boden hinunter. Insgeheim hoffe ich, dass sich irgendwo eine Tür für mich öffnen wird.

Annikas Freund sitzt bereits am Steuer seines Lieferwagens, in dem nun meine wenigen Habseligkeiten Platz gefunden haben. Ich lese den Schriftzug: *Andy Malermeister – Alles strahlt, wenn Andy malt.* Kurz huscht ein Lächeln über mein Gesicht. Während Annika auf den Beifahrersitz hüpft und fleißig auf ihrem Handy herumtippt, wandert mein Blick erneut zu dem Haus, in dem ich die letzten drei Jahre gewohnt habe. Ab jetzt werde ich mich auf die Zukunft konzentrieren. Dann steige ich ein und lege entkräftet den Kopf gegen die Fensterscheibe. Für einen Moment habe ich ein Fünkchen Hoffnung, auf der anderen Rheinseite glücklich zu werden und ein bisschen Abstand zu den Ereignissen der letzten Tage, Wochen und Monate zu bekommen.

Das Handy vibriert, und obwohl die Müdigkeit von mir Besitz ergreift, ziehe ich es aus der Handtasche und drücke auf den Power-Button. Die unbekannte Person hat mir ein Zitat von Oscar Wilde an meine E-Mail-Adresse geschickt.

> „Am Ende wird alles gut! Und wenn es noch nicht gut ist, ist es noch nicht das Ende!"

Ich beschließe, mich über nichts mehr zu wundern. Auch nicht darüber, warum die Mail genau in diesem Moment ankommt. Alles wird gut, weil das hier definitiv nicht das Ende sein kann, denke ich und versinke in einen tiefen, traumlosen Schlaf.

Als ich wach werde, ist es schon wieder dunkel. Nur die Straßenlaternen leuchten die Gehwege unserer Kindheit aus. Der Lieferwagen steht vor Annikas Altbauwohnung, in die sie im letzten Jahr mit Feli nach ihrer Trennung von Marcel gezogen ist. Andy hat ihr geholfen, aus der Dachgeschosswohnung eine kunterbunte Wohlfühloase zu zaubern. Auch ihr Vater lebt hier in der Siedlung und unterstützt Tochter und Enkelin, wo er nur kann. Seit dem Tod seiner Frau vor zwanzig Jahren hat keine Beziehung mehr bei ihm lange gehalten.

Nichtsdestotrotz hat Annika irgendwie immer Glück. Mehr Glück als ich. Sie hat eine Tochter, einen Freund, eine Wohnung, eine Arbeit. Ich erschrecke, weil ich diese gemeinen Gedanken hasse. Annika hat ihre Mutter verloren, darauf kann ich doch nicht neidisch sein. Aber sie hat einen Traumvater. Ich habe keinen. Luisa, ermahne ich mich und denke an meine Mutter. Sie ist auch super und wohnt nur ein paar Häuserblocks weit entfernt im Grafenberger-Rondell, am Ende einer Sackgasse. Es grenzt an eine der Hauptstraßen Düsseldorfs an. In diesem beliebten Einkaufskreisel, umgeben von Bäumen und einem immerwährenden Duft nach frisch Gebackenem, Kaffee und Pizza, befindet sich der Buchladen meiner Mutter, den sie von Oma Elfi geerbt hat.

„Oma", flüstere ich und seufze auf. Sie lebt schon so lange nicht mehr. Doch wie immer, wenn ich an sie denke, überkommt mich die Wehmut und sie ist sofort wieder präsent. Die Zeit heilt alle Wunden. Aber meine nicht. Oft lag ich stundenlang auf der Matratze in der Teeküche und habe in den Büchern gestöbert. Das war spannender, als allein in der Wohnung über dem Laden auf meine Mutter zu warten. An diesem Rückzugsort träumte ich davon, wie schön es sein musste, Menschen mit Büchern glücklich zu machen. Ich liebte diesen typischen Duft nach Papier, die Glocke an der Tür, wenn ein Kunde den Laden betrat, und die vielen Geschichten. Bis heute weiß ich, wo früher die Romane standen und an welcher Stelle die Zeitschriften lagen. Natürlich habe ich mir stets heimlich die Bravo stibitzt und schnell vorgeblättert. Denn irgendwo im Mittelteil kam das wirklich Interessante: die Fragen an das Dr. Sommer Team. Meine Mutter durfte mich allerdings nicht erwischen. Sie wollte, dass ich mich auf die Schule konzentriere und mir keine Flausen durch Jungs in den Kopf setzen lasse.

Ich lächele und ein warmes Gefühl steigt in mir auf. Instinktiv greife ich nach dem Notizbuch in meiner Handtasche und streiche über den weichen Einband.

Meine Mutter ist kurz vor Weihnachten auf dem Dachboden von der Leiter gefallen und hat sich den linken Arm gebrochen. Seitdem habe ich noch mehr das Gefühl, dass sie sich wünscht, ich würde endlich in ihre Fußstapfen treten. Ich stoße einen Seufzer aus, weil ich wieder an dem Ort meiner Kindheit angekommen bin. Dabei wollte ich doch um die Welt fliegen. Diese Gegend lockt all die Erinnerungen hervor. Die schönen und die weniger schönen.

„Miss Grüblerin, auf geht's!" Annika klopft ans Fenster und reißt mich aus den negativen Gedanken. Sie schiebt die hintere Tür des Lieferwagens mit einem Lachen auf. „Willkommen in der Villa Drunter und Drüber."

In Annikas Wohnung ist es immer ein bisschen chaotisch und bunt. Dafür aber auch lebendig. Die Gardinen, Teppiche, Stühle, Tassen, Teller, das Sofa, die Wände: Alles hat bei ihr eine andere Farbe.

Sie zerrt mich aus dem Lieferwagen. Kurz ist mir schwindelig, aber dann trage ich schon einen Karton in den vierten Stock des Altbaus. Die Holztreppe knarrt, und sehnsüchtig denke ich an Tristans Neubauwohnung mit dem Aufzug und dem hell gefliesten Hauseingang. Dann verbiete ich mir jeden weiteren negativen Gedanken. Ab jetzt schaue ich nach vorn und nicht in die Vergangenheit. Von oben höre ich Feli durchs Treppenhaus trällern: „Tante Luisa, huhu!"

Tante, frage ich mich entgeistert. Bin ich schon so alt?

„Hi, kleine Maus!", rufe ich über mehrere Etagen und versuche, möglichst fröhlich zu klingen. Ich gehe ganz nah an das Treppengeländer heran und schaue bis in den vierten Stock. In der dritten Etage verschnaufe ich einen Augenblick, als der Karton ächzend auf den Treppenabsatz knallt. Ich wische mir Schweißperlen von der Stirn und denke, dass ich wirklich wieder mit dem Sport anfangen sollte.

In diesem Moment öffnet sich eine Wohnungstür. Eine Frau mit Brille, das weiße Haar sorgfältig zu einem Dutt hochgesteckt, tritt in den Flur. Die Falten ihres Rocks sitzen exakt an den richtigen Stellen, und die glatte Bluse sieht aus, als wurde sie gerade von Hand gebügelt. Die Nachbarin erinnert mich irgendwie an … Es liegt mir auf der Zunge, aber fällt mir nicht ein.

„Ein schönes neues Jahr, Frau Schuster. Wir haben uns noch gar nicht gesehen", grüßt Annika ihre Nachbarin freundlich.

Frau Schuster rückt ihre Brille auf der Nase zurecht und mustert uns eindringlich. „Gesehen nicht, Frau Ritter, aber gehört", antwortet sie mit spitzer Stimme.

Na, das kann ja heiter werden, denke ich.

„Tut mir leid, Frau Schuster. Es sind eben besondere Zeiten. Wissen Sie, es ist nicht so einfach, wenn das Kind mal in die Schule darf und dann wieder nicht. Irgendwo müssen die Aufgaben ja erledigt werden."

„Also zu meiner Zeit saß man dafür am Schreibtisch", sagt die Nachbarin und stemmt ihre Arme in die Hüfte.

„Und zu meiner Zeit fand Schule in der Schule statt", kontert Annika mit zuckersüßer Stimme, und ich bemerke, wie das Gesicht von Frau Schuster rot anläuft.

Wow! Ich bewundere meine Freundin für ihren Mut. So schlagfertig wäre ich auch gerne.

Annika wechselt geschickt das Thema, um die Situation zu entschärfen. „Das ist übrigens meine Freundin Luisa", stellt sie mich vor, und wir nicken uns zu. „Sie haben sie schon ein paar Mal im Vorbeigehen gesehen. Sie zieht heute bei uns ein."

„Noch mehr Getrappel halte ich nicht aus. Ist es für lange?", unterbricht Frau Schuster sie.

„Wer weiß?", antwortet Annika lächelnd. „Das Leben steckt voller Überraschungen. Aber wir werden auf leisen Sohlen durch die Wohnung gleiten."

„Das hoffe ich sehr." Frau Schuster legt sich melodramatisch die Hand auf die Stirn. „Meine Nerven. Dieses Getrampel. Ich habe das Gefühl, dass eine ganze Elefantenherde bei Ihnen wohnt."

„Ich entschuldige mich noch einmal für diese Unannehmlichkeiten. Es tut uns wirklich sehr leid, Frau Schuster."

„Nicht auszuhalten, nicht auszuhalten", murmelt sie, dreht sich um und verschwindet in ihrer Wohnung.

Irritiert starre ich Annika an, dann prusten wir beide los.

„Auf gute Nachbarschaft", sage ich feierlich.

„Das wird schon. Sie ist eigentlich ganz lieb. Sie war in letzter Zeit viel allein und braucht ein Ventil, um Dampf abzulassen."

„Du hast auch für alle Verständnis. Wie schaffst du es, so freundlich zu bleiben?"

„Hey, ich arbeite bei der Deutschen Bahn. Ich bin die Freundlichkeit in Uniform."

Wir lachen beide, und weiter geht es in die vierte Etage.

Noch bevor ich die Wohnung betrete, weht mir wie immer eine Duftwolke von Annikas Ölen entgegen, die sich mit dem Geruch von Kuchen und Brot vermischt. Selbst wenn sie nicht zu Hause ist, riecht es danach. „Mhmm", murmele ich und nehme die Geborgenheit und die Liebe wahr, die mich umgeben. Ich könnte sofort einschlafen.

„Vanille, Melone, Veilchen, Rosenholz, Kokos, Lavendel …", zählt sie auf.

„Tante Luisa!", ruft Feli fröhlich.

„Hey, du kleiner Wirbelwind! Seit wann nennst du mich Tante? Luisa reicht doch." Ich stelle den Karton auf dem grünen Teppichläufer ab und wische mir den Schweiß von der Stirn.

„Okay, Tante Luisa", sagt sie stürmisch, während sie mir wie ein Grashüpfer in die Arme springt.

„Langsam, Feli. Ich habe Nackenschmerzen." Anstatt sie wie früher durch die Luft zu wirbeln, weil die hektischen Bewegungen meinen Nacken erneut in Aufruhr versetzen würden, drücke ich sie nur fest gegen den Bauch und streichele ihr über die Haare. Kurz schaue ich mich im Flur um, in dem unzählige bunte Bilder hängen. Alles beim Alten, denke ich zufrieden und fühle mich vollkommen sicher und geborgen.

„Okay, Tante Luisa. Langsam", wiederholt sie und kuschelt sich an mich. „Komm, ich zeig dir dein Zimmer." Sie ist völlig aus dem Häuschen, löst sich von mir und hüpft vergnügt auf und ab. „Nur ganz kurz! Bitte, bitte!"

„Wir müssen doch erst noch alle Kartons in die Wohnung holen", antworte ich. Aber da hat sie mich bereits am Arm gepackt.

„Geh nur", wirft Annika ein. „Es ist auch für deinen Nacken besser, wenn Andy und ich allein weitermachen."

„Bewegung soll ja helfen."

„Keine Widerrede, Luisa!", erwidert Annika. „Du entspannst dich."

„Okay, okay." Ich gebe nach, und mit angehaltenem Atem lasse ich mich von Feli in ihr Kinderzimmer ziehen, das sich links neben der Eingangstür befindet. Sie haut so enthusiastisch auf den rosa gestrichenen Lichtschalter, dass mein Körper im ersten Moment wegen des Geräusches mit Stress reagiert.

„Schau mal, ich habe dir ein Sonnenblumenbild gemalt. Mami meinte, das sind deine Lieblingsblumen." Sie zieht mich ein Stück in das Zimmer hinein und zeigt auf das Bild, das sie mit Tesafilm über dem Schreibtisch aufgehängt hat.

„Wie schön. Danke Feli, du bist ein Schatz", sage ich ein wenig gerührt und betrachte die leuchtend gelben Sonnenblumen an der rechten Wand, die mich sofort an die Provence erinnern. In meiner ersten eigenen Wohnung möchte ich unbedingt ein großes Sonnenblumenbild im Wohnzimmer aufhängen.

„Und hier, Tante Luisa. Guck mal!" Feli öffnet den Spiegeltürenschrank, der links neben der Tür steht. „Andy und ich haben ihn gestern für dich leergeräumt."

„Wow, wie lieb von euch", antworte ich und drücke ihr einen Kuss auf die Wange. In diesem Moment fällt die Anspannung von mir ab. „Und wo sind deine Klamotten?"

„Bei Mami im Schlafzimmer."

Ich bin unendlich dankbar und überfordert zugleich. Sie bugsiert mich zum Bett mit der Regenbogenbettwäsche, das an der gleichen Wand wie der Kleiderschrank steht.

„Und das ist mein Glücksbärchi. Für dich!" Sie quiekt wie ein Meerschweinchen, während ihre blonden Zöpfe nach vorne und hinten schwingen.

Ein orangenes Plüschtier liegt auf dem Kopfkissen, und nur der Kopf ragt unter der Bettdecke hervor. Es schaut mich erwartungsvoll mit seinen Knopfaugen an.

„Guck mal, ganz weich." Feli schlägt die Decke zurück und nimmt den Bären in die Hand. Ein rotes Herz ist auf seinen Bauch gestickt.

„Man soll immer auf sein Herz hören, sagt meine Mami."
Sie streichelt mir mit der Fellpfote über die Wange.

„Da hat deine Mami recht. Danke, du kleine Maus. Und du brauchst ihn nicht?"

„Nein, ich bin doch schon groß."

„Auf jeden Fall! Das bist du. Danke Feli."

Das ist das Schönste, das jemand für mich in den letzten Monaten gemacht hat, ergänze ich in Gedanken. Noch immer kommt mir die Situation so unwirklich vor und ich schlucke angestrengt. Feli drückt meine Hand ein wenig fester. Auch sie hat diesen eingebauten Stimmungsradar und ich frage mich, ob sich jetzt nicht dieses Gefühl von Schwerelosigkeit einstellen müsste, bei dem man meint, über den Boden zu schweben. Ich warte, aber nichts passiert.

Zwei Stunden später sitze ich erschöpft auf dem Bett, reibe mir über meinen schmerzenden Nacken und betrachte die neben dem Schreibtisch übereinandergestapelten Kartons. Den Rest haben Annika und Andy im Keller verstaut.

Sechsunddreißig Jahre alt, Single, wohnungslos. „Es kann ja nur besser werden", sage ich laut, um mich ein wenig selbst zu motivieren. Doch drei Sekunden später zweifele ich schon wieder an meinen eigenen Worten.

„Gar nichts wird besser!", höre ich die fiese Stimme von Hugo in meinem Kopf.

Ich weiß nicht, wie mein innerer Kritiker es schafft, mich in einer Nanosekunde in den Boden zu stampfen, um mir die Realität in einer solchen Heftigkeit vor Augen zu führen. Aber ich lasse mir seine Bosheiten nicht mehr gefallen und rufe: „Stopp, Hugo! Ich habe früher schon Krisen gemeistert. Also schaffe ich es jetzt auch. Alles wird besser. Alles! Hörst du?"

Es hat geklappt. Hugo ist still. Ich habe ihn mit einem positiven Gegenargument in die Flucht geschlagen. Und obwohl ich müde bin, will ich unbedingt wissen, wie es mit den Übungen weitergeht. Mit einem Ruck stehe ich auf, ziehe das goldene Notizbuch aus der Handtasche und öffne das Workbook auf dem Handy.

Übung 9: Die Innerer-Kritiker-Stopp-Methode, zweiter Schritt

Im ersten Schritt hast du gelernt, laut Stopp zu sagen, um deinen Gedankenstrom zu unterbrechen. In einem zweiten Schritt sollst du nun ein lautloses Stopp sprechen. Auf diese Weise kannst du es besser in deinen Alltag integrieren und vermeidest komische Blicke von anderen. Probiere es bei nächster Gelegenheit aus und kombiniere das laute und lautlose Stopp je nach Situation. Und jetzt mach einfach mit der nächsten Übung weiter.

Übung 10: Sprich gut mit dir

Lies die positiven Gegenargumente aus Übung acht mindestens drei Mal laut vor. Durch das Vorlesen verankern sie sich noch besser in deinem Unterbewusstsein.

Im Schneidersitz auf dem Bett sitzend, blättere ich in dem Notizbuch zurück. Zögerlich beginne ich, die Sätze zu wiederholen. „Ich bin eine Macherin. Ich bin stark und schaffe alles, weil ich es will. Ich bin intelligent, sonst hätte ich dich nicht enttarnt. Ich bin eine hübsche Frau. Ich bin gut genug. Ich habe viele Talente und ich glaube an mich. Ich gebe immer mein Bestes und erledige Aufgaben zuverlässig und konzentriert."

Beim ersten Durchgang fühle ich mich schrecklich, sodass mein Bauch sich zusammenzieht.

„Warum machst du eine Übung, die dir Bauchschmerzen bereitet?", fragt Hugo nach.

„Weil ich etwas verändern will."

„Lass doch alles beim Alten."

„Das könnte dir so passen", erwidere ich und wiederhole die Sätze noch vier Mal, bis die Nervensäge verstummt ist. Es ist ein neues Gefühl, dass ich selbst entscheiden kann, ob ich schlechte Laune bekomme oder nicht. Ein leichtes Lächeln breitet sich auf meinen Lippen aus. Dieses Erfolgserlebnis nutze ich sofort aus und mache weiter.

Übung 11: Affirmationen

Positive Sätze werden auch Affirmationen genannt. Sie sind bewusst formulierte positive Gedanken, die dein Unterbewusstsein anregen. Durch wiederholtes Aufsagen wirst du dich besser fühlen und die negativen Einwürfe deines inneren Kritikers verdrängen. Er hat nämlich die Angewohnheit, sich auf die Gefahren und Probleme des Lebens zu konzentrieren. Dadurch werden sie oft noch größer, als sie eigentlich sind. Dementsprechend verhältst du dich dann.

Wähle jetzt eine Affirmation aus der vorherigen Übung aus. Stell dich vor den Spiegel und sprich sie laut aus.

Nicht dein Ernst? Ich soll mich vor den Spiegel stellen? Das geht auf keinen Fall, so wie ich aussehe. Wütend klappe ich das goldene Notizbuch zu und pfeffere es in Richtung Schreibtisch. Leider treffe ich nicht, und es klatscht auf den Boden.

„Du bist selbst zum Werfen zu blöd."

In diesem Moment klopft es an die Tür.

„Ja", sage ich leise.

Annika trägt eine Schürze und hat ihre blonden Haare locker zusammengeknotet. Sie kommt herein, und mit ihr zieht ein köstlicher Geruch nach Essen in meine Nase. „Was ist los?", fragt sie, setzt sich neben mich und streichelt meinen Arm.

„Mir ist einfach alles zu viel. Ich will wirklich eine Veränderung, aber ich bekomme noch nicht mal diese Übung hin. Ich schaffe nichts." Unerwartet schießen mir Tränen in die Augen.

„Was ist das für eine Übung?"

„Ich soll mich vor den Spiegel stellen und sagen, wie toll ich bin."

„Das bist du auch, Süße."

„Und wieso bekomme ich es dann nicht hin?"

Sie hebt das Notizbuch auf und blättert durch die Seiten. „Für mich sieht das ganz großartig aus."

„Ich bin wütend auf mich selbst", antworte ich.

„Alles ist schwer, bevor es leicht ist."

„Ich verstehe noch nicht einmal deinen Spruch. Ich bin wirklich zu blöd."

„Das bedeutet, dass aller Anfang schwer ist. Doch je öfter du etwas tust, desto leichter wird es. Deswegen heißen deine Übungen ja auch Übungen. Üben, üben, üben! Ich gebe zu, dass es am Anfang komisch ist, sich selbst zu sagen, wie schön, klug und selbstbewusst man ist. Aber mit jedem Tag wird es leichter und normaler."

„Ich kann nur noch negativ denken."

„Klar, weil du seit Monaten im Ausnahmezustand lebst. Deine negativen Sätze haben sich ins Gehirn eingebrannt, sodass du überhaupt nicht mehr weißt, wie man positiv denkt."

„Und wie lange dauert es, bis ich positiv denke?", frage ich Annika.

„Ein bisschen Geduld brauchst du schon. Du musst dranbleiben und, wie gesagt, jeden Tag üben. Bis sich eine Routine einstellt. Hast du jemals Radfahren gelernt?"

„Hä? Ja klar! Du weißt doch, dass ich Radfahren kann", antworte ich ein wenig genervt.

„Und wie lange hat es gedauert, bis du ohne Stützräder fahren konntest? Bis du ohne Hilfe von deiner Mutter und deiner Oma die Balance gehalten hast? Hast du dein Rad wütend in die Ecke geschmissen? Warst du genervt, weil es nicht sofort geklappt hat?"

Wieder überlege ich. „Nein, aber heute bin ich erwachsen, und es nervt mich, dass ich in der einen Minute motiviert bin und in der anderen aufgeben möchte. Das dauert mir alles zu lange."

Annika streicht mir über den Rücken.

„Denkst du, dass meine Reaktionen normal sind?", frage ich sie.

„Völlig normal, Süße! Du bist gerade dabei, dein Leben zu verändern. Es ist so viel weggebrochen. Du probierst etwas Neues aus und erwartest, dass es sofort klappt. Und wenn es nicht klappt, zweifelst du an dir selbst. Hab ein wenig Geduld. Veränderungen sind wie Radfahren. Jeder kann sich verändern, und wer es einmal gelernt hat, verlernt es nie wieder."

„Wow! Ich weiß nicht, wie du es schaffst, mich aufzumuntern", antworte ich und wische mir die Tränen aus dem Gesicht.

„Luisa, auch ich habe an mir gearbeitet. Du weißt, dass ich jahrelang den Tod meiner Mutter verdrängt habe, bis er mich wie eine Tsunamiwelle eingeholt hat. Dann musste ich etwas verändern und habe begonnen, mich mit mir selbst zu beschäftigen. Das war hart, aber es hat sich gelohnt. Habe ich nie wieder graue Tage? Nein! Es gibt gute Zeiten …"

„… und schlechte Zeiten", beende ich den Satz.

„Das ist das Leben, Luisa. Es gibt immer zwei Seiten."

„Bei dir hört sich alles immer so logisch an. Danke", flüstere ich.

„Du hast als Kind Radfahren gelernt, weil du drangeblieben bist. Du hast gelacht, und du hast geweint, wenn du hingefallen bist. Aber du bist verdammt noch mal wieder aufgestanden. Und Tränen befreien. Lachen ist gesund und Weinen auch. Gefühle sind dazu da, gefühlt zu werden. Gib ihnen Raum und vertrau auf dein Herz und dein Bauchgefühl."

„Und wie höre ich auf mein Herz?"

„Du musst fühlen."

Ich umarme Annika und drücke ihr ein Küsschen auf die Wange.

„Ich bin so froh, dass du meine Freundin bist."

„Steh auf und mach deine Übung. Zeig es diesem Hugo. Du schaffst alles."

Ich sprinte vor den Spiegel, straffe meine Schultern und sage mit fester Stimme: „Ich bin stark und schaffe alles, weil ich es will."

„Siehst du? Geht doch! Und weil es so schön war, bitte noch drei Mal."

„Ich bin stark und schaffe alles, weil ich es will. Ich bin stark und schaffe alles, weil ich es will. Ich bin stark und schaffe alles, weil ich es will."

Wir lachen, bis die Tränen kommen. Und wenn man vor lauter Lachen weint, verdrängt das nicht nur die kritischen Stimmen im Kopf, sondern es entsteht dort auch ein Regenbogen.

10
In vino veritas

Annika ist inzwischen wieder in der Küche verschwunden, sodass ich die Zeit nutze, um sofort mit der nächsten Übung zu beginnen.

Übung 12: Lächle

Bleibe vor dem Spiegel stehen und lächle, auch wenn dir nicht nach Lächeln zumute ist. Zieh die Mundwinkel hoch und grinse so breit, wie du nur kannst. Dein Gehirn kann nämlich nicht zwischen einem echten und einem falschen Lächeln unterscheiden. Wenn es dir albern vorkommt, sei albern. Das macht gar nichts. Wenn du diese Übung für eine Minute durchhältst, fängt dein Gehirn automatisch an, Glückshormone auszuschütten.

Schreib hinterher in dein goldenes Notizbuch, wie du dich fühlst.

Ich will nicht, dass Hugo wieder auf meine Schulter springt und mir alles schlechtredet, weil es gerade anfängt, Spaß zu machen. Dennoch steigen Zweifel gegen diese verordnete Fröhlichkeit in mir auf, die mich im Februar, nach meiner Fehlgeburt, in ein Loch gestürzt hat. Als Stewardess musste ich immer ein Lächeln auf den Lippen haben, obwohl mir zum Heulen zumute war. Aber ich vermisse meine Arbeit und den Kontakt zu anderen Menschen auch. Ich vermisse den geregelten Tagesablauf und besonders das Reisen. Die positiven Momente in diesem Beruf überwiegen definitiv. Ich will endlich wieder lachen und gebe der Übung eine Chance. Entschlossen stehe ich vor dem Schrankspiegel, doch Hugo lässt nicht lange auf sich warten.

„Luisa, wie du wieder aussiehst.“

Kritisch beäuge ich mein Gesicht und frage mich tatsächlich, was diese Übung bringen soll? Mich runterziehen?

Das eigene Spiegelbild fühlt sich fremd an. Ich schaue mich sonst nur so lange an, wie das Auftragen meiner Mascara dauert. Ich gehe ein wenig näher an den Spiegel heran. Ob ich den mürrischen Gesichtsausdruck verändern kann? Zaghaft ziehe ich die Mundwinkel nach oben. Für einen kleinen Moment macht mein Herz einen Hüpfer. Mundwinkel nach unten und nach oben, nach unten …

„Wie albern“, quakt die Nervensäge.

„Ruhe da oben!“

„Wie albern.“

„Hugo, du Spielverderber.“

Mundwinkel nach oben, nach unten, nach oben …

Ich möchte unbedingt daran glauben, dass diese Übung meine Stimmung verändert.

„Pah!“, faucht er.

„Pah, was Hugo?“

Dann lache ich laut auf, weil sich tief in mir ein warmes Gefühl ankündigt. Es ist wie eine sanfte Welle, die mich trägt und mir Hoffnung gibt. Es ist, als würde wieder Lebensenergie durch meinen Körper strömen. Als hätte sich die Angst verabschiedet und etwas anderem Platz gemacht, etwas Großem, für das ich keine Worte habe.

„Noch nicht", flüstert eine sanfte Stimme.

Auch wenn sich mein Kopf noch gegen diese schöne Empfindung wehrt, möchte ich diese neue Erfahrung sofort in meinem goldenen Notizbuch festhalten. Während ich schreibe, atme ich tief ein und entspanne mich mit jedem Atemzug mehr und mehr. Als ich fertig bin, zieht der köstliche Essensduft von eben unter der Tür hindurch. Meine Konzentration lässt nach, weil mein Magen am Ende dieses langen Tages laut knurrt. Nur eine Minute später steht Annika im Zimmer.

„Hallo, Süße! Essen ist fertig."

„Perfekt! Ich habe einen Bärenhunger."

„Du bist immer noch gut gelaunt? Was habe ich verpasst?"

Kurz erzähle ich ihr von der Übung.

„Das Buch gefällt mir. Dein Lächeln steht dir gut", antwortet sie und ihre braunen Augen strahlen Zuversicht aus. „Und war die Übung leicht?"

„Am Anfang nicht. Der Zweifler saß schon wieder auf meiner Schulter, und ich wollte aufgeben."

„Und genau in diesen Momenten solltest du die Übungen erst recht machen und diesen Peter …"

„Hugo", korrigiere ich sie.

„Genau, diesen Hugo in die Wüste schicken. Und jetzt essen wir. Soll mir keiner sagen, dass du bei uns nicht genug Energie für deine Übungen bekommst."

Es ist einundzwanzig Uhr, als ich mich nach dem leckeren Kichererbsen-Curry satt, erschöpft, aber glücklich auf dem Küchenstuhl zurückfallen lasse. Die letzte Stunde mit diesen drei wundervollen Menschen ist genauso gewesen, wie ich mir meine Zukunft vorstelle. Leicht. Umgeben von Liebe. Wie ein Baby im Mutterleib. Geschützt vor negativen Einflüssen.

Während Andy im Karton mit der Aufschrift *Küche* nach den Kaffeebohnen sucht, räumt Annika den Tisch ab, lüftet einmal kurz durch und zündet eine Duftkerze auf der Fensterbank an. Die Hightech-Kaffeemaschine hat ihren Platz auf der Ablage rechts neben der Spüle gefunden und wirkt auf zehn Quadratmetern wie ein Raumschiff.

„Hier sind sie! Der perfekte Abschluss für diesen langen Tag", sagt Andy und bereitet uns drei Tassen Espresso zu.

Das schwarze Gold tut mir gut, der Gedanke an Tristan, den ich mit der Kaffeemaschine verbinde, eher nicht. Aber ich schenke diesem Gedanken keine weitere Aufmerksamkeit und sage innerlich Stopp. Ich richte meinen Fokus auf das Hier und Jetzt und auf die Sonnenseite des Lebens. Auf Abende wie diese. Ich bin ungeduldig, weil ich mehr von dieser Leichtigkeit spüren möchte.

„Mami, darf ich mal probieren?"

Felis Stimme holt mich an den Küchentisch zurück. Wohlbehagen und ein Gefühl kindlicher Glückseligkeit breiten sich in mir aus. Eine tiefe Zufriedenheit. Ich möchte diesen angenehmen Augenblick so lange wie möglich erhalten und klinke mich in das fröhliche Gespräch ein.

„Sag mal, kleine Maus. Bist du nicht müde?", frage ich sie.

„Deswegen will ich doch Kaffee trinken, Tante Luisa."

„Luisa", verbessere ich sie. „Kaffee ist für Erwachsene, sonst stehst du senkrecht im Bett."

„Warum senkrecht?"

„Jetzt frag mal Luisa nicht so viele Löcher in den Bauch", mischt Annika sich ein.

„Mami, das mit den Löchern verstehe ich nicht."

„Feli, für dich geht's jetzt ab ins Bett. Ab morgen ist wieder Schule. Und zwar in dem Gebäude, das dafür eigentlich vorgesehen ist."

„Noch eine halbe Stunde."

„Zehn Minuten."

„Okay, Mami", sagt sie mit einem Lächeln, steht auf und nimmt ihre Mutter in den Arm.

„Und Luisa, für uns beide habe ich noch etwas Leckeres." Sie stupst mich leicht gegen die Schulter und steht schwungvoll auf. Sie öffnet zielstrebig den Kühlschrank und das Eisfach und kommt mit einer Flasche Batida de Coco, Kirschsaft, Eiswürfeln und zwei Gläsern zurück. Scheppernd stellt sie alles auf dem Küchentisch ab und sagt mit fester Stimme: „So, wir werden uns jetzt besaufen! Und zwar so richtig. So wie früher. Eene, meene eins, zwei, drei, gelöscht sei die Tristan-Ecke in deinem Kopf, bye, bye. Hex, hex!"

Ich ziehe genervt einen Flunsch, weil Tristan schon wieder in meinem Kopf herumschwirrt.

„Mundwinkel nach oben, Süße. Steh dir nicht selbst im Weg."

„Danke, Bibi Blocksberg. Und ich kaufe dir morgen eine rote Schleife und einen Besen", necke ich sie. Doch meine Stimmung heitert sich schnell auf, weil ich bereits den cremig, süßen Geschmack auf der Zunge schmecke. Kokosmilch. Kokosduft. Kokoshimmel. Ein Hauch von Urlaub liegt in der Luft.

„Und du mein Feli-Glück gehst jetzt ins Bett."

„Noch fünf Minuten, Mami."

„Nein, du Verhandlerin! Jetzt ist Schlafenszeit. Küsschen."

„Okay, Mami. Ich gehe Zähne putzen."

„Ich bringe dich ins Bett", sagt Andy.

Feli drückt ihrer Mutter einen Kuss auf die Wange und verschwindet mit Andy aus der Küche. Dann nehmen wir unsere Getränke in die Hand und stoßen an. Die Gläser klingen wie die Glocken der Vergangenheit, als wir noch von der Zukunft träumten und heimlich Batida de Coco im Wald schlürften. Fühlt sich so Glück an?

Fünf Minuten schweigen wir und genießen die Ruhe. Ohne Vorwarnung kullern Tränen aus meinen Augen, für die ich mich nicht schäme. Ich lasse sie einfach laufen. Genau in dem Moment kommt Andy zurück und schaut ein wenig hilflos.

„Das ist unser Lieblingsgetränk aus der Schulzeit", erkläre ich schluchzend.

„Aus der Schulzeit?", fragt Andy.

„Ja, wir haben die Kassiererinnen immer an der Nase herumgeführt, mit viel Schminke im Gesicht. Und dann haben wir uns im Wald betrunken", erkläre ich, während der Rotz über meine Lippen läuft. Annika reicht mir ein Küchentuch. Ich weine weiter, als hätte man eine Schleuse geöffnet. Ich kann nicht aufhören, denn es erleichtert und befreit mich. Wir schwelgen in alten Erinnerungen und lassen auch nicht die Schule, die Lehrer, die Streiche und unsere Träume aus.

„Ich bin so froh, hier zu sein." Ich wische mir die Tränen aus dem Gesicht. Ob der Alkohol diese Emotionen auslöst? „Ich schaffe alles, weil ich es will", sage ich bestimmt und erhebe nochmals mein Glas, um es in einem Zug leer zu trinken. Sofort füllt Annika es wieder auf.

„Schatz, möchtest du auch einen Drink?"

„Nein, danke. Einer muss ja einen kühlen Kopf behalten und euch retten, wenn ihr fallt", antwortet Andy und setzt sich.

„Wieso fallen? Alkohol ist doch ein Fallschirm und ein Rettungsboot. Alkohol, Alkohol", singt Annika. „Alkohol, Flugzeuge, Fallschirm, Airline. Süße, ich hab's! Du brauchst keine Airline zum Glücklichsein. Du brauchst Bücher."

„Was?" Mein Herz schlägt schneller und ein Gedanke blitzt auf. Doch er ist verschwunden, bevor ich ihn greifen kann.

„Warum arbeitest du nicht …?" Abrupt beendet Annika ihren Satz, weil wir ein Geräusch hören.

„Hat es gerade an der Wohnungstür geklopft?", fragt Andy.

Annika und ich schauen uns überrascht an, als es ein weiteres Mal klopft.

„Da war gerade so ein Gedanke, Annika. Verdammt! Jetzt ist er weg."

„Süße, den fangen wir schon wieder ein. Doch nun frage ich mich, wer kann das sein um diese Zeit bei Kerzenschein?"

„Ich gehe schon", antwortet Andy und verschwindet im Flur. „Ihr albernen Hühner bleibt besser sitzen."

„Sind wir dir etwa peinlich?", ruft Annika ihrem Freund mit einer Piepsstimme hinterher.

Wir stellen behutsam die Gläser ab, legen uns wie Kinder die Hand auf den Mund, um nicht loszukichern, und lauschen.

„Psst. Das ist die Stimme des neuen Nachbarn, der in die gleiche Etage gezogen ist", stellt Annika fest und legt ihren Zeigefinger auf ihre Lippen.

In dem Moment kommt Andy zurück. „Es ist Ben, der neue Nachbar."

Annika und ich schauen uns an und kichern.

„Schatz, schaffst du es noch, in den Flur zu kommen?"

„Klar! Komm mit, Süße! Wir stellen uns vor." Sie zieht mich am Arm hoch.

„Na, das kann ja heiter werden", sagt Andy grinsend.

Gemütlich schlendern wir in den Flur.

„Hallo, Nachbar", sagt Annika freundlich.

„Hey! Ich hatte noch gar keine Gelegenheit, mich persönlich vorzustellen. Ich bin Ben. Hoffe, es war in den letzten Tagen mit dem Bohren nicht zu laut?" Er hält eine Flasche Rotwein in den Händen. „Auf gute Nachbarschaft!"

„Nein, nein! Ich bin tagsüber sowieso nicht zu Hause."

„Ich möchte niemanden stören."

„Umzugslärm gehört halt dazu", beruhigt Annika ihn. „Und lassen Sie sich nicht von Frau Schuster stressen."

„Die Dame habe ich auch schon kennengelernt."

Ich stehe neben Annika und hake mich unter ihren Arm, damit ich nicht von einem Bein auf das andere schwanke. Der Alkohol ist mir zu Kopf gestiegen, und ich muss mich zusammenreißen, um nicht wie eine debile Grinsekatze auszusehen. Was ist los mit mir? Ich vertrage wirklich nichts mehr. Da steht ein dunkelblonder, äußerst attraktiver Mann. Das kann ich erkennen. Er ist so attraktiv, dass mir fast die Luft wegbleibt. Er trägt ein langärmliges, dunkelblaues Poloshirt,

127

ist groß, Ende dreißig und sieht aus, als wäre er gerade lässig von seiner Jacht geklettert, um hier einen spontanen Urlaubsabstecher zu machen. Annika nickt Andy zu, damit er die Flasche entgegennimmt. „Danke schön! Möchten Sie reinkommen?“, fragt sie. „Wir haben heute etwas zu feiern.“

Oh, nein Annika, flehe ich sie in Gedanken an. Bitte nicht! Hoffe, sie kann sich zusammenreißen. Der Alkohol macht sie immer so redselig.

„Nein, nein! Ich muss morgen früh aufstehen. Ein anderes Mal gerne. Und bitte, können wir uns duzen?“

Glück gehabt! Er kommt nicht in die Wohnung, denke ich.

„Perfekt“, antwortet sie. „Das ist Andy, ich heiße Annika, und das ist Luisa.“ Sie stupst ihre Hüfte gegen meine und ich lächele. Etwas verkrampft, aber es ist ein Lächeln.

„Hallo! Ähm … ich wohne gar nicht hier“, erwidere ich ein wenig irritiert und stelle mich sofort gerader hin.

„Klar wohnst du jetzt hier“, bestätigt Annika.

Wie peinlich!

„Ja, also, nur übergangsweise“, sage ich verlegen und muss schlucken, weil mein Hals ganz trocken ist.

„Noch einmal auf gute Nachbarschaft. Ich freue mich, dass wir uns nun öfters sehen.“

Und ich mich erst, denke ich. Mein Herz schlägt so laut, und ich bin verwundert, dass es niemand hört. Ich senke für Sekunden die Lider und versuche, mir diesen fremden Mann als hässlichen Buckligen vorzustellen, doch so recht will es nicht gelingen.

„Vergiss nicht deine Entscheidung“, ermahnt mich Hugo.

Ich brauche keinen Mann!!! In Gedanken zeichne ich drei Ausrufungszeichen in die Luft. Und trotzdem versinke ich in Bens braunen Augen. Sein Lächeln ist das schönste, was ich je gesehen habe. Diese weichen Lippen …

„Vergiss nicht deine Entscheidung.“

Mein innerer Kritiker holt mich auf den Boden der Tatsachen zurück. Oder zumindest auf das, was ich dafür halte.

Ich brauche keinen Mann, wiederhole ich immer wieder in meinem Kopf und atme tief durch. Die Liebe ist für andere bestimmt, nicht für mich. Doch warum zur Hölle nimmt dann das kribbelige Gefühl im Bauch zu? Annika hält mich fester und pikst mit der anderen Hand in meinen Arm.

„Luisa, huhu", flüstert sie und streichelt mit einer Hand über meinen Arm. „Bist du noch da?"

„Wie bitte?"

Ich stehe mit hochrotem Kopf im Flur und fühle mich total fehl am Platz. Ich schaue erst zu Annika, dann zu Andy, dann zu Ben und lächele, auch wenn mir nicht nach Lächeln zumute ist. „Auf gute Nachbarschaft", lalle ich.

11
Auf Frust folgt Euphorie

Montag, 10. Januar

Den Traum in der ersten Nacht in einer neuen Umgebung soll man sich merken, heißt es immer. Er ist etwas Besonderes, weil er einen Neuanfang einläutet.

Ich habe von Türen geträumt. Und von Büchern. Von Büchern und Türen? Und von der Liebe und Ben. Er hat mich im Traum auf die Wange geküsst. Mein Herz schlägt schneller, und ich habe das Bedürfnis, mir über diese Stelle zu streicheln. Aus welchem verirrten Winkel meines Gehirns ist dieser Traum bitte schön gekommen? Alles wirbelt im Kopf durcheinander, und ich versuche, die Bilder zu deuten. Es funktioniert nicht.

„Ob ich kurz etwas bemerken dürfte?"

„Guten Morgen, liebe Sorgen. Seid ihr auch schon alle da? Habt ihr auch so gut geschlafen? Na, dann ist ja alles klar."

„Pah!"

„Du Miesepeter! Was hast du denn jetzt schon wieder auszusetzen?"

„Luisa, hör auf zu träumen! Niemals wirst du eine glückliche Beziehung führen."

Hugo hat recht. Was ich bisher an Liebe erfahren habe, war nicht der Rede wert. Ich bin einfach nicht für eine richtige Beziehung gemacht. Wofür soll ich es noch einmal versuchen? Ich kenne das Ergebnis ja schon.

Ich bin frustriert, weil das schöne Gefühl vom Aufwachen innerhalb weniger Sekunden wie Popcorn in der Mikrowelle verpufft ist.

„Danke auch, Hugo! Wenn ich nicht träumen darf, dann will ich wenigstens im Bett liegen bleiben", sage ich trotzig wie ein kleines Kind und ziehe die Decke bis zum Kinn.

„Halt! Hast du nichts zu tun?"

„Lass mich", grummele ich, befürchte dennoch insgeheim, dass er mal wieder recht hat. Der Gedanke an meine To-do-Liste stresst mich.

„Steh auf, du Faulenzerin."

„Du machst mich fertig. Darf ich nicht mal richtig in der neuen Umgebung ankommen?"

Ich lausche in die Stille hinein, rutsche im Bett schwerfällig nach oben und zupfe das Kopfkissen hinter mir zurecht. Vom Umzug habe ich einen mörderischen Muskelkater in den Armen. Von meinen Nackenschmerzen will ich gar nicht erst sprechen. Dennoch ist mir durchaus bewusst, dass ich mich langsam einmal in Bewegung setzen sollte, um mein Leben zu regeln. Aber wo soll ich anfangen?

Ich stelle fest, dass meine Gedanken heute Morgen herrlich positiv sind. Positiv, positiv! Das Wort positiv löst einen Brechreiz aus. Miss Positiv, du nervst!

Ich beschließe, die Abarbeitung meiner To-do-Liste auf später zu verschieben und erst einmal zu googeln, was ich gegen Nackenschmerzen tun kann. Fazit meiner Recherche: Ab in die Wanne! Weil Wärme die Muskulatur auflockert. Warum ist mir das nicht selbst eingefallen? Und Bewegung hilft. Na toll! Allein der Gedanke daran strengt mich schon an.

„Wolltest du dich nicht besser um deinen Körper kümmern?", fragt Hugo. „Ich befürchte, du hältst deine Entscheidung nicht durch."

Wie aus dem Nichts taucht er auf und trifft ins Schwarze. Aber ich kann jetzt keinen Sport treiben und beschließe, das leidige Thema, genauso wie die To-do-Liste, auf später zu verschieben. Dennoch möchte ich an meiner Entscheidung festhalten. Vielleicht kann mir das Workbook weiterhelfen. Voller Vorfreude greife ich auf dem Nachttisch nach dem Handy und lese die nächste Herausforderung.

Übung 13: Schreibe deine Entscheidung ab

Am Ende deines Notizbuches befindet sich eine Box mit einem leeren Blatt Papier. Nimm es heraus, schreibe deine Entscheidung ab und häng es neben dein Bett.

PS: Du darfst deine Entscheidung jederzeit anpassen und verändern, wenn sie sich nicht mehr richtig anfühlt.

Und wie mir das Workbook helfen kann! Es kennt wieder meine aktuelle Situation und unterstützt mich, meine Entscheidung nicht aus den Augen zu verlieren. Genauso wie ich es mir eben gewünscht habe. Ich kann mir ein Lächeln nicht verkneifen und hebe anerkennend die Augenbrauen.

Ich blättere zu meinem ersten Eintrag und lese die zehn Punkte mit wachsender Verwunderung noch einmal durch. Habe ich das geschrieben? Es überrascht mich, welche Energie ich in der Silvesternacht aufgebracht habe.

Mit dem Kugelschreiber in der Hand muss ich schmunzeln, weil er zur Regenbogenbettwäsche passt. Follow the rainbow. Soll ich jeden Satz in einer anderen Farbe schreiben?

In meinem Magen beginnt es zu kribbeln. Nur ein paar Minuten später sitze ich mit geröteten Wangen am Schreibtisch und lebe meine Kreativität aus. Feli hat mir erlaubt, ihre Bunt- und Filzstifte zu benutzen. In ihrer Schublade finde ich alles, was Mädchenherzen höher schlagen lässt. Girls, Glitzer und Glamour. Ein kleiner Freudenschrei entfährt mir, und ich lasse mich von der Euphorie eines Kindes treiben. Wie gerne habe ich früher gemalt und gebastelt. Und auf einmal kann ich gar nicht schnell genug mit dem Abschreiben meiner Entscheidungen anfangen. Zum Schluss hänge ich das Blatt mit Klebepads neben das Bett. Dann drücke ich dem Glücksbärchi einen Kuss auf die Stupsnase und bin stolz auf mich. Was für ein gelungener Start in diese Woche. Jetzt habe ich mir wirklich ein Bad verdient.

Im Badezimmer gieße ich großzügig aus einer der im Regal stehenden Flaschen Lavendel in das einlaufende warme Wasser und atme tief den herrlichen Duft ein. Ich sehe mich schon ins Lavendelmeer voller Schaumbläschen eintauchen.

„Hast du wirklich Zeit für ein Schaumbad, Luisa? Denk an deine To-do-Liste", ermahnt mich Hugo.

Ich seufze, drehe den Hahn wieder zu und ziehe den Stöpsel.

„Du hast wieder einmal recht! Ich sollte wirklich langsam anfangen." Im Geiste gehe ich die Punkte durch: Arbeitsamt, Arzt, eigene Wohnung … Ich möchte weinen, denn keiner der Punkte erfüllt mich mit Freude. Während ich zuschaue, wie der Traum der Provence abfließt und meine gute Stimmung von eben gleich mit, erschreckt mich das Klingeln an der Wohnungstür. Hilfe! Wer kann das an einem Montagmorgen sein? Ich schleiche in den Flur und lausche. Wieder klingelt es. Vielleicht ist es dringend? Dann klopft es an die Tür. Soll ich aufmachen?

„Du kannst doch nicht an einem Montag in deinem alten Nachthemd die Tür öffnen. Wie peinlich", ermahnt mich Hugo.

Ich sollte mir wirklich etwas Neues für die Nacht gönnen, beschließe ich.

„Du hast kein Geld."

„Hugo, da hast du völlig recht. Aber hast du nicht gesagt, dass mein altes Nachthemd peinlich ist? Ich habe das Gefühl, dass du immer das Gegenteil von dem sagst, was mein Herz möchte."

Es klopft noch einmal. „Oh Gott, oh Gott!" Ich gehe einen Schritt auf die Tür zu, bleibe abrupt stehen.

Ich bekomme ein schlechtes Gewissen, und auf leisen Sohlen tapse ich zum Spion und luge hindurch. Mit einem Schlag bin ich hellwach. Es ist die Nachbarin mit dem sorgfältig hochgesteckten Dutt. Wie hieß sie noch mal? Sie hält ein weißes Blatt in den Händen. Eine Vorahnung flüstert mir zu: Das kann nichts Gutes bedeuten.

Es klopft energischer.

Soll ich ihr öffnen? Oder nicht?

„Nein!", schreit mein negativer Mitbewohner in meinem Kopf.

„Ich muss. Das gehört sich so", antworte ich brav und öffne die Wohnungstür. Ich frage mich dennoch, warum ich immer Dinge tue, auf die ich keine Lust habe, nur weil man sie so macht.

„Guten Morgen, Frau …?"

„Sommer. Luisa Sommer", krächze ich und höre mich an wie Frankensteins Tochter.

„Guten Tag, Frau Sommer. Schuster aus der dritten Etage. Sie erinnern sich?" Sie schaut auf ihre Armbanduhr und mustert mich wie gestern mit ihrem eindringlichen Blick.

„Ja, ähm …"

„Ich wohne direkt unter Ihnen."

Die Scham steigt mir ins Gesicht. An ihren zusammengekniffenen Augen und ihrer gerunzelten Stirn erkenne ich, dass sie sich bereits ein Bild von mir gemacht hat.

„Und bestimmt kein gutes", fügt Hugo hinzu.

Stopp, denke ich und bin froh, dass ich es vor Frau Schuster nicht laut ausgesprochen habe. Wie peinlich wäre das denn gewesen? Obwohl … vielleicht würde sie dann auch einfach verschwinden. Auf jeden Fall scheint es bei Hugo zu funktionieren. Er ist verstummt, zumindest für den Moment.

„Ich wollte Sie kurz begrüßen. Unser Treffen gestern war ein wenig holprig. Bei der Gelegenheit ist es mir ein äußerst wichtiges Bedürfnis, die Hausordnung anzusprechen", sagt sie in einem Ton, als wäre es das Normalste der Welt, bei Nachbarn zu klingeln, um über die Regeln zu diskutieren. „Frau Ritter hat sie sicherlich schon mit Ihnen besprochen?", fragt sie und rückt ihre Brille auf der Nase zurecht.

Meine Augen weiten sich. Na klar, wir hatten auch nichts Besseres zu tun, denke ich.

„Nicht? Das ist aber wichtig. Enorm wichtig! Denn da steht allerhand drin. Ganz besonders wichtig ist mir der Punkt mit dem Lärm, also mit lauter Musik und Kindern. Die haben Sie ja glücklicherweise nicht, oder?", fragt sie mit erhobenem Zeigefinger.

Entgeistert schüttele ich den Kopf.

„Kinder sind natürlich immer, na ja … nett." Sie macht eine kleine Pause. „Wenn es nicht die eigenen sind."

Lacht sie etwa? Es hört sich an wie ein Dolch, der sich in mein Herz bohrt.

„Ich kann mir vorstellen, dass Frau Ritter als Alleinerziehende sehr beschäftigt ist."

Ah, das können Sie sich also vorstellen, frage ich sie in Gedanken.

„Das arme Kind, so ganz ohne Vater."

Am liebsten würde ich ihr die Tür mit einem lauten Stopp vor der Nase zuschlagen. Aber ich ziehe die Mundwinkel nach oben, obwohl mir nicht nach Lächeln zumute ist, und denke an die Übung. *Wenn du für eine Minute lächelst, fängt dein Gehirn automatisch an, Glückshormone auszuschütten.*

„Kinder verweichlichen so schnell ohne die väterliche Strenge und die Regeln, nicht wahr?"

Aber statt Glückshormonen steigen meine Aggressionshormone, und ich zücke mal wieder das Messer. Auch nur in Gedanken. Natürlich. Am liebsten möchte ich diese unmögliche Person gerne anbrüllen und ihr beteuern, dass Annika die beste Mutter und die beste Freundin der Welt ist, und das auch ohne den leiblichen Vater ihrer Tochter. Außerdem hat sie einen Freund. Ich möchte ihr sagen, dass aus mir ebenfalls etwas geworden ist. Aber an diesem Punkt stocke ich, weil mir leider bewusst wird, dass dem nicht so ist. Single, ohne Mann und Vater. Bedeutet das, dass ich eine Versagerin bin?

„Deswegen, hier bitte schön ein paar Regeln", sagt sie mit einem eingefrorenen Lachen, das dem einer Eiskönigin gleicht, und drückt mir das weiße Blatt in die Hand. „Die Hausordnung, damit alles mit rechten Dingen zugeht. Wenn Sie noch Fragen haben …"

„Nein, nein, keine Fragen", entfährt es mir. Ich habe das Gefühl, der Inquisitorin höchstpersönlich gegenüberzustehen und bin kurz davor, mich zu übergeben. Plötzlich macht sich in mir ein heftiger Fluchtimpuls breit. Am liebsten möchte ich sofort wieder bei Annika ausziehen. Nur weg von hier! Raus aus Düsseldorf. Ab ans Meer.

„Einen schönen Tag noch", sagt sie und nickt mir zu. Dann dreht sie sich um, und kurze Zeit später höre ich, wie sie die knarrende Holztreppe herabsteigt.

Wieso habe ich von Türen geträumt? Wegen Frau Schuster? Wohl kaum. Auf jeden Fall knalle ich diese Tür jetzt zu. Auch nur in Gedanken. Natürlich.

„Ich habe dir doch gesagt, du sollst die Tür nicht öffnen."

„Ja, ja, schon gut, Hugo. Du hast immer recht. Und Frau Schuster auch. Alle haben recht."

Mit dem Blatt in der Hand schlurfe ich zurück in mein Zimmer und lasse es auf den Schreibtisch gleiten. Enorm wichtig! Dann verstecke ich mich im Bett, ziehe mir die Decke über den Kopf und drücke Felis Glücksbärchi ganz fest an meine Brust. Die Lust auf ein Bad ist mir vergangen und auf Frühstück gleich mit. Hugo, Tristan, jetzt noch diese Nachbarin. Hat sich die ganze Welt gegen mich verschworen? Wo ist die gute Stimmung hin? Ich schnappe mir mein Handy vom Nachttisch, öffne die TV-App und verbringe die nächste halbe Stunde damit, mir die verpasste Freitagsfolge von GZSZ anzuschauen. Wie gut, dass ich mir dieses Abo gegönnt habe. Irgendeinen Lichtblick braucht man schließlich in seinem Leben und ganz besonders an so einem Montagmorgen.

Schnell bin ich wieder voll drin im Geschehen. Nina erinnert sich an die Zeit mit Leon, der sie verlassen hat. Warum haben die beiden nicht um ihre Liebe gekämpft? Dabei hat sich Nina zum Schluss wirklich Mühe gegeben. Und Leon? Er hat sein Leben am Meer geplant – ohne sie.

Oh, wie bekannt mir das vorkommt. Gedanklich bringt mich die Folge zurück zu Tristan. Vielleicht ruft er bald an oder schreibt mir eine Nachricht. Doch seit dem ersten Januar herrscht absolute Funkstille zwischen uns. Nicht einmal ein paar Worte bin ich ihm wert. Ein „Es tut mir leid, dass es auf diese Weise enden musste" oder ein „Ich hoffe, du hast eine Unterkunft gefunden." Irgendetwas, das mir das Gefühl gibt, eine Rolle in seinem Leben gespielt zu haben. Oder war da wirklich nie etwas zwischen uns? War ich ein netter Zeitvertreib? Zum Schluss war noch nicht einmal mehr der Sex gut. Aber wen wundert es? Von drei Jahren Beziehung gab es zwei Jahre lang nur ein Gesprächsthema: Corona. Wir haben uns überwiegend in Jogginghosen gesehen, Netflix glotzend auf dem Sofa, schmatzend am Küchentisch. Sonderlich sexy war das nicht. Wer will da noch übereinander herfallen?

Die Serie ist zu Ende und ich spüre, wie eine Träne der Wut über meine Wange rollt. Ich behalte das Handy in der Hand und scrolle durch die Instagram-Posts mit den vielen strahlenden Gesichtern „Nein, nein, nein!", sage ich und schlage mit der Faust auf die Matratze. „Ich möchte nicht mehr meine Zeit verplempern." Gerade in dem Moment, als ich die App schließe, trudelt eine Nachricht von Annika ein.

Einen schönen guten Morgen, liebe Luisa. Jeder Tag ist ein Neuanfang und wie eine geöffnete Tür. Und ein

138

Montag sowieso. Du entscheidest, wie dein Tag wird. Also mach heute nur, was dir guttut, um Energie zu tanken. Lass dich von deinem Hugo nicht davon abhalten. Bis später, Kuss Anni.

Mein Herz macht einen Hüpfer und ich lehne mich entspannt zurück.

„Tu, was dir guttut? Pah! Dafür hast du keine Zeit. Was ist mit Arbeitsamt, Arzt …?"

„Nein, nein, nein! Heute nicht."

„Du musst dein Leben planen."

„Ich muss gar nichts! Es stimmt, was Annika immer sagt. Mit Druck erreiche ich nur das Gegenteil."

„Pah! Du weißt doch noch nicht mal, was dir guttut?"

Ich grübele. Was könnte mir jetzt Freude bereiten? Ein Schaumbad? Einen zweiten Versuch möchte ich lieber nicht starten. Frühstück? Weiter mit dem Workbook arbeiten? Ja, das ist es!

„Hugo, ich lasse mich von dir nicht runterziehen."

„Pah!"

„Nichts pah", antworte ich triumphierend und öffne die Datei auf dem Handy. Ich strecke die Brust raus und bin stolz, dass ich es meinem inneren Kritiker gezeigt habe und so standfest geblieben bin. Wird doch langsam.

Übung 14: Günstige Gewohnheiten

Du bist auf einem guten Weg. Gib nicht auf und denke weiterhin positiv. Finde drei Affirmationen über dich selbst. Notiere sie zuerst in deinem goldenen Notizbuch und anschließend auf einem Blatt Papier, das du vor dein Bett legst. Lies dir die Sätze ab heute für die nächsten 30 Tage jeden Morgen direkt nach dem Aufwachen laut vor.

Die 30-Tage-Methode

Wir Menschen sind Gewohnheitstiere.

Ich erzähle dir nichts Neues, wenn ich sage, dass es schwierig ist, negative Gewohnheiten abzulegen. Wenn du gerne Schokolade isst, dann weißt du, was ich meine. Studien zeigen, dass ein Verhalten, das für circa dreißig Tage täglich durchgeführt wird, gute Chancen hat, sich dauerhaft im Alltag zu etablieren. Ungünstige Gewohnheiten können so zu günstigen Gewohnheiten werden. Je nachdem wie schwierig die neu zu erlernende Verhaltensweise ist, kann es auch länger dauern, bis du ungünstige Gewohnheiten aus deinem Leben verbannt hast. Setz dich deswegen bitte nicht unter Druck und habe kein schlechtes Gewissen. Auf jeden Fall nehmen deine inneren Widerstände nach einem Monat ab und das Ausmaß der Anstrengung sinkt. Im besten Fall hat sich das neue Verhalten in deinem Leben verankert.

Das hört sich alles so logisch an, und ich spüre, wie sehr ich es vermisst habe, etwas zu lernen, um voranzukommen. Ich bin gespannt, wo mich das Workbook hinführt, und bereit, die Herausforderung anzunehmen, auch wenn sie schwer ist. Aber ich weiß, dass sich die Mühen lohnen werden und etwas Wundervolles auf mich wartet. Doch dann sitze ich eine Viertelstunde einfach so da, weil mir keine positiven Sätze einfallen. Irgendwann schlage ich mir mit der flachen Hand gegen die Stirn und blättere zu den Affirmationen, die ich gestern notiert habe. Ich beuge mich im Bett vor und schreibe:

1. Ich glaube an mich und werde von Tag zu Tag selbstbewusster.
2. Ich bin stark und mutig.
3. Ich bin schön.

Bin ich schön? Bei dieser Affirmation komme ich ins Stocken. Schönheit liegt im Auge des Betrachters. Sagt man doch. Oder nicht? Es kommt auf die inneren Werte an, nicht auf die äußeren. „Hmmm."

Tristan steht auf braune Haare, deswegen habe ich sie gefärbt. Er hat nie gesagt, ob er mich mit roten Haaren attraktiv finden würde. Ob es Männer gibt, die auf rote Haare stehen? Ich denke an die vielen Hänseleien in der Schule. Nein, niemand mag rote Haare! Also bin ich nicht schön und streiche den Satz „Ich bin schön" durch. Er lässt mir dennoch keine Ruhe.

Bin ich schön, auch wenn ich es bei GNTM nicht unter die Top 10 schaffe? Bestimmt hat Herr Google einen Rat. Ich gebe in die Suchmaschine „Bin ich schön" ein. Google zeigt mir Filme an, zum Beispiel den von Doris Dörrie. Ich schaue mir den Trailer an, und sofort schießen mir Tränen in die Augen.

Was bietet das Internet noch? Ich scrolle durch die Seiten. Nein! Echt jetzt? Es gibt Tests? Tests, die anhand meines Aussehens beurteilen, ob ich schön bin? Ich klicke einen an und ringe nach Luft, weil mir irgendwie gerade übel wird. Ich lese. Welche Farbe haben deine Haare? Deine Augen? Deine Haut? Wie groß ist deine Nase? Finden dich andere attraktiv?

Soll das ein Witz sein?

Ich breche ab, weil sich mein Magen zusammenzieht, und recherchiere weiter. Folgende Fragen stehen in der Beschreibung des „Gesichtsschönheitsanalyse-Tests": Bin ich hübsch? Bin ich hässlich? Warum bin ich hässlich? Oder nicht hübsch genug? Online-Test für Gesichter in drei Minuten.

Ob ich dort mein Foto einmal hochlade?

Das Ergebnis zieht mich allerdings mehr als runter. Stirn zu groß, Mund zu dies, Nase zu das. Ich bin nur zu 42 Prozent schön? Genauso wie die anderen fünf Millionen Menschen, die sich dieser Schönheitskontrolle ebenfalls gestellt haben? Kein Wunder, dass es in meinen Beziehungen nicht klappt. Ob jemand schon einmal nach diesem Test an Selbstmord gedacht hat? Es dauert, bis sich mein Herz wieder beruhigt, und ich beschließe, mich von so dämlichen Tests nicht runterziehen zu lassen.

Mit dem Kugelschreiber in der Hand schreibe ich in Großbuchstaben neben den durchgestrichenen Satz:

Ich bin schön!

Ich springe auf, fische aus Felis Schreibtischschublade ein leeres Blatt Papier und kopiere die drei Sätze. Zufrieden lege ich es vor das Bett und lese es noch einmal laut vor. Anschließend streiche ich mir mit einer Hand durchs Haar und beglückwünsche mich dazu, dass ich es tatsächlich von allein geschafft habe, negative Gedanken zu stoppen und durch positive zu ersetzen. Dann schaffe ich auch die nächste Übung, weil ich es will.

Übung 15: Schau dich schön!
Stell dich vor einen großen Spiegel, in dem dein gesamter Körper zu sehen ist. Steh gerade, zieh die Schultern nach hinten und strecke die Brust raus. Betrachte dich wie ein Kunstwerk. Richte den Blick auf das Positive. Welches Körperteil gefällt dir am besten? Schau es ganz bewusst an und notiere anschließend deine Gefühle im goldenen Notizbuch.
Ganz wichtig: Versuche ab sofort, dein neues Selbstbild beizubehalten und diese Übung jeden Morgen für einen kräftigen Selbstliebe-Booster zu nutzen, um mit deinem neuen Körpergefühl gut gelaunt in den Tag zu starten.

Oha, denke ich. Es liegt wirklich noch eine Menge Arbeit vor mir. Das Workbook will mich testen, wie ernst ich es mit dem Satz „Ich bin schön" meine und schickt mir gleich die nächste Herausforderung hinterher. Wieder so eine Übung, von der ich absolut keine Ahnung habe, wie sie zu meistern ist. Am liebsten würde ich das Handtuch werfen. Nein! Die neue Luisa gibt nicht auf! Schlimmer als diese diskriminierenden Tests im Internet wird es schon nicht werden. Deswegen positioniere ich mich mit geradem Oberkörper vor dem Spiegel, ziehe die Schultern nach hinten und strecke die Brust raus. Ich nehme meine Haare zurück und betrachte mich aus der Nähe. Ein Kunstwerk? Na ja. Eher ein Schloss-gespenst im Nachthemd. Ich seufze laut, verziehe den Mund und runzele die Stirn. Die Übung ist auf jeden Fall schwer, denn mir fällt auf, dass ich es absolut nicht gewohnt bin, den Fokus auf ein Körperteil zu legen, den ich an mir schätze. Meistens schaue ich in den Spiegel, um mich auf die Problemzonen zu konzentrieren. Ich bin gespannt, was sich an meinem Selbstbild in den nächsten dreißig Tagen verändern wird.

„Ob sich überhaupt etwas verändert?", meldet sich die bekannte Stimme in meinem Kopf.

„Psst! Ich will nichts von dir hören."

„Weil du genau weißt, dass dich die Übungen runterziehen werden."

„Stopp! Du nervst. Besser als nichts zu tun, ist es auf jeden Fall", kontere ich und möchte diesen aufkommenden Zweifeln keinen Raum geben. Daher wende ich mich noch intensiver meinem Spiegelbild zu.

„Schultern nach hinten, Brust raus, Luisa. Wollen wir doch mal sehen, ob wir zwei heute Freundinnen werden." Ich drehe mich zur Seite, um meinen Bauch unter die Lupe zu nehmen. Morgens ist er eigentlich ganz flach, und ich mag ihn. Aber mein Po? Der geht gar nicht. Ich bin in letzter Zeit schon ein bisschen unsportlich geworden. Ich möchte die negativen Gedanken stoppen und durch positive ersetzen. Das klingt bei dieser Übung allerdings nach einem schier un-lösbaren Unterfangen. Aber ich möchte mich anstrengen und scanne noch einmal meinen Körper von oben bis unten ab. Die Wimpern könnten länger sein. Stopp! Busen zu klein. Stopp! Die Haut ist zu hell. Stopp! Stopp! Stopp! Was gefällt mir an meinem Körper? Ich betrachte mein Gesicht genauer. Die Nase ist ganz okay. Nicht zu groß und nicht zu klein.

„Und die kleine Narbe unterm Kinn?", murmelt Hugo.

„Die sieht man doch gar nicht." Ich betrachte sie genauer und schlagartig wird sie riesengroß. Ich ärgere mich über meine Mutter, dass sie nicht besser aufgepasst hat.

Doch dann trifft mich die Erkenntnis mit solcher Wucht, dass sogar eine Träne über meine Wange rollt. Es ist keine Träne der Trauer, sondern des Glücks. Beim Wegwischen funkeln meine Augen in einem wunderschönen Blau. Genau auf meine Augen konzentriere ich mich jetzt und ignoriere die Narbe, den Po und alle anderen Körperteile, die mir nicht gefallen. Ich liebe das Meer und den blauen Himmel, und genauso schön sind auch meine Augen. Zum ersten Mal in meinem Leben bekomme ich eine Ahnung davon, was es bedeutet, den Fokus auf das Positive zu richten. Ich bin im Rausch der Glücksgefühle, sodass mir fast schwindelig wird. Glück scheint etwas mit meinen eigenen Emotionen zu tun zu haben und wie ich mich selbst sehe. Den Fokus auf ein Körperteil zu legen, den ich an mir mag, hat ein positives Gefühl ausgelöst. Ich kann negativen Gedanken Raum geben. Aber andersherum funktioniert es ebenso. Positive Gedanken erzeugen positive Gefühle. Negative Gedanken erzeugen negative Gefühle. Ich empfinde eine solche Freude und Zufriedenheit über diese Erkenntnis, dass ich nicht mehr auf meine Mutter böse sein kann. Sie ist auch nicht schuld an der Narbe unter meinem Kinn. Ich war ein Kind, wild, mutig und verdammt glücklich, dass ich meine Mutter hatte. Diese Narbe gehört zu mir und macht mich aus.

Nur zu 42 Prozent schön? Diese Tests sollten verboten werden. Ich lächele. In diesem Moment ist mir auch aus vollstem Herzen nach Lächeln zumute. Ich bin schön! Und während ich genau das denke, knurrt mein Magen. Diese Achterbahnfahrt der Gefühle macht extrem hungrig.

Es ist elf Uhr, als ich die Küche betrete und nicht schlecht staune. Der Küchentisch ist mit einem reichhaltigen Frühstück gedeckt. Es duftet nach frischen Brötchen und Croissants. Ein Zettelchen und der Wohnungsschlüssel liegen neben dem Teller.

Guten Morgen, neue Luisa.
Der Tag freut sich auf dich und fängt mit einem gesunden

Frühstück an. #HöreMusik #KeinSchlechtesGewissen
#MacheDeineÜbungen #ZieheDieMundwinkelNachOben
#BesucheDeineMutter, bis heute Abend!
Kuss, Anni

„Wie lieb ist Annika bitte?", rufe ich grinsend und schicke ihr auf dem Handy ein paar Herzchen. Dann bereite ich mir einen Latte macchiato zu und verbiete mir bei der Bedienung der Kaffeemaschine jegliche Gedanken an Tristan. Ich liebe diese kleinen Gewohnheiten wie den ersten Kaffee am Tag, und daran wird auch Tristan nichts ändern, und wenn er weitere hunderte Male den Neujahrsbrunch boykottiert hätte. Das Frühstück ist und bleibt die beste Mahlzeit des Tages.

Ich nehme einen riesigen Bissen von meinem Brötchen und fühle mich richtig dekadent, weil ich um diese Uhrzeit noch im Nachthemd am Küchentisch sitze. *#KeinSchlechtes-Gewissen.* Danke Annika!

„Ich bin schön, ich glaube an mich, und ich habe gute Laune", verkünde ich mit vollem Mund und genieße das warme Gefühl, das sich in meinem Herz ausbreitet. Ich denke an die Silvestershow, und auf einmal kommt mir Silvester wie Lichtjahre entfernt vor. Seitdem ist so viel passiert. Du hast zwei Stimmen in dir: die Stimme deines Herzens und die Stimme … Moment mal, wo ist mein innerer Kritiker eigentlich? Hugo ist verdächtig ruhig. Aber er kann gerne wegbleiben, denn der Rausch der positiven Gefühle ist wie eine Droge. Ich möchte nicht wieder in alte Muster zurückfallen und erfreue mich lieber an Annikas gemütlicher Küche mit den gelbgestrichenen Wänden, den bunten Hängeschränken und den vielen Gewürzgläsern und Ölen, die in einem Holzregal neben dem Esstisch lagern. Immer schwebt ein herrlicher Geruch in der Luft, der mir ein Gefühl des Angekommenseins gibt. Ich lehne mich zurück und nippe am Milchschaum. Durch das Fenster schaue ich auf die Krone eines Kastanienbaums. Auf einem Ast sind immer noch ganz dürre Blätter, die wohl nicht abfallen wollen. Und das im Januar. Trotz des Windes klammern sie sich fest und geben die Hoffnung nicht auf, im nächsten Frühjahr von der Sonne wachgeküsst zu werden. Die Erinnerung an den Kuss aus meinem Traum ist zurück, und Hitze schießt mir in die Wangen.

„Luisa, reiß dich mal zusammen! Du kennst deinen Nachbarn doch überhaupt nicht", höre ich die Stimme von Hugo aus dem Off.

Da ist er wieder. Und er liegt richtig. Diese Schwärmerei passt nun gar nicht zu dem Plan, dass ich keinen Mann brauche. Ich verbanne das Traumbild aus meinem Herzen und seufze. Wenn das mal so einfach mit den beiden Stimmen wäre.

Mit dem langen Löffel kratze ich den Milchschaum in meinem Glas zusammen und lasse den Blick weiter durch die Küche schweifen. Rechts führt eine Tür nach draußen zu einer schmalen Treppe, über die man auf eine Dachterrasse gelangt, die Annika sich mit den Bewohnern der anderen Dachgeschosswohnung teilt. Aber sie stört das nicht.

Mein Puls steigt, als ich Annikas Wohnungsschlüssel in die Hand nehme. Ich schließe kurz die Augen. Öffne sie schlagartig. Die Tür aus meinem Traum blitzt auf. Aber der Schlüssel lässt sich nicht drehen. Je intensiver ich es versuche, desto mehr Angst habe ich, die schöne Landschaft nie wieder zu finden.

„Angst lähmt und macht krank. Sie versperrt den Weg und hält das Herz zu", sagt Annika immer. Oder die Tür, denke ich bitter.

„Gib auf und sei zufrieden mit deiner jetzigen Situation. Vielleicht ist es hinter der Tür noch schlimmer als hier", schreit mein Kopf.

Noch schlimmer? Nein, das kann ja wohl nicht alles im Leben gewesen sein.

Stopp! Ich muss versuchen, die negativen Gedanken ins Positive zu verwandeln.

Wie mache ich das?

„Mit einem positiven Gegenargument", flüstert eine zarte Stimme in mir. „Vielleicht verbirgt sich eine noch schönere Landschaft hinter der Tür?"

„Und was, wenn nicht?", fragt mein innerer Kritiker.

„Und was, wenn doch?", hält die zarte Stimme dagegen.

„Der leiseste Zweifel, und du Teufel bist da."

Die beiden Stimmen ziehen an mir, zerreißen mich innerlich. Die laute Stimme übertönt die leise, und weil ich es nicht anders gewohnt bin, lasse ich mich nach unten ziehen.

„Luisa, ich liebe dich", sagt die leise Stimme.

„Was?" Bei diesem Satz wird mir schwindelig, und ich lege eine Hand auf die Stirn.

„Du hast keinen Job? Keine eigene Familie. Tick, tack. Du Niete."

„Luisa, ich liebe dich. Gib den negativen Gedanken keinen Raum."

Ein neuer Gedanke zuckt durch meine alten Gedanken. Auch wenn er schnell wieder verschwindet, keimt eine vage Hoffnung in mir auf. Was, wenn es wirklich noch schöner hinter dieser Tür ist?

Befreit und erschöpft zugleich, hole ich mir eine Flasche Sprudelwasser aus dem Kühlschrank und widme mich erneut Annikas #-Liste. *#MusikHören*, steht da. Mein Herz macht einen freudigen Hüpfer. Ich schalte das kleine Radio auf der Fensterbank ein und suche meinen Lieblingssender „Antenne Düsseldorf".

„It's a beautiful day", singe ich lauthals den Song von Michael Bublé mit und bewege mich zum Rhythmus der Musik. Mein Glücksrausch lässt sogar den Muskelkater in den Armen und die Nackenschmerzen verschwinden. Nebenher räume ich das Geschirr in die Spülmaschine ein und trinke immer wieder einen Schluck Wasser. Bin ich wirklich froh, dass Tristan weg ist? Auf jeden Fall genieße ich heute das Nichtstun, schaue aus dem Fenster und wärme meine Hände an der Heizung. *#KeinSchlechtesGewissen*. Was steht noch auf der Liste? *#ZieheDieMundwinkelNachOben* und *#BesucheDeineMutter*.

Freudig rufe ich sie an, um meinen Besuch anzukündigen. Mit nach oben gezogenen Mundwinkeln springe ich unter die Dusche und mache mich anschließend fertig. Sich fertig machen. Ein nicht gerade wertschätzender Ausdruck. Ich werde in Zukunft mehr darauf achten, positive Formulierungen zu verwenden.

Im Zimmer von Feli krame ich irgendeine Jeans und einen Schlabberpullover aus einem der Kartons. Ich denke, dass ich heute Abend unbedingt die Klamotten in den Schrank räumen muss. Ich schnappe mir das goldene Notizbuch und den Kugelschreiber und stecke beides zusammen mit dem Handy in meine Handtasche, die neben dem Bett steht. Ich habe das Gefühl, dass mir die Übungen Kraft geben. Wie ein guter Freund. Deswegen überfällt mich im Flur das dringende Bedürfnis, das Workbook auf dem Handy zu öffnen, um schon einmal weiterzulesen.

Übung 16: Mache drei Komplimente

Mache heute den ersten drei Menschen, mit denen du Kontakt hast, ein Kompliment. Schreibe hinterher auf, wie du dich dabei gefühlt hast.

Das ist unglaublich! Stalkt mich das Workbook? Oder woher weiß es, dass ich auf dem Weg nach draußen bin?

Eigentlich wollte ich nur zu meiner Mutter. Was passiert, wenn mir keine drei Personen begegnen? Darf ich dann nicht weiterlesen? Luisa, jetzt komm mal runter, ermahne ich mich selbst. Das Workbook wird schon wissen, was gut für mich ist.

Ich ziehe meine schwarze Daunenjacke über, schließe geräuschvoll den Reißverschluss meiner Stiefel und bin nun ausgehbereit. Zum ersten Mal seit langer Zeit verlasse ich den Schutz der eigenen vier Wände mit einem wirklichen Ziel. Es fühlt sich fast normal an. Raus aus dem Nachthemd und meine Mutter besuchen. Ein Leben wie vor der Pandemie? Irgendwie habe ich mir in den letzten zwei Jahren eine

Wohlfühl-Höhle zu Hause erschaffen, ohne soziale Kontakte, mit wenig Tageslicht. Ich habe mich angepasst. Oh Gott, ich bin ein Höhlenmensch geworden!

Nochmals blitzt der Traum auf, und ich umklammere den Türgriff. Was erwartet mich hinter dieser Tür? Nur Gutes, denke ich. Nur Gutes. Alles geschieht immer zur richtigen Zeit. Das Leben ist immer für dich, nie gegen dich, höre ich Annika sagen. Ich atme tief ein und aus, und seit Monaten laufe ich einfach los.

12
Küssen verboten

Montag, 10. Januar

Ich marschiere durch die Altbausiedlung am Rande des Düsseldorfer Stadtwaldes und vorbei an den unter Denkmalschutz stehenden Wohnungen. Die ersten Gehversuche sind ungewohnt, wie bei einem Kind. Mit jedem Schritt habe ich das Gefühl, dass das Selbstbewusstsein zurückkommt. Ich bin auf dem Weg zu meiner Mutter, und was das Beste ist: Ich kenne den Weg. Wenn es doch im Leben auch so einfach wäre.

Die Vorgärten sind kahl und die Pflanzenkästen leer. Wolkenberge ziehen über mir hinweg, ein leichter Wind weht mir um die Nase und zerzaust meine Haare. Es ist nicht mein Lieblingswetter. Doch im Januar spüre ich immer deutlich, dass die dunklen Tage bald vorüber sind. Nur noch zwei Monate, dann ist endlich wieder Frühling.

Diese Siedlung mit ihren zierlichen Balkonen, Erkern und Verzierungen ist im Sommer ganz hübsch. Und der nahegelegene Wald versprüht schon heute seinen Duft. Das graue Wetter macht mir nichts mehr aus, denn bald werden die Tage wieder heller. Ich genieße es, an der frischen Luft spazieren zu gehen. Für einen Moment bin ich nur Luisa, bis mir Hugo ins Ohr quakt.

„Komplimente können wie Giftpfeile wirken."

„Wenn sie von dir kommen, bestimmt", schießt es aus meinem Mund wie aus einer Pistole, weil ich seine Attacken bereits gewohnt bin.

„Es ist verdammt schwierig, Komplimente zu machen."

„Klar, für dich auf jeden Fall", antworte ich und nehme mir vor, nicht an der Übung zu zweifeln. Ansonsten kann ich mich gleich wieder verkriechen. Und das ist genau das, was Hugo am liebsten mag. Zurück in die Komfortzone.

„Komplimente können gewaltig in die Hose gehen, wenn der Empfänger sie falsch aufnimmt."

„Stopp!", sage ich laut, um die negativen Gedanken wieder zu unterbrechen.

Komplimente können doch auch motivierend und wie Geschenke sein, oder nicht?

„Sie können aber ebenso total aufdringlich und aufgesetzt wirken, Luisa. Lass es lieber."

„Hugo! Ich bin gut drauf und werde nicht mehr als Fußabtreter für deine negativen Gedanken herhalten", sage ich zuversichtlich und bin froh, dass niemand auf der Straße unterwegs ist und dieses Selbstgespräch hört. „Und ich werde drei verschiedenen Menschen ehrliche Komplimente machen. Mit dem Einzug bei Annika beginnt mein neues, wunderbares Leben."

Die Bewegung an der frischen Luft aktiviert meine Energiereserven. Mit jedem Schritt, den ich zurücklege, kommt der Lebensmut zurück. Ich fühle mich wie ein altes Möbelstück, das gerade entstaubt wird und das endlich wieder frei atmen darf. Gestern um diese Zeit war ich noch in Tristans Wohnung, und heute laufe ich durch die Straßen meiner Kindheit. So schnell kann es passieren. Es liegen nur vierundzwanzig

Stunden zwischen meinem alten und meinem neuen Leben. Wie sehr habe ich es vermisst, mit einem Ziel und einem guten Gefühl nach draußen zu gehen. Fast habe ich nicht mehr daran geglaubt. Die Aufregung wächst mit jedem Schritt, und ich kann nicht erklären, woher sie kommt. In meinem Bauch breitet sich ein nervöses Kribbeln aus, während ich nach links und rechts schaue. Zu jedem Haus, Gehweg, Winkel oder Straßennamen fällt mir eine Geschichte ein.

Durch eine Querstraße sehe ich auf den Spielplatz, auf dem ein Vater seine vor Freude strahlende Tochter auf einer Schaukel anstößt. Ich beobachte die Szene und ein Stich der Eifersucht durchbohrt mich. Wie muss es sich anfühlen, einen Vater zu haben?

Als Kind habe ich auf diesem Spielplatz gerne das Gefühl der Schwerelosigkeit genossen und so getan, als ob ich in den Himmel fliegen könnte. Freiheit und Glück! Das war Schaukeln für mich. Wann habe ich selbst zuletzt geschaukelt? Ich weiß es nicht. Ob man es verlernen kann?

„Das ist doch nur etwas für Kinder", sagt Hugo.

„Ja, ich weiß." Ich seufze und setze meinen Weg schnell fort, weil ich so viel fremdes Glück nicht ertragen kann. Ich schlendere durch eine kleine Gasse, überquere den Wendehammer mit den vielen Bäumen am Straßenrand und stehe fünfzehn Minuten später vor der großen Fensterfront des zweistöckigen Backsteinbaus aus hellbraunen Steinen. Mein Opa hatte ihn damals in dieser ungewöhnlichen Lage gebaut, um dort Anfang der 60er Jahre im Erdgeschoss eine Buchhandlung zu eröffnen. Leider verstarb er früh, als meine Mutter noch sehr klein war. Im ersten Stock wohnten meine Großeltern, und im zweiten unterm Dach gab es nur einen Raum ohne Badezimmer, der als Jugendzimmer für ihre Tochter hergerichtet werden sollte. Doch dazu kam es nie, denn meine Oma und meine Mutter lebten gemeinsam wie ein altes Ehepaar im ersten Stock. Als ich auf die Welt kam, wurde der Raum dann doch ausgebaut. Kurze Zeit später zog meine Oma dorthin. Heute gleicht der zweite Stock eher einem typischen Dachboden, auf dem viele unsortierte Bücher in Kisten lagern. Das schönste da oben ist ein kleiner Balkon, von dem man auf den Grafenberger Wald im Nordosten Düsseldorfs blicken kann. Und wenn ich früher auf einen Stuhl stieg und den Hals streckte, konnte ich sogar den Rheinturm auf der anderen Seite sehen, dort, wo die Sonne unterging.

Mir kam das Haus damals wie ein echtes Bücherschloss vor. Wie in einem richtigen Schloss gab es viele geheime Ecken, in denen meine Oma ihre Bücher stapelte. Unter den Treppenstufen, hinter dem Sofa, unter ihrem Bett, sogar in ihrem Teeschrank fand man sie. Einfach überall! Meine Oma war eine leidenschaftliche Leserin und füllte ihre Büchersammlung stetig auf. Später, als sie schon nicht mehr lebte, bewahrte meine Mutter die nicht verkauften Werke im zweiten Stock auf, weil sie endlich wieder Platz haben wollte. So entstand die Rumpelkammer.

Der Buchladen war das erste Geschäft im Grafenberger-Rondell. Zu Beginn war es für meine Großeltern schwierig, Kundschaft zu gewinnen, weil sich hier nur Wohnhäuser befanden. Zum Einkaufen fuhr man für gewöhnlich mit der Straßenbahn in die Stadt. Doch nach und nach öffneten andere Läden ihre Pforten. Heute ist dieses Quartier sehr beliebt, und die Menschen nutzen gerne diese nahegelegene Einkaufsmöglichkeit. Ich kann mir gut vorstellen, dass die Leute sich nach der Pandemie auf bekannte Gesichter freuen, die man seltener in der anonymen Stadt trifft. Autos verirren sich nur hin und wieder von der Hauptstraße hierher, auch weil ein Sackgassenschild auf diese besondere Einkaufsoase hinweist.

Ich betrachte den Buchladen von außen, auf den man als Erstes trifft, wenn man von der großen Straße kommt. Der untere Teil ist mit Holz vertäfelt, das meine Mutter vor ein paar Jahren, in der Lieblingsfarbe meiner Oma, in einem dunklen Blau, gestrichen hat. Meine Oma Elfi liebte das Meer, den Himmel und meine Augen. Auch die Eingangstür aus Holz mit dem ungewöhnlichen Griff in Form eines Buches ist in diesem Farbton. Wer diese Tür öffnet, wird von dem Bimmeln eines Glöckchens empfangen und betritt eine andere Welt.

Ich hebe den Kopf und lese das imposante blaue Schild, auf dem in gelben Buchstaben „Christels Buchladen" steht. Trotz der kalten Temperaturen steigt ein warmes Gefühl in mir auf. Fernweh. Dieses unerklärliche Bedürfnis nach etwas Unbekanntem. Neuem. Einer Reise.

Ich schaue in den grauen Januarhimmel. Über mir verblassen die Kondensstreifen der Flugzeuge, und ich seufze sehnsuchtsvoll. Verdammt! Kann man eigentlich Heimweh und Fernweh gleichzeitig haben?

Ich schiebe den Anflug von Sentimentalität beiseite und drücke wie ein Kind die Stirn an die Fensterscheibe, die durch meinen Atem beschlägt. Mit dem Jackenärmel wische ich sie frei und schaue in den Laden. Dort entdecke ich sofort das rechteckige Holzschild mit der eingravierten Schrift „Elfis Buchladen", das an einer der Säulen hängt. Eine warme Welle flutet nun endgültig meinen Körper und zaubert mir ein Lächeln ins Gesicht. Früher hing das Schild draußen an der Tür. Heute erinnert es an eine besondere Ladenbesitzerin: an meine Oma Elfi. Die Älteren in der Gegend kennen viele Geschichten über sie, die als Alleinerziehende den Buchladen zu dem gemacht hat, was er heute noch ist. Sie hatte es nicht leicht, dennoch wusste sie, dass gute Bücher Trost spenden können, auch ihr selbst. Sie erfreute ihre Kunden mit Literatur, die zum Träumen anregte, und hatte immer ein offenes Ohr für die Sorgen und Nöte ihrer Mitmenschen.

Im Winter verteilte sie Tee vor ihrem Geschäft, den sie in ihrer Küche im hinteren Ladenteil kochte. Meine Mutter übernahm nach ihrem Tod nicht nur den Buchladen, sondern auch diese einzigartige Atmosphäre.

Das entfernte Rattern der Straßenbahn holt mich in die Wirklichkeit zurück. Als Jugendliche fand ich die Geräusche nervig. Gerade im Sommer bei geöffnetem Fenster. Wie gerne

155

hätte ich wie Annika in einem ruhigen Haus mit Garten und freiem Blick auf den Wald gewohnt. Mit Mama und Papa. Doch jetzt in diesem Moment stehe ich hier mit anderen Gefühlen, und die bekannten Straßenbahngeräusche erscheinen mir wie die Erlösung von den Lasten der letzten Tage.

Ein weiteres Schild, das ich bisher übersehen habe, klebt an der Innenseite der Ladentür: *Wegen Krankheit geschlossen*. Sofort schießen mir die verpassten Anrufe durch den Kopf. Das schlechte Gewissen meldet sich zurück, weil ich mich seit Weihnachten nicht mehr bei meiner Mutter gemeldet habe. Mit einer schnellen Handbewegung schüttele ich alle unguten Gefühle ab und schaue einmal im Kreis herum die Läden an. Das gegenüberliegende Bäckerei-Café „Im Rondell" verströmt seinen herrlichen Duft. Ich beobachte eine Friseurin, wie sie einer alten Dame mit glatten weißen Haaren die Tür öffnet und wie diese mit ihrem Rollator den Laden betritt. Dann gibt es noch einen Blumenladen, eine kleine Boutique und einen Spielzeugladen, an dessen Fensterscheibe sich Kinder die Nasen platt drücken. Der lang vermisste Mix aus Geräuschen und Gerüchen erzeugt ein zartes Gefühl des Nachhausekommens. So ein kindliches Kribbeln im Bauch, als würde mein jüngeres Ich hier immer noch durch die Straßen toben.

Liebesromane spielen an Sehnsuchtsorten: auf Inseln, in magischen Buchten oder in der Provence. Dieser Ort meiner Kindheit, mitten in der Stadt, entspricht bestimmt keinem romantischen Ideal. Trotzdem spüre ich in diesem Moment, dass er mir etwas bedeutet. Ich denke an meine Mutter und beschließe, für uns eine Leckerei in dem Bäckerei-Café zu besorgen.

Durch das große Fenster sehe ich die gemütlichen Tischinseln im hinteren Teil des Raums und bewundere die Regale voller Marmeladengläser und die in transparenten Tütchen abgepackten Kekse. Der Blumenschmuck, die Tassen und Teller sind farblich aufeinander abgestimmt. Die freudigen Gesichter der Kunden, die sich ohne medizinische Masken an ihren Plätzen unterhalten dürfen, runden das harmonische Bild ab. Endlich ist es wieder erlaubt, im Café zu sitzen, um Freunde zu treffen.

Während ich meine Maske aus der Handtasche ziehe und sie aufsetze, betrachte ich das hübsch dekorierte Schaufenster. Verschiedene Brote, Brötchen, Baguettes und Croissants in rustikalen Körben auf weißen Spitzendeckchen lachen mich neben Kuchen und Torten regelrecht an. Als ich schwungvoll die Tür öffne und vor die Theke trete, dringen Klänge wie aus einer längst vergessenen Zeit an meine Ohren. Diesen beruhigenden Mix aus Plappern, Klappern, Lachen, klassischer Musik im Hintergrund und dem Geruch nach frischem Kaffee, Brot und Kuchen gibt es nur an diesen Orten. In Cafés, Restaurants und Weinbars.

Durch die geöffnete Tür der Backstube betrachte ich eine Frau, wie sie den Boden fegt. Meine Wangen glühen. Aber nicht nur wegen des Temperaturunterschieds zwischen drinnen und draußen, sondern auch wegen dieser wiedergewonnenen Freiheit. Mein Herz schlägt schneller, weil nach der Lockdown-Lethargie endlich wieder Endorphine durch meinen Körper jagen. Ich bin ganz euphorisch und kann nicht die Augen von all den Köstlichkeiten lassen, die gut sortiert in den Regalen liegen. Wie soll ich mich nur zwischen all den Kuchensorten entscheiden?

„Hallo! Was darf es sein?"

Ich zucke kurz zusammen, weil ich die Frau, die ein paar Jahre jünger als ich ist, nicht habe kommen hören. Sie trocknet ihre Hände an der Schürze ab und rückt ihr rotes Haarband zurecht, das die wilden, braunen Locken zusammenhält. Dadurch wird ihr Bauch sichtbar, der sich kugelig nach vorn wölbt.

„Wow!", platzt es aus mir heraus und ich starre auf die gespannte Schürze. „Ähm, Glückwunsch", füge ich hinzu.

„Danke schön."

„Wann kommt es denn?"

„Im April ist es so weit."

Ich nicke und möchte am liebsten weg. Weg von allen Schwangeren dieser Welt.

„Was kann ich Gutes für Sie tun?"

Ich denke, dass ich doch eigentlich nur einen Kuchen für meine Mutter besorgen wollte. Und jetzt stehe ich hier und bin überfordert, weil ich das Babyglück einer anderen Frau nicht ertragen kann.

„Entschuldigen Sie bitte. Ich war das letzte Mal im Herbst in einer …"

„Das verstehe ich. Die Zeit zu Hause war sehr lang", antwortet sie, und ihr freundliches Lächeln gräbt kleine Lachfalten um ihre Augen. Irgendwie lässt die Anspannung nach und es fühlt sich so an, als würden wir uns schon ewig kennen. „Ich habe mich auch zu Beginn der Pandemie zurückgezogen. Als Köchin im Restaurant wurde ich von heute auf morgen nicht mehr gebraucht. Was für ein Glück, dass meine Tante Sophia so hartnäckig geblieben ist und mich quasi gezwungen hat, ihr hier unter die Arme zu greifen. Arbeit gibt es in der Bäckerei ja zu jeder Zeit. Zu Hause wäre ich verrückt geworden. Sie hat mir so viel beigebracht. Kuchen und Torten konnte ich schon vorher gut. Jetzt kann ich sie noch besser und weiß auch, wie man Brot backt. Nun sind die Kleine und die Große glücklich", sagt sie lachend und streichelt über ihren Bauch. Wieder geht ein Stich durch mein Herz, denn ich beneide diese Frau sehr. Aber sie ist so sympathisch, deswegen will ich mich für sie freuen.

„Wir beide werden es schon schaffen. Auch ohne Vater", sagt sie.

„Oh!", murmele ich. Es ist das Einzige, was mir in diesem Moment einfällt. So nah können Neid und Mitleid beieinanderliegen.

„Jetzt machen Sie mal nicht so ein Gesicht. Wer braucht schon einen Mann, der eine schwangere Frau sitzen lässt und nach Thailand abhaut, nur weil er einen Corona-Koller bekommt?"

„Das tut mir leid."

„Die monatelange Einsamkeit war einfach zu viel für ihn. Aber ich glaube fest daran, dass es immer weitergeht. Wer weiß, wofür das alles gut ist."

„Bei allen geht es weiter, nur bei dir nicht", zischt mein innerer Kritiker, und ich lasse die Schultern hängen.

Mit einem lautlosen Stopp warne ich ihn. Er soll mich einfach in Ruhe lassen. Wenn er mir immer dazwischenfunkt, wird das nichts mit dem positiven Denken. Ich kann mich doch nicht bei jeder kleinen Herausforderung von ihm runterziehen lassen.

„Na, wo sind Sie denn mit Ihren Gedanken?", fragt sie und lächelt mir aufmunternd zu. „Sie wirken traurig? Was bedrückt Sie?"

Ich fühle mich hilflos und spüre deutlich, wie meine Augen glasig werden. Sie ist ein paar Jahre jünger als ich, aber viel mutiger. Ich kann dieser fremden Frau doch nicht mein Herz ausschütten. Vor allen Dingen, was sollen denn die anderen Kunden denken?

„Ich fühle mich überfordert und möchte einfach nur ein Stück Kuchen für meine Mutter besorgen, die mit einem gebrochenen Arm zu Hause sitzt. Da drüben in ihrem Buchladen", erkläre ich, drehe mich um und zeige auf die gegenüberliegende Straßenseite. „Ich habe sie seit Weihnachten nicht mehr besucht und ihre Anrufe ignoriert. Ich fühle mich wie eine Versagerin", platzt es aus mir heraus.

„Wie kommen Sie denn darauf?"

„Na, sonst hätte ich ja ein Baby wie Sie und einen Job. Ich bekomme einfach nichts hin. Mein Freund, äh … Ex-Freund macht mit einer anderen eine Weltreise, und ich traue mich nicht, meiner Mutter zu erzählen, wie schlecht es mir wirklich seit Monaten geht und dass ich eine Scheißangst vor der Zukunft habe, dass …", sage ich absolut panisch und zupfe nervös an meiner Maske herum. „Dass ich für immer allein bleibe, nie wieder glücklich werde und keine neue Arbeit finde, die mir Spaß macht." Ich lasse meinen Blick durch die Bäckerei schweifen und lese einen Spruch, der in geschwungenen Buchstaben quer über der Wand neben der Brotauslage klebt.

„Manchmal sind es gerade die kleinen Dinge im Leben,
die dir Mut machen, nicht aufzugeben.
Ein Lächeln. Ein Kompliment. Eine Geste.“

Das ist ein schöner Spruch, der wie gerufen kommt, und ich denke an die letzte Übung.

„Ich bewundere Ihren Mut. Sie sind eine starke Frau“, rutscht es mir heraus.

Habe ich das gerade wirklich zu einer Fremden gesagt?

Vorsichtig schaue ich in Richtung der Kunden, ob ich schon unangenehm auffalle und erröte. Kleine Schweißperlen stehen auf meiner Stirn. Aber jeder ist in seine eigenen Gespräche vertieft. Wieso habe ich eine solche Angst davor, von anderen bewertet zu werden?

„Na, so eine Versagerin können Sie gar nicht sein, weil Sie empathisch sind und Gefühle haben. Gefühle kommen aus Ihrem Herzen. Folgen Sie diesen positiven Impulsen, dann finden Sie den richtigen Weg.“

Mit offenem Mund starre ich sie an und es kommt mir vor, als hätte ich eine Therapiestunde hinter mir.

„Und Sie meinen, das klappt?“

„Das klappt auf jeden Fall! Immerhin sind Sie von Ihrem Sofa aufgestanden und haben es bis hier in die Bäckerei geschafft.“

„So habe ich das bisher noch gar nicht gesehen.“

„Sprechen Sie mit ihrer Mutter über die letzten Monate. Sie wird es verstehen, weil Sie ihre Tochter sind.“

„Es tut mir leid. Ich weiß auch nicht, wieso gerade jetzt meine Gefühle aus mir herausplatzen und warum ich Ihnen das alles erzähle. Ich kenne Sie doch gar nicht.“

Das Telefon in der Backstube unterbricht unser Gespräch. Die Frau entschuldigt sich und verschwindet für einen Moment. Plötzlich ist mein Kopf frei, und ich straffe meine

Schultern. Brust raus. Rücken gerade. Vorhang auf für die neue Luisa, die weiß, was sie will.

„Zwei Stücke Schokoladenkuchen", sage ich, als die Frau zurückkehrt. Trotz Mund-Nasen-Schutz setze ich mein schönstes Lächeln auf.

„Sie haben sich entschieden. Na, sehen Sie. Und wenn Sie mir so freundliche Komplimente machen, dann sage ich Ihnen nun, dass Sie wunderschöne blaue Augen haben."

Wow! Es ist so leicht, Komplimente zu geben und anzunehmen. Mit diesem Glücksrausch greife ich in meine Handtasche, um das Portemonnaie herauszuholen. Beim Öffnen stelle ich jedoch mit Schrecken fest, dass ich kein Bargeld mehr habe.

„Versagerin! Du bekommst nix hin." Sofort schaltet sich Hugo ein und macht mir bewusst, wie peinlich ich bin.

„Oh nein! Wie konnte ich vergessen, dass ich kein Geld mehr habe?", sage ich mit hochrotem Kopf. „In den letzten Monaten habe ich die Lebensmittel immer nach Hause bestellt. Ich kann den Schokoladenkuchen doch nicht nehmen. Es tut mir leid."

Ich versinke vor Scham im Erdboden. Was soll die Frau nun von mir denken?

„Sie gehen auf keinen Fall ohne diesen Kuchen zu Ihrer Mutter. Zahlen Sie einfach morgen."

„Aber das geht doch nicht."

Ich habe das Gefühl, nicht gut genug für so viel Aufmerksamkeit zu sein.

„Und ob das geht! Das kann doch jedem passieren."

„Nein, das passiert nur mir."

„Denken Sie an den Spruch." Sie zeigt mit einem Finger an die Wand hinter sich. „Und meine nette Geste ist es, Ihnen diesen köstlichen Schokoladenkuchen mitzugeben. Nein, wissen Sie was? Er ist ein Geschenk."

Mit geöffnetem Mund stehe ich vor ihr und möchte etwas Nettes sagen, aber kein Laut verlässt meine Kehle.

„Keine Widerrede. Es kommt von Herzen."

Müsste es sich nicht gut anfühlen, wenn mir jemand etwas aus vollstem Herzen schenkt? Stattdessen schäme ich mich. Wieso löst ihre Geste solche Reaktionen in mir aus?

Ich nicke und nehme verlegen den Kuchen entgegen. Ein älterer Herr tritt an den Tresen und wirft mir einen kurzen Blick zu. Ob er mich jetzt auslacht? Aber nichts passiert.

„Nimm dich nicht so wichtig", rauscht es in meinem Kopf.

„Bis zum nächsten Mal. Ich freue mich darauf, Sie bald wiederzusehen. Mein Name ist übrigens Eva. Eva David."

„Luisa Sommer", murmele ich, lächele mit den Augen und versuche gleichzeitig, die nervige Stimme zu überhören.

Ich drücke neben der blauen Holztür auf den Klingelknopf. Da das Surren des Türöffners nicht ertönt, ziehe ich einen Schlüssel aus dem kleinen Reißverschlussfach meiner Handtasche und schließe den Buchladen auf. Das Glöckchen über dem Rahmen bimmelt, als wolle es mich begrüßen und einen neuen Lebensabschnitt einläuten. Ich schließe hinter mir ab und lasse den Blick durch den Raum wandern. Buchläden besitzen einen ganz eigenen Charme. Gleich neben dem Eingang stehen zwei bunte Postkartenständer und in der Mitte vier Tische, auf denen aktuelle Bücher und kleine Geschenkartikel liegen. Rechts im Laden steht der Kassentisch, auf dem sich wie früher ein Glas mit Fruchtbonbons befindet. Ich angele mir eins, wickele das Papier ab und schiebe das Bonbon in meinen Mund. Hmmm, lecker! Das Rascheln und das fruchtige Aroma erinnern mich an meine Kindheit.

Wann habe ich mir das letzte Mal Zeit genommen, um mich hier umzuschauen? Ich bin immer nur durch den Laden geflitzt, wenn ich meine Mutter besucht habe. Hallo, schlechtes Gewissen! Ich habe mich im letzten Jahr kaum für die Arbeit meiner Mutter interessiert.

Ich atme den Duft der Bücher ein, und mit geschlossenen Augen denke ich an meine Oma Elfi. Ich vermisse sie und ihre Stimme, ihr Lachen, ihre Umarmungen und ihren Geruch.

Und ihren Kakao, den sie mir immer brachte, wenn ich auf der Matratze in der Teeküche lag und meine Hausaufgaben machte. Ich sehne mich bis heute nach unseren aufmunternden Gesprächen. Bestimmt hätte sie auch jetzt viele gute Ratschläge für mich parat. Immer wusste sie, welches Buch ich gerade brauchte, sodass meine Regale sich im Laufe der Jahre unter ihrer Last zu biegen begannen. Sie empfahl mir Bücher wie *„Pippi Langstrumpf"* und *„Die rote Zora und ihre Bande"*. Starke Mädchen haben eben rote Haare, wiederholte sie stets. Später verschlang ich *„Vom Winde verweht"*, *„Anne Frank"* und tausend andere Bücher.

Selbst nach all den Jahren fehlt mir meine Großmutter noch sehr. Wohl deshalb meide ich den Buchladen. Die Erinnerungen an sie treiben mir Tränen in die Augen.

Ich schlendere durch die Regalreihen, ziehe hier und da ein Buch heraus, streiche liebevoll über die Einbände und gehe schließlich in die Teeküche im hinteren Teil des Ladens. Als mir eine Mischung aus Tee und Zitronenduft in die Nase steigt, kann ich die Tränen nicht mehr zurückhalten. Alles riecht nach Oma, die auf Zitrone als Virentöter und Raumduft gegen störende Gerüche schwor.

Ich schlucke und schaue mich weiter um. In dem makellos sauberen Raum steht die neue Mini-Küchenzeile direkt vor dem Fenster, aus dem man den Innenhof und andere Hausfassaden sieht. Der Kühlschrank unter der Spüle brummt leise vor sich hin. An der rechten Wand, wo früher die Matratze lag, befindet sich heute ein gelbes Ledersofa mit einem Tischchen, auf dem ein Stapel Bücher liegt. Die weißen Wände könnten allerdings einen farbenfrohen Anstrich vertragen.

Mit pochendem Herzen betrachte ich das Foto von Oma und mir über dem Sofa. Ich drücke einen Kuss auf meinen Zeigefinger und streichele über das Glas. Auf ihrem Mund erscheint ein Abdruck, und Tränen kullern aus meinen Augen. Wenn sie wüsste, was aus dem Mädchen mit den roten Haaren geworden ist. Nichts mit starker Pippi Langstrumpf.

Ich wische mir die Wangen trocken. Mein Herz beruhigt sich, und ich blinzele noch einmal in den Buchladen, um einen letzten Blick auf die Bücher zu erhaschen. Jetzt muss ich aber los und atme noch einmal tief durch. Dann verlasse ich die Teeküche durch eine Nebentür, die direkt ins Treppenhaus führt. Ihr gegenüber liegt das ehemalige Büro meiner Oma, wo sie die Ware entgegennahm. Da der Umsatz im Buchhandel in den letzten Jahren und seit Corona noch mehr geschrumpft ist, vermietet meine Mutter die Fläche. Sie scheint einen neuen Mieter gefunden zu haben, denn ein köstlicher Duft nach gebratenen Zwiebeln zieht in meine Nase. Ein Restaurant? Dafür ist der Backsteinbau zu klein. Ich bin gespannt, hoffe aber insgeheim auf eine Inhaberin, denn eigentlich passen Frauen viel besser in das Grafenberger-Rondell. Keine Männer. Kein Ärger. Zitat von meiner Mutter.

Auf jeden Fall knurrt mein Magen heftig beim Gedanken an Essen. Wie spät ist es?

Auf dem Weg in den ersten Stock, der mich über die alte knarzende Holztreppe führt, taste ich in der Handtasche nach dem Handy. Schon fünfzehn Uhr? Kein Wunder, dass ich wieder Hunger habe. Zeit für Kuchen.

Vor der Wohnungstür ist eine weitere Klingel angebracht, die ich wie immer benutze, um mich anzukündigen. Da meine Mutter nicht öffnet, schließe ich auf und rufe: „Hallo, Mama! Bist du da?" Keine Antwort. Ich betrete das Wohnzimmer und finde sie schlafend auf dem Sofa vor, einen Reiseführer von den Kanaren auf ihrem Bauch liegend. Urlaub? Meine Mutter möchte verreisen? Ich kann mich an keinen einzigen Tag erinnern, an dem sie ihren Laden freiwillig geschlossen hat. Es ist das erste Mal, dass sie sich krankmeldet.

Ich betrachte sie mit ihrem Gipsarm. Fast kommt es mir so vor, als würde sie lächeln. Wann habe ich meine Mutter je so friedlich gesehen?

Im August wird sie fünfundsechzig Jahre alt, und normalerweise liegen tiefe Schatten unter ihren Augen. Doch heute wirkt sie erstaunlicherweise erholt. Die blondgefärbten Haare verteilen sich in alle Richtungen auf dem Kissen unter ihrem Kopf. Meine Mutter hat mir beigebracht, dass wir Frauen uns niemals auf einen Mann verlassen dürfen, weil wir sonst verloren sind. Leider habe ich mir immer genau das Gegenteil für mein Leben gewünscht. Einen Vater und einen Mann. Ob ich mit einem Vater bessere Beziehungen zu Männern gehabt hätte?

„Hast du nicht gesagt, dass du keinen Mann mehr brauchst?", erinnert mich Hugo an meine Entscheidung.

Ich zucke zusammen und stolpere einen Schritt nach vorne, wobei ich mir die Hüfte am Esstisch stoße. „Aua! Fang nicht wieder an, Hugo. Es war gerade so schön ohne dich", flüstere ich, um meine Mutter nicht aufzuwecken. Es fällt mir schwer, bei seinem Namen Spaß zu empfinden. Ich reibe mir über die schmerzende Stelle und frage mich, wie er nur so boshaft sein kann. Sobald ich ins Grübeln gerate, taucht die Nervensäge auf. Dabei versuche ich doch positiv zu denken.

Positive Gedanken ziehen ein positives Leben mit sich. Mit einem Mal verstehe ich, was der Satz von Annika bedeutet. Meine Mutter hatte zeitlebens ein schlechtes Bild von Männern, und ich habe es unbewusst übernommen, auch wenn ich mir insgeheim immer einen Vater als Rettung für all meine Sorgen gewünscht hatte. Endlich wird mir klar, woher dieser Wunsch kommt, von einem Mann gerettet zu werden. Ja, das kleine Mädchen will gerettet werden.

Ich erinnere mich noch sehr gut daran, wie andere Töchter ihren Vätern auf dem Spielplatz freudestrahlend in die Arme liefen und „Prinzessin" genannt wurden, während ich allein war.

Wenn positive Gedanken eine positive Realität erschaffen, dann ist das mit negativen Gedanken ebenso. Da gibt es doch einen Fachbegriff, den ich in irgendeiner Übung sogar googeln sollte. Wie heißt er noch einmal? Ich greife in der Handtasche nach meinem Handy, tippe ein paar Stichworte in die Suchmaschine ein und werde schnell fündig. Eine selbsterfüllende Prophezeiung bedeutet, dass etwas über sich selbst Vorhergesagtes allein durch das bewusste oder unbewusste Handeln einer Person letztlich eintritt. Man erfüllt also seine eigene Prophezeiung. Das geht sowohl in die eine Richtung als auch in die andere. Eine positive Prophezeiung ist zum Beispiel: Ich werde dieses Jahr befördert. Du tust alles für diese Beförderung, arbeitest viel und trittst selbstbewusst auf. Eine negative Prophezeiung wäre demnach: Mein Partner behandelt mich immer schlecht. Aufgrund dieser Aussage wirst du unbewusst Partner in dein Leben lassen, die dir genau das bestätigen. Du wirst ständig an dir zweifeln, dich schlechtreden, misstrauen und Streit provozieren.

Plötzlich ergibt alles einen Sinn. Meine Nackenschmerzen sind zurück und brennen wie Feuer zwischen den Schulterblättern. Ich habe immer einen Erlöser stellvertretend für meinen Vater gesucht. Die Ängste meiner Mutter sind zu meinen eigenen geworden. Ich habe zu viel Zeit damit verschwendet, mir Gedanken darüber zu machen, was Tristan mit anderen Frauen treiben könnte, anstatt ihm zu vertrauen. Deswegen haben wir uns ständig gestritten. Eine Beziehung kann aber nur glücklich verlaufen, wenn ich sie nicht durch meine Ängste schwäche. Ich habe unbewusst das unterstützt, was ich eigentlich verhindern wollte.

„Versagerin!"

„Nein", antworte ich und halte mir die Ohren zu. „Ich habe mich dazu entschieden, an mir zu arbeiten. Und dabei bleibe ich auch. Positive Gedanken ziehen ein positives Leben mit sich."

„Pah", antwortet Hugo grimmig.

„Hast du Angst, dass du bald niemanden mehr hast, den du runterziehen kannst?"

„Pah."

„Du ständig mit deinen negativen Gedanken. Vielleicht solltest du auch einmal mit dem Workbook arbeiten. Dann würden sich deine Mundwinkel eventuell nach oben biegen."

„Pah."

„Du fütterst meine negativen Gedanken nicht mehr. Du bist ein Miesepeter, der nur meckert und mich kritisiert. Stopp!" Energisch zeichne ich ein Ausrufungszeichen in die Luft, um diese Aussage zu bekräftigen. Tatsächlich kehrt Ruhe ein.

Dann setze ich mich vorsichtig auf die Sofakante, um meiner Mutter einen Kuss auf die Wange zu geben. „Hallo, Mama", flüstere ich ihr ins Ohr.

Sie öffnet die Augen und schaut mich verschlafen an. „Hallo, Liebes", sagt sie lächelnd und reckt und streckt sich. „Bist du schon lange hier?"

„Ein paar Minuten. Wie geht es deinem Arm?"

„Besser, danke."

Sie versucht, sich aufzusetzen, was jedoch mit dem Gipsarm schwierig ist. Ich stehe sofort auf und drücke eine Hand gegen ihren Rücken, um sie in eine aufrechte Sitzposition zu schieben.

„Schön, dass du hier bist. Was gibt es Neues?" Meine Mutter deutet mit einer einladenden Geste neben sich.

Ich lasse mich auf das Sofa plumpsen, streife die Stiefel ab, ziehe die Beine an und versuche, mir die letzten Tage nicht anmerken zu lassen. Doch mein schiefes Lächeln scheint mich zu verraten. Ihr Blick ist hellwach und sie bemerkt, dass etwas nicht stimmt.

„Du siehst nicht glücklich aus."

Ich atme tief durch und spüre, wie meine Augen schon wieder glasig werden. Ich will stark sein, wo sie doch mit ihrem gebrochenen Arm genug eigene Sorgen hat. In diesem Moment fällt mir ein Zitat von Johann Heinrich Pestalozzi aus meinem Studium ein: „*Eine Mutter ist der einzige Mensch auf der Welt, der dich schon liebt, bevor er dich kennt.*" Genau diese Liebe spüre ich, als sie mir eine Haarsträhne hinter das Ohr streicht. Ich vergrabe mein Gesicht in den Händen und lasse die Tränen einfach laufen. Das Schluchzen ist laut. Überlaut. Ein Wasserfall strömt aus meinen Augen und meine

Mutter reagiert so, wie ich es in diesem Moment brauche. Wonach sich jedes Kind in dieser Situation sehnt. Sie zieht mich an ihre Brust und streichelt mir über meinen Kopf. Die Wärme ihrer Umarmung überträgt sich auf mich, als würde eine ganze Ladung Ziegelsteine von mir abfallen. Das überwältigende Gefühl, geborgen und geliebt zu sein, fließt durch mein Inneres wie ein Strom und reißt alle Sorgen mit.

„Psst. Ist ja alles gut."

„Also …", stottere ich und sitze wie ein Häufchen Elend neben ihr. „Es fällt mir schwer, darüber zu reden."

„Es ist wegen Tristan, nicht wahr?"

Ich nicke und langsam versiegen die Tränen. Ich richte mich auf und wische mir mit dem Handrücken den Rotz von der Nase.

Meine Mutter beugt sich vor, um auf dem Wohnzimmertisch nach einer Taschentuchpackung zu greifen.

„Tee?", fragt sie.

„Ich mache das! Hab uns Schokokuchen besorgt."

„Oh, wie schön."

„Gern geschehen", sage ich und ringe mir ein Lächeln ab.

Ich gehe in die Küche und koche Tee. Mit einem Tablett, zwei Bechern und zwei Tellern kehre ich zurück aufs Sofa. Für eine Weile schweigen wir und hängen unseren Gedanken nach. Dann beginne ich zu erzählen, und meine Mutter hört aufmerksam zu. Ich habe ganz vergessen, wie gut es tut, von ihr getröstet zu werden. „Danke, Mama." Sie könnte mich in diesem Moment mit Vorwürfen überschütten und so etwas sagen wie: Ich habe immer gewusst, wie Männer ticken. Aber sie schweigt und fährt mir nur über den Unterarm, dort wo ich es besonders gern mag. Ihre Berührung ist wie Heilung, und ich fühle mich ihr ganz nah. Sie wirkt verändert, in sich ruhend, so als hätte sie Frieden mit sich und ihrem Leben geschlossen. Ein Zauber umgibt sie, aber ich kann ihn nicht in Worte fassen.

„Mama, wie hast du es geschafft, nicht aufzugeben, als mein Vater uns verlassen hat?"

Sie streichelt mir über die Wange und antwortet zärtlich: „Ich hatte dich, den lebendigsten rothaarigen Wirbelwind."

Ich lächele durch meine Tränen hindurch, und da purzelt mir an diesem Tag das zweite Kompliment aus dem Mund. „Mama, du bist wunderschön."

„Danke", antwortet sie erfreut, und ihr Lachen ist so ehrlich wie das Kompliment, das ich ihr gegeben habe.

Für den Rest des Nachmittags sitzen wir einfach nur so da, schweigen und plaudern abwechselnd über Gott und die Welt. Irgendwann fallen meiner Mutter die Augen zu, und ich räume das Geschirr auf. Beim Zurückkehren ins Wohnzimmer spüre ich bei ihrem Anblick das feste Band der Liebe, das uns vereint. Ob ich das mit einem eigenen Kind auch noch erleben darf?

Auf einmal habe ich Lust, dem Notizbuch meine Erfahrungen vom heutigen Tag mitzuteilen. Ich setze mich wieder auf die Sofakante, notiere *Übung 16* als Überschrift und schreibe, dass meine Gedanken viel zu oft von negativen Gefühlen geprägt sind. Dabei kostet es weder Zeit noch Mühe, ein Kompliment auszusprechen. Ich mache damit nicht nur mich glücklich, sondern mein Gegenüber gleich mit. Zwei Komplimente habe ich heute gegeben und gleich drei Menschen ein Lächeln ins Gesicht gezaubert. Das war eine positive Erfahrung und hat mein Selbstbewusstsein gestärkt. Und das wiederum schaltet meinen inneren Kritiker leiser, so wie es die unbekannte Person in ihrer Mail von Silvester beschrieben hat. Wenn das mal nicht ein Erfolgserlebnis ist.

Ich fühle mich leicht und spüre, wie gut mir das Workbook tut. Auch das Schreiben. Seit dem Vorfall vor Jahren in der Schule, als ich noch Lehrerin war und Jugendliche mein Tagebuch aus der Tasche gestohlen haben, um Liebesgedichte zu kopieren und an jeden zu verteilen, habe ich verdrängt, dass Schreiben Heilung bedeutet.

Plötzlich öffnet meine Mutter ihre Augen und sagt schlaftrunken: „Ich wollte noch etwas mit dir besprechen."

„Mama, das hat doch Zeit bis morgen. Passt es dir gegen dreizehn Uhr?"

„Da bin …" Weiter kommt sie nicht, denn ihre Augen fallen wieder zu.

Während ich mich frage, was sie wohl mit mir zu besprechen hat, gebe ich ihr einen Abschiedskuss auf die Wange. Dann verlasse ich die Wohnung und steige im Treppenhaus die knarzende Treppe herab. Unten angekommen, strömt mir erneut der köstliche Duft von Zwiebeln entgegen. Ich bekomme Hunger. Mit knurrendem Magen durchquere ich die dunkle Teeküche und den Buchladen, öffne die blaue Eingangstür und trete ins Freie. Genau in diesem Moment läuft ein Mann mit einem Tablett und Suppentellern an mir vorbei. Mein Herz macht einen kleinen Sprung. Ist das Ben? Ich blinzele mehrmals, um mich an die Dunkelheit zu gewöhnen.

„Hallo. Ben?", frage ich leise.

Die Person dreht sich zu mir um und antwortet überrascht: „Salut Luisa. Was machst du denn hier?"

Es ist tatsächlich Ben. Ich könnte vor Freude in die Luft springen, weil er sich meinen Namen gemerkt hat.

„Das Gleiche könnte ich Sie fragen."

„Dich", korrigiert Ben mich und ich sehe seine Grübchen. „Wollten wir uns nicht duzen?"

„Okay, dich."

Sein Lächeln vermittelt mir das Gefühl, dass er sich freut, mich zu sehen.

„Ich eröffne hier Ende des Monats eine Weinbar." Er zeigt auf den Eingang links neben dem Buchladen. „Das Schild fehlt noch, und hier und da muss ich noch das eine oder andere besorgen."

„Herzlichen Glückwunsch. Dann, dann …"

Dann hat keine Frau die Ladenfläche im Büro meiner Großeltern übernommen, vervollständige ich den Satz in Gedanken. Ob das gut ist?

„Alles okay?", fragt Ben.

„Dann sind wir nun quasi …" Ich mache eine Pause und lege die Stirn in Falten, weil ich so nervös bin „Zweimal Nachbarn."

Er macht ein erstauntes Gesicht.

„Der Buchladen hier", ich zeige auf das Geschäft neben seinem, „gehört meiner Mutter."

„Wirklich? Was für ein Zufall. Das freut mich sehr. Also, auf unsere Nachbarschaft." Er blickt auf das Tablett in seinen Händen. „Ich wollte gerade in meine Wohnung. Hab ein bisschen mit Suppen für meine Eröffnungsfeier herumexperimentiert und noch viel zu viel übrig. Wäre schade drum. Lust, mein Versuchskaninchen zu sein?"

„Ich?"

„Siehst du noch jemanden?", fragt Ben mit einem Augenzwinkern.

„Ich dachte, du machst eine Weinbar auf?"

„Ja, klar. Aber es gibt auch immer ein paar Köstlichkeiten auf der Karte. Suppen, Käse, Oliven, Baguettes und Desserts. Also, Lust auf eine Suppe?"

Meine Stirn glättet sich und ich weiß nicht, wer in der nächsten Sekunde mit „Ja" antwortet. Mein Verstand ist es jedenfalls nicht. Zwei Minuten später stehen wir in seiner Weinbar.

„Toll, was du aus dem Büro meiner Oma gezaubert hast!", rufe ich, als er auf den Lichtschalter drückt. „Sie wäre begeistert."

Kronleuchter und beleuchtete Eichenregale setzen den Raum und die Flaschen gekonnt mit warmem Licht in Szene. Auf dem Holzboden stehen alte Weinfässer mit einer Tischplatte, um die herum jeweils mehrere Barhocker mit Rückenlehnen platziert wurden. Alles steht ziemlich dicht beieinander, sodass hier bestimmt Platz für dreißig Personen ist. Kleine Fläche, maximal genutzt. Wie in Frankreich.

Auch die Theke aus Weinfässern ist ein Blickfang. Die aufgehängten Schiefertafeln sind noch unbeschriftet, hohe Gefäße für Salzstangen, edle Dekantiergefäße und Gläser warten in den dahinterliegenden Regalen darauf, endlich gefüllt zu werden.

„Setz dich, wohin du möchtest. Ich komme gleich zurück."

Während ich mich gegen das schwarze Leder lehne, verschwindet Ben in der Küche. Ich schaue an mir herunter und wünschte, ich hätte mich etwas mehr zurechtgemacht.

„Luisa, du solltest besser verschwinden."

Hat dieser Miesepeter recht? Ich bin nicht geschminkt, weil ich es einfach nicht mehr gewohnt bin, nach der ganzen Corona-Isolation so lange das Haus zu verlassen. Ich habe mir nicht einmal die Mühe gemacht, ordentliche Klamotten, die aufeinander abgestimmt sind, aus einem der Umzugskartons herauszusuchen.

Sagt man nicht, dass der erste Eindruck zählt? Ich krame nach einem Zettel in meiner Handtasche, um Ben eine Nachricht zu hinterlassen, dass ich doch keine Zeit habe. Aber dann siegt die Vernunft. Wenn ich jetzt einfach so verschwinde, brauche ich ihm nie wieder unter die Augen zu treten. Mist! Es geht nur um eine Suppe. Mehr nicht. Ich muss ihn ja nicht gleich heiraten, beruhige ich mich und wippe nervös auf meinem Hocker hin und her.

Nach zehn Minuten kehrt Ben mit einem Tablett zurück, auf dem sich ein dampfender Teller Suppe, Besteck, eine gefüllte Wasserkaraffe und ein Glas befinden.

„Voilà Mademoiselle. Französische Zwiebelsuppe. Attention, c'est chaud", sagt er geheimnisvoll und stellt den Teller vor mich hin. Er spricht akzentfrei französisch, und ich denke an Frankreich, Sonnenblumen, Wein und leckeres Essen.

„Merci", antworte ich, während sich ein herrlicher Duft im Raum verteilt. Es ist der Geruch aus dem Treppenhaus. Mit dem Löffel durchsteche ich die knusprige Käseschicht und schiebe mir alles in den Mund.

„Und?", fragt er gespannt und setzt sich auf den Hocker gegenüber. Ich fühle mich sehr wohl in seiner Gegenwart, und es ist angenehm, dass seine Aufmerksamkeit nur mir gilt. Schnell habe ich vergessen, dass ich wie ein Zombie aussehe.

„Wirklich heiß", sage ich pustend und lasse den Käse noch ein wenig im Mund, bevor ich ihn herunterschlucke. „Oh mein Gott."

„Du darfst mich auch Ben nennen", erwidert er gelassen, und wir lachen beiden.

„Die Suppe ist gut, richtig gut."

War das jetzt ein Kompliment? Unglaublich! Da verlasse ich einmal das Haus und treffe drei Menschen, gebe drei Komplimente und habe nun bereits vier Menschen glücklich gemacht. Vor Aufregung wird mir ganz heiß. Die Übung war gar nicht schwer und hat richtig Spaß gemacht. So lebendig wie heute habe ich mich schon lange nicht mehr gefühlt.

„Gut oder perfekt?" Ben reißt mich aus meinen Gedanken.

„Deine Suppe ist einfach nur perfekt. Die perfekte Wintersuppe."

Ich probiere etwas mehr. „Mhmm." Ich schließe die Augen und genieße die würzige Kombination aus den köstlichen Zutaten. Das gedimmte Licht, die Atmosphäre der Weinbar und die französische Zwiebelsuppe lassen mich innerhalb einer Millisekunde entspannen. Oder ist es die Anwesenheit von Ben? Er lacht herzlich und ich öffne die Augen wieder.

„Na, wo warst du mit deinen Gedanken?"

Ich antworte nicht, aber ich weiß, dass ich mich am liebsten in seine Arme werfen würde. Doch was würde er dann von mir denken?

„Luisa, bist du noch da?"

Es ist seine lockere Art und sein erneutes Lachen, das mich mitreißt. *Lächle, auch wenn dir nicht danach zumute ist.* Doch in diesem Moment ist alles echt.

Ich weiß nicht, wie viel Zeit vergangen ist, aber während ich immer wieder puste und warte, dass die Suppe abkühlt, erzählt Ben von sich.

„Ich bin hier aufgewachsen und habe ganz in der Nähe die französische Schule besucht. Nach dem Abitur bin ich nach Frankreich gegangen, um an der Universität in Avignon Weinbau zu studieren."

„Du bist also Winzer?", frage ich interessiert.

„Ja, genau! Und neben dem Studium habe ich auf dem Hof meiner Großeltern mein Taschengeld aufgebessert. Leider sind sie beide gestorben. Dafür leben meine Eltern wieder dort und leiten die Geschäfte. Tja und ich …"

„Du hattest Sehnsucht nach …"

„Deutschland", vervollständigt Ben meinen Satz. „Und der Abstand tut mir gut." Er stockt.

„Weil?", frage ich.

„Scheidung", antwortet er knapp. „Ich brauchte einen Tapetenwechsel."

„Oh! Tausend Kilometer können da bestimmt hilfreich sein."

Was rede ich schon wieder für einen Unsinn.

„Ja, sicherlich", antwortet er, aber ich kann nicht einschätzen, ob er traurig oder glücklich klingt.

„Und wie bist du an diesen Laden gekommen?", frage ich, um aus dieser Situation auszusteigen.

„Vor zwei Monaten habe ich Freunde hier in der Gegend besucht und beim Spazierengehen zufällig die zu vermietende Fläche gesehen. Da musste ich sofort zuschlagen."

„Bist du immer so spontan?"

„Wenn sich etwas gut anfühlt, ja."

„Hier war vorher ein Kosmetikstudio drin. Aber leider musste es in der Coronazeit schließen."

„Ich habe davon gehört."

Ich will nicht weiter über Corona sprechen und wechsele das Thema. „Wie fühlt es sich an, sein eigener Chef zu sein?"

„Grandios!" Er grinst. „Ich wollte nie etwas anderes machen und kann mir für kein Geld der Welt vorstellen, mich zu versklaven. Ich liebe meine Freiheit."

„Das wäre nichts für mich, weil das Risiko zu hoch ist. Da nimmst du einen Kredit auf, dein Laden läuft schlecht, und ehe du dich versiehst, bist du bankrott", entgegne ich.

„Luisa, das musst ausgerechnet du sagen", erinnert mich mein innerer Kritiker an meine eigene Arbeitssituation. „Wer hat kein Geld? Du oder Ben?"

Verdammt! Er hat recht!

„So ein sogenannter fester Job heißt Zwang und Abhängigkeit."

„Jedoch auch eine feste Einnahmequelle", erwidere ich.

„Ist das so? Wie viele Angestellte sind während der Pandemie entlassen worden? Der Eventmanager, der Theaterregisseur, die vielen Angestellten in der Flugbranche, das Kosmetikstudio, …"

Ein Stich geht durch mein Herz, weil ich so gern Stewardess war.

„Aber ist das Risiko nicht höher als in einem Angestelltenverhältnis? Ich meine mit Rente und Krankenversicherung lebt es sich doch viel sicherer?"

„Das ganze Leben ist ein Risiko. Denk mal darüber nach. Sollte man da nicht nur Dinge tun, die einen mit Freude erfüllen? Das Leben ist zu kurz."

Seine Antworten kommen wie aus der Pistole geschossen, weil er überzeugt ist von dem, was er sagt. Dafür bewundere ich ihn.

„Hmmm. Aber irgendwie muss man auch seine Miete zahlen."

„Viele Menschen sind unglücklich in ihrem Job und freuen sich fünf Tage die Woche auf zwei freie Tage am Wochenende. Sie freuen sich sechsundvierzig Wochen auf sechs Wochen Urlaub im Jahr. Kann man da die Energie, die man in den Hamsterradjob steckt, nicht besser in seine Selbstständigkeit investieren?"

„Da ist was dran! Aber es war doch immer schon so."

„Und weil es immer schon so war, ist es sinnvoll?"

„Hmmm."

„Die Menschen wollen gar keine Veränderungen. Weder in ihrem Leben noch auf der Arbeit. Risiken eingehen, ist für die meisten tabu. Sie jammern zwar, aber ändern tun sie nichts. Nicht sehr befriedigend, so zu leben."

Veränderung. Ist es nicht das, was ich mir für dieses Jahr vorgenommen habe? Gebannt hänge ich an Bens Lippen.

„Ein selbstbestimmtes Leben fühlt sich grandios an."

Ich habe das Gefühl, dass er von mir spricht.

„Es ist wie … wie …"

„… wie auf einem Regenbogen zu tanzen", ergänze ich und denke an meine Entscheidung, dass ich auf eigenen Beinen stehen möchte.

„Genau! Das hast du toll beschrieben, Luisa. Nur für sich und seine Träume zu arbeiten, fühlt sich …"

„… leicht und frei an", füge ich hinzu und komme plötzlich ins Schwärmen. Leicht und frei und nur für seine Träume arbeiten. Klingt zu schön, um wahr zu sein. Und die Art, wie er meinen Namen ausspricht, lässt mein Herz höherschlagen.

„Nur zu dumm, dass du arbeitslos bist", mischt sich mein innerer Kritiker ein. Schneller als mir lieb ist, lande ich wieder auf dem Boden der Tatsachen.

„Ja, leicht und frei", wiederholt Ben. „Du findest zauberhafte Worte. Was machst du eigentlich?"

Ein kleiner Ruck geht durch meinen Körper. Gleich lacht er, wenn ich ihm die Wahrheit über die Versagerin mit den zauberhaften Worten erzähle, die ihm gegenübersitzt.

„Ich bin, … also ich habe … Ich helfe ab morgen meiner Mutter, die sich vor Weihnachten ihren Arm gebrochen hat", erkläre ich.

„Und sie wohnt im selben Haus, in dem ihr Buchladen ist?"

„Ja", antworte ich knapp, während mir kleine Schweißperlen über meinen Rücken laufen.

„Das ist ja praktisch."

„Sie hatte trotzdem nie Zeit für mich."

„Und dein Vater?", fragt Ben.

„Der hat uns verlassen, als ich zwei Jahre alt war."

„Oh! Das tut mir leid."

„Sie musste allein das Geld für uns beide verdienen. Irgendwie kam es mir so vor, als hätte sie mich vergessen, was natürlich Quatsch ist. Das weiß ich heute. Aber manchmal habe ich dem Buchladen die Schuld gegeben. Vielleicht stehe ich deswegen der Selbstständigkeit so kritisch gegenüber."

„Aber deine Mutter liebt ihre Arbeit?"

„Ja, sehr."

„Und du?"

„Ähm …", antworte ich und streiche mir eine Haarsträhne aus der Stirn. „Ich habe meine Arbeit auch geliebt."

„Habe?"

„Ja, das ist eine längere Geschichte."

Wir schauen uns an, und Ben lächelt so süß, als hätte er verstanden, dass ich gerade nicht auf seine Frage antworten möchte.

„Wie spät ist es?", erkundige ich mich mit geröteten Wangen, nur um die Stille zwischen uns zu durchbrechen. „Gleich neunzehn Uhr", antwortet Ben.

„Schon so spät? Danke für die Suppe. Ich muss dann auch mal los."

„Klar! Und den Rotwein gibt es beim nächsten Besuch."

Beim nächsten Besuch? Er scheint mich zu mögen und das, obwohl …

„… du unmöglich aussiehst", gibt Hugo seinen Senf dazu.

„Gerne", antworte ich verlegen und rolle innerlich mit den Augen, weil ich immer noch nicht den Ausknopf für diese Nervensäge gefunden habe. Sie schafft es einfach binnen weniger Sekunden, mich abrupt an die Realität zu erinnern. Ich stehe auf und bin dankbar für das gedimmte Licht. Vielleicht habe ich Glück und Ben hat meine unmögliche Klamottenkombination nicht wahrgenommen. Schnell ziehe ich die Daunenjacke über den Schlabberlook und schließe sie bis oben. Unsere Augen treffen sich. Bäm! Sofort strömen Glücksgefühle durch meine Adern.

„Reiß dich zusammen, Luisa! Du hast doch in dein goldenes Notizbuch geschrieben, dass du keinen Mann brauchst", erinnert mich der Störenfried aus meinem Kopf an Punkt zehn auf der Entscheidungsliste. Ich verschränke die Arme, um nicht auf die Idee zu kommen, Ben zu berühren. Luisa, ermahne ich mich selbst. Das kann doch wohl nicht wahr sein. Ich stehe auf eigenen Beinen und bin unabhängig. Ein Mann passt definitiv nicht mehr in mein Leben. Küssen verboten!

„Bis zu unserem nächsten Treffen. Meine Tür steht immer für dich offen."

„Okay, bis bald", sage ich so neutral wie möglich, um die Flut von Gefühlen in meinem Inneren zu ignorieren. „Und danke für deine köstliche Zwiebelsuppe."

Ich trete über die Türschwelle hinaus in die Dunkelheit. In meinem Herzen lodert ein Feuer, und die Tür aus meinem Traum taucht auf. Ich befinde mich wieder an diesem friedlichen Ort mit den bunten Schmetterlingen und Blumen. *Du hast zwei Stimmen in dir: die Stimme deines Herzens und die Stimme deines inneren Kritikers.* In diesem Moment ist es, als würde mein Herz all die negativen Gedanken ausradieren und zu mir sprechen: „Verschließe dich nicht vor der Liebe. Lauf los und lebe! Erfülle deine Träume! Glaube an einen Neuanfang!"

13
Schlüssel zum Glück

Montag, 10. Januar

W o ist der verdammte Schlüssel?" Verzweifelt stehe ich vor Annikas Haus, durchsuche jeden Millimeter meiner Handtasche und fluche wie Rumpelstilzchen. „Wo ist der verdammte Schlüssel?", wiederhole ich. Habe ich ihn verloren? Dann schlage ich mir mit der flachen Hand an die Stirn. Mist! Er liegt auf dem Küchentisch. Ich drücke auf die Klingel. Niemand öffnet. Auch das noch.

Ich trete einen Schritt zurück und hebe meinen Kopf. In ihrer Wohnung brennt Licht, und ich klingele erneut. Dieses Mal ein wenig energischer. Aber es bleibt still, und ich befürchte, dass ich heute nicht hier schlafen werde.

„Du Pfeife!"

„Klar, dass du genau dann auftauchst, wenn es ein Problem gibt." Meine gute Stimmung von vor noch nicht einmal einer halben Stunde sinkt in den Keller.

„Warum schaltest du nicht besser dein Gehirn ein?"

Mein Geduldsfaden reißt endgültig, und ich schreie Hugo an: „Vielleicht erinnerst *du* mich das nächste Mal an den Schlüssel? Dann würde ich hier nicht bibbernd in der Kälte stehen, und du müsstest nicht meckern. Das nennt man eine Win-win-Situation. Es sei denn, du meckerst gerne. Durch deinen negativen Gedankenmüll kann ich nie einen klaren Gedanken fassen. Deswegen habe ich auch den Schlüssel vergessen. Wolltest du mich nicht vor Gefahren beschützen? Dass ich nicht lache. Wenn ich mir jetzt eine Lungenentzündung einfange, hast du genau das Gegenteil erreicht. Kritisieren ist immer leicht. Wie wäre es mal zur Abwechslung mit Komplimenten? Ja, das bist du nicht gewohnt. Vielleicht bist du daher auch so griesgrämig. Mich haben sie heute sehr glücklich gemacht."

„Pah."

„Bis zu dem Moment, wo du aufgetaucht bist."

„Pah."

„Energievampir."

Ich werde ein anderer Mensch, der den Fokus auf die Lösungen und nicht auf die Probleme richtet.

Den Fokus auf die Lösungen richten? Und wie soll das bitte schön in dieser Situation funktionieren? Ich bin wütend auf meinen inneren Kritiker und auf mich selbst, sodass ich einmal kräftig gegen die Mülltonne trete, die neben mir steht. Scheppernd fällt sie um. Für einen Moment kommt mir das zerfetzte Sofa in den Sinn. Scheiße! Ich kann nicht jedes Mal ausrasten, wenn der Teufel etwas zu bemängeln hat und ich vor einer Herausforderung stehe. Früher bin ich doch auch ruhig geblieben.

Ich nehme einen tiefen Atemzug. Und noch einen, bis ich husten muss, weil die Luft so kalt ist. Na toll! Selbst Atmen klappt nicht. Über mir öffnet sich ein Fenster. Es ist Frau Schuster, die ihren Kopf mit ihrem weißen Dutt auf die Straße streckt.

Jipppiii! Sie ist meine Lösung. Schon sehe ich mich bei Annika im warmen Wohnzimmer auf dem Sofa sitzen und einen heißen Tee schlürfen.

„Hallo, Frau Schuster! Luisa hier!", rufe ich nach oben. Ich winke ihr zu und hoffe, dass sie mich im Schein der Laterne erkennt.

„Luisa wer?"

„Luisa Sommer!"

„Ah, Fräulein Sommer. Machen Sie diesen unerträglichen Lärm?"

Sie würde gut zu meinem inneren Kritiker passen, denke ich mir.

„Einen Moment bitte, ich hole die Brille."

Geht doch, das mit dem Fokus auf die Lösungen richten. Ungeduldig trete ich von einem Fuß auf den anderen und reibe meine Handflächen aneinander. Langsam wird mir kalt.

„Fräulein Sommer? Sie sind es wirklich?"

„Ja", antworte ich und seufze.

„Ja?", fragt die Nachbarin.

„Wären Sie so freundlich, die Haustür zu öffnen. Ich habe meinen Schlüssel vergessen."

„Ach, diese jungen Leute von heute."

Mit diesen Worten tritt sie kopfschüttelnd vom Fenster zurück. Eine Minute später höre ich das erlösende Surren der Tür und steige die Treppen in die vierte Etage hinauf. Ich bin froh, dass Frau Schuster in ihrer Wohnung bleibt.

Oben angekommen drücke ich erneut endlos lange auf die Klingel und rufe: „Annika. Ich bin es." Ich lege ein Ohr an die Tür und lausche. Musikbässe wummern durch meinen Körper. Kein Wunder, dass sie nichts hört. Zum wievielten Mal stehe ich heute eigentlich vor einer verschlossenen Tür? Ob das ein Zeichen ist? Luisa, jetzt werde mal nicht panisch, beruhige ich mich selbst. Wie lange es wohl dauert, bis Frau Schuster sich beschwert? Mir fallen die Worte der unbekannten Person aus der Mail ein. Positive Gedanken ziehen ein positives Leben nach sich und führen dich an wundervolle Orte, von denen du gar nicht wusstest, dass sie existieren. Ah ja, denke ich erstaunt. Direkt vor diese Tür oder wie?

Ich verschränke die Arme und warte. Als ich kurz davor bin, aus lauter Verzweiflung in Tränen auszubrechen, und gerade in Erwägung ziehe, hier im Treppenhaus mein Nachtlager aufzuschlagen, verstummt die Musik endlich. Ich drücke noch einmal auf die Klingel, und kurz darauf öffnet Annika die Tür.

„Hey Süße! Du hast deinen Schlüssel vergessen."

Ach was. Gar nicht bemerkt, sage ich zu mir selbst, um Annika nicht zu verletzen. Sie kann am allerwenigsten für meine Schusseligkeit.

„Und ihr feiert eine Party?", frage ich mit einem schiefen Lächeln.

„Unser Abendritual", antwortet sie grinsend. „Feli und ich hüpfen zu lauter Musik auf dem Bett, bevor sie schlafen geht. Das macht positive ..."

„... Gedanken", vervollständige ich ihren Satz. „Positiv, positiv." Ich rolle mit den Augen. „Wie spät ist es?"

„So halb acht, glaube ich", antwortet Annika.

„Halb acht? Auf den Schreck brauche ich erst einmal eine Folge GZSZ. Gut, dass ich doch nicht im Treppenhaus schlafen muss."

„Luisa, übertreib mal nicht. Irgendwann hätte ich dich schon vermisst."

„Glück gehabt! Ich werde vermisst. Wenigstens von einem Menschen auf dieser Welt."

Ich ziehe Schuhe und Jacke aus und durchquere eilig den Flur. Auf dem Weg ins Wohnzimmer schmatzt Feli mir noch einen Gute-Nacht-Kuss auf die Wange und verschwindet im Schlafzimmer. Endlich lasse ich mich auf das Sofa plumpsen, lege die Füße auf den kleinen Hocker und schalte den Fernseher ein. Ich zappe zum richtigen Sender. Puh! Gerade noch rechtzeitig. *„Ich seh in dein Herz, sehe gute Zeiten, schlechte Zeiten. Ein Leben, das neu beginnt ..."* Der Vorspann von GZSZ flimmert über den Bildschirm und bereits beim ersten Ton des legendären Ohrwurm-Titelsongs lässt meine Anspannung nach. Die Melodie läutet meinen Abend ein. Und das seit dreißig Jahren. Jetzt gibt es nur noch mich und meine Lieblingsserie. Sie ist mein Anker und strukturiert irgendwie mein verkorkstes Leben.

„Ein Leben, das neu beginnt", summe ich. Die Musik drückt auf die Tränendrüse und es nervt, dass die Serie mich heute nicht ablenkt. Zurzeit bin ich nah am Wasser gebaut. Ich weine aus Rührung in den Armen meiner Mutter und weil ich in dieser Nacht nicht auf der Straße schlafen muss. Ich weine, weil mir Eva, die Frau aus der Bäckerei, Kuchen geschenkt hat und weil Tristan mich verlassen und sich bis heute kein einziges Mal bei mir gemeldet hat. Ich weine, weil Ben …

„Du bist eine richtige Heulsuse", stellt Hugo fest.

„Stopp! Halt einfach die Klappe."

Als GZSZ zu Ende ist, kommt Annika ins Wohnzimmer. Sie weiß genau, dass man mich bei meiner Serie nicht stören darf.

„Alles okay?", fragt sie.

„Alles bestens."

„Darf ich reinkommen?"

„Ist ja dein Wohnzimmer", murmele ich so leise, dass Annika es nicht hören kann.

Sie setzt sich neben mich.

„Nach alles bestens siehst du aber nicht aus. GZSZ konnte dich wohl nicht ablenken. Was ist passiert?"

Stockend erzähle ich ihr von meinem Tag und dem unrühmlichen Ende.

„Das ist alles?", hakt Annika nach. „Ich dachte schon, du hättest mal wieder zum Messer gegriffen, so wie bei dem Sofa."

„So komme ich mir auch vor."

„Du hast nur eine Mülltonne umgeworfen."

„Umgetreten", verbessere ich Annika.

„Besser als ein Sofa zu massakrieren."

„Besser?"

„Konzentrieren wir uns einmal auf die positiven Ereignisse. Du bekommst Kuchen geschenkt, deine Mutter tröstet dich, und du hast ein kleines spontanes Mini-Date mit unserem neuen Nachbarn, der übrigens gar nicht so unsüß ist. Findest du nicht?“, fragt sie verschmitzt.

„Kein Kommentar!“ Ich verschränke die Arme vor der Brust wie ein schmollendes Kind.

„Komm schon, Süße! Nach den letzten Wochen hört sich dein Tag doch insgesamt großartig an.“

„Großartig?“

„Fokus auf das Positive.“

„Bei dir klappt das. Bei mir halt nicht.“ Die Augen zu Schlitzen verengt, gehen meine Mundwinkel nach unten.

„Und du willst deine Situation jetzt einfach so akzeptieren?“

„Einfach? Nichts ist in meinem Leben mehr einfach.“

„Deine Trennung ist noch nicht lange her, und du hast deine Fehlgeburt nie verarbeitet. Gib dir Zeit und sei geduldig mit dir. Alles ist schwer, bevor es leicht wird. Alles! Erinnerst du dich?“

„Und wie kann ich mich heute wieder leicht fühlen?“

„Mit Atmen.“

Ich atme einmal übertrieben tief ein und aus. „Annika, ich kann atmen. Und manchmal hat es mir bereits geholfen. Vorhin sind allerdings meine Lungen fast erfroren.“

„Dann probieren wir es heute mit 4-7-8.“

„Hä?“

„Das ist eine Methode, um deinen Verstand auszutricksen, damit du an nichts anderes mehr denken kannst. Auf diese Weise lässt du deinen Stress los und schläfst besser ein. Du atmest vier Sekunden ein, hältst die Luft sieben Sekunden an und pustest sie aus, indem du bis acht zählst.“

„Jetzt?“

„Klar jetzt! Oder willst du mit dieser Stimmung ins Bett gehen?“

„Na gut, bevor ich die ganze Nacht wach liege und mein Gehirn Pläne für morgen schmiedet.“

„Gute Entscheidung, Luisa. Und ich habe noch eine Idee."

„Ich bekomme Angst."

„Erst machen wir unsere Atemübung, dann Yoga."

Ich verdrehe die Augen. „Annika, du weißt doch, dass Yoga nicht mein Ding ist. Diese akrobatischen Verrenkungen mit den Beinen hinterm Kopf bekomme ich nicht hin. Ich glaube, Yoga ist nicht für Menschen wie mich erfunden worden."

„Ach Süße, es gibt doch auch einfache Übungen, die übrigens gut für deinen Nacken sind."

„Ich habe aber noch so viele To-dos. Ich muss mich um einen Job kümmern. Ich muss eine eigene Wohnung suchen und …"

„Müssen, müssen, müssen! Du musst gar nichts."

„Ich muss meine Klamotten aus den Umzugskartons in den Schrank sortieren."

„Das Einzige, was du jetzt tun musst, ist gesund werden."

„Gesundheit ist nicht alles", sage ich.

„Aber ohne Gesundheit ist alles nichts, sagte bereits der Philosoph Arthur Schopenhauer. Und das haben wir in den letzten zwei Jahren jawohl erlebt. Krankheit kann sogar eine ganze Gesellschaft zum Stillstand bringen und dich auch. Wenn du umfällst, brauchst du keine To-do-Liste mehr."

„Du immer mit deinen Sprüchen. Du solltest für das deutsche Gesundheitssystem arbeiten."

„Ich arbeite für die Deutsche Bahn. Das reicht."

„Ich dachte, du bist mit deinem Job glücklich."

„Bin ich! Meistens jedenfalls. Aber niemand ist jeden Tag glücklich. Auch ich nicht. In diesen Situationen zähle ich alle schönen Dinge auf, sonst ertrage sogar ich manchmal die vielen meckernden Bahnkunden nicht. Aber du lenkst ab."

„Womit?", frage ich unschuldig.

„Luisa, das weißt du genau. Also fangen wir mit der Atemübung an?"

„Und wann beginne ich mit meiner To-do-Liste?"

„Auf jeden Fall nicht mehr heute Abend. Mach dir doch nicht solchen Druck. Erstens ist sie wahrscheinlich ohnehin zu lang. Zweitens schaffst du sie nur, wenn du ausgeglichen bist. Drittens hast du dir wirklich viel vorgenommen. Vielleicht zu viel auf einmal für den ersten Tag nach deinem Umzug. Im Leben geht es nicht nur um die To-dos, sondern um die Tadaaas! Und tadaaa, wir machen zuerst unsere Atemübung und danach Yoga. Keine Widerrede! Es wird dir guttun. Und wenn nicht, dann nerve ich dich nie, nie wieder mit Yoga. Versprochen!"

„Dein Wort in Gottes Ohr. Amen! Atmen!"

„Und jetzt Handy aus", befiehlt Annika liebevoll.

Je mehr ich atme, desto mehr tritt eine Entspannung ein. Erst zwinge ich mich, aber schon bald nimmt der Atem mich mit und läuft automatisch ab. Ganz tief in mir öffne ich wieder diese magische Tür und stehe auf einer grünen Wiese mit Sonnenblumen. Ich spüre, wie meine Zellen alles loslassen, was mich belastet. Ich fühle, wie ein riesiger Stein von meinen Schultern fällt.

Nachdem wir mit den leichten Yogaübungen fertig sind, habe ich das Gefühl, meinem Körper tatsächlich nach langer Zeit mal wieder etwas Gutes getan zu haben. Auch die Nackenschmerzen sind weniger geworden. Hätte mir gestern jemand erzählt, dass ich heute Yoga mache, hätte ich laut gelacht.

„Danke dir von Herzen, Annika! Das war unglaublich befreiend."

„Danke, dass du mitgemacht hast. Das hast du allein geschafft, und du kannst es immer schaffen. Das Glück liegt in dir selbst, und dafür brauchst du niemanden."

„Das Glück liegt in mir selbst? Wie poetisch."

„Das heißt", beginnt sie ihren Satz, „wenn du diese Technik regelmäßig anwendest, gewöhnt sich dein Körper daran. Nach einigen Wochen hilft sie dir beim Einschlafen und beruhigt dich, weil du deine Gedanken in eine andere

Richtung lenkst. Du stoppst deinen Gedankenstrudel und dein innerer Kritiker wird leiser. Entspannung pur tritt ein. Fang doch gleich nach dem Aufstehen damit an und mach sie einmal morgens und abends. Wenn du die Methode regelmäßig anwendest, dann wird sie zu deiner neuen Routine und …"

„Hast du das auch gehört?", unterbreche ich Annika. „War da nicht ein klapperndes Geräusch vor deiner Wohnungstür? Es ist doch schon nach zweiundzwanzig Uhr."

„Ich habe nichts gehört. Aber komm, lass uns nachschauen", schlägt Annika vor, steht auf und zieht mich hoch.

Auf leisen Sohlen gehen wir durch den Flur, und Annika blickt durch den Spion.

„Psst. Ich sehe Ben", flüstert sie.

„Echt? Lass mich auch einmal schauen." Mit angehaltenem Atem luge ich durch das Loch und erkenne tatsächlich Ben. „Er schreibt etwas", bemerke ich leise.

„Vielleicht ist es ein Liebesbrief für dich", sagt sie kichernd.

„Hahaha." Meine Wangen glühen vor Aufregung. In meiner Fantasie reiße ich die Tür auf und schmeiße mich in seine Arme. Ich lege eine Hand auf die Klinke, doch ziehe sie schnell wieder zurück. Im gleichen Moment kommt Annika mir zuvor und öffnet langsam die Tür.

„Hey Ben", flüstert sie.

Ben zuckt kurz zusammen, weil er nicht mit uns gerechnet hat „Ihr seid noch wach?"

„Klar! Wir sind gerade erst mit Yoga fertig", antwortet Annika.

„Fleißig", bemerkt Ben anerkennend.

„Hallo, Ben, wie geht's?", begrüße ich ihn nun auch und streiche mir eine Haarsträhne aus der Stirn.

„Gut. So viel hat sich seit eben auch nicht bei mir getan", erwidert er lächelnd.

Ich laufe rot an und wende meinen Blick ab.

„Du redest nur dummes Zeug", meldet sich die Stimme zwischen meinen Ohren.

Wie peinlich, denke ich.

„Ich wollte nicht klingeln, weil die Kleine ja schläft." Er bückt sich, hebt einen Topf an und hält ihn in Annikas Richtung. „Ich habe noch Suppe übrig. Vielleicht möchtest du sie auch probieren?

„Oh super. Das mache ich gerne." Sie nimmt den Topf entgegen.

„Am Samstag, den 29. Januar, findet meine Einweihungsfeier statt und vorher experimentiere ich noch ein wenig mit Suppen herum. Ihr seid natürlich herzlich eingeladen." Sein Blick sucht meinen und hält ihn für ein paar Sekunden fest.

Erkenne ich da etwa Verlegenheit?

„Hey Luisa." Annika stupst mich leicht an. „Wir waren ewig nicht aus. Das wäre doch etwas für uns zwei Yogamäuse, oder?"

Ich nicke nur und weiß nicht, ob ich lachen oder weinen soll. Am 29. Januar wäre ich eigentlich mit Tristan in den Urlaub geflogen.

„Also, dann mal bon appétit und bis morgen. Luisa, du besuchst doch deine Mutter, oder?"

„Klar! Bis morgen und gute Nacht", wispere ich leise und setze dabei mein schönstes Lächeln auf.

„Gute Nacht. Und danke für deine Suppe", flüstert auch Annika und hält den Topf hoch.

Ben und ich werfen uns einen letzten Blick zu, dann schließt Annika mit ihrer Hüfte die Tür und haucht mir ins Ohr: „Verliebt?"

„Bitte?"

„Flattern da etwa Schmetterlinge durch die Lüfte?"

„Wie, was meinst du?" Ich stoße sie in die Seite und lache unsicher.

„Ich hoffe, eure Geschichte hat eine Fortsetzung."

„Was für eine Geschichte? Du bildest dir da etwas ein. Schau mal, wie ich aussehe. Haare zerzaust, Schlabberlook und ..."

„Süße", sagt sie und stoppt meine negativen Aufzählungen.

„Annika", sage ich streng.

„Was ist?", fragt sie unschuldig. „Hau deinem Hugo auf den Kopf."

„Ich will nie wieder einen Mann! Das ist viel zu früh", sage ich und verschränke die Arme vor der Brust.

„Zu früh? Das mit Tristan ist doch, wenn du einmal ehrlich bist, schon lange vorbei."

„Nicht diesen Namen." Ich verziehe das Gesicht.

„Okay, okay! Aber du musst zugeben, dass Ben sehr süß ist."

„Bitte, Annika. Ich lasse dir den Vortritt."

„Ich habe bereits den besten Mann der Welt."

„Andy."

„Genau! Und du und ich stärken uns jetzt noch einmal nach diesem aufregenden Abend."

„Um diese Uhrzeit? Ich hatte bereits einen Teller Suppe bei Ben in der Weinbar. Vergessen?"

„Papperlapapp! Und wie lange ist das her? Du kannst nicht ausgehungert in deine Träume abtauchen. Du brauchst Energie für alle neuen Herausforderungen. Für Ben, für …"

„Lalala", singe ich, damit Annika endlich mit der Neckerei aufhört. „Ich muss meine Speckrollen loswerden."

„Komm schon! Es ist nur ein kleines Süppchen und es duftet herrlich. Was für Speckrollen? Wir können nächste Woche zusammen joggen gehen."

„Joggen? No way!"

„Das hast du früher auch gerne gemacht."

„Ja, aber …"

„Nix aber! Und jetzt komm!"

Bevor ich weiter protestieren kann, sind wir schon in der Küche, und ich sitze an meinem Platz, während Annika die Suppe in der Mikrowelle aufwärmt. Ich sehe stumm den Tellern zu, wie sie sich im Kreis drehen und denke über diesen Tag nach.

„Pling!", macht die Mikrowelle und reißt mich aus meinen Gedanken.

„Guten Hunger", sagt Annika.

„Dir auch", antworte ich und tauche den Löffel in die dampfende Flüssigkeit.

Eine Stunde später lasse ich mich im Nachthemd auf das Bett plumpsen. Ich stelle mir sicherheitshalber den Handywecker, weil mein Biorhythmus sich noch nicht daran gewöhnt hat, dass er nun wieder echte To-dos in seinem Leben zu bewältigen hat. Schluss mit den Tagen, an denen mir vor Langeweile schlecht wurde.

Ich schließe die Augen. Was für ein Montag! In Gedanken gehe ich die Ereignisse noch einmal durch. Und obwohl ich todmüde bin, kann ich nicht einschlafen. Was soll ich morgen nur anziehen, wenn ich Ben wiedertreffe? Im Kopf gehe ich die Umzugskartons durch. Oh Schreck! Ich habe nichts zum Anziehen und atme vier Sekunden ein, zähle bis sieben, während ich die Luft anhalte, und atme acht Sekunden aus. Ich mache so lange weiter, bis mir schummrig wird und kein Platz mehr für andere Gedanken ist. Goldene Schlüssel tanzen vor meinen Augen auf und ab. Im Wegdämmern öffne ich Tür um Tür. Sorgen, Schatten und alte Dämonen bleiben hinter mir. Ich bin dafür verantwortlich, dass ich glücklich bin. Der Schlüssel steckt in mir, und ich bin niemals ausgeschlossen aus meinem Leben. Loslassen ist der Schlüssel zum Glück. Ich kann mich gegen das Glück entscheiden. Oder dafür. Angenehm erschöpft falle ich in einen tiefen Schlaf.

14
Weil du es dir wert bist!

Dienstag, 11. Januar

Punkt sieben Uhr wache ich vor dem Weckerklingeln auf, als Annika und Feli gerade dabei sind, die Wohnung zu verlassen. Draußen ist es noch dunkel, und ich könnte ein bisschen weiterschlafen, so wie ich es aus den letzten Monaten gewohnt bin. Oh ja …

Als ich mich gemütlich auf die Seite drehe, dröhnt die altbekannte Stimme wie ein Presslufthammer in meinen Ohren: „Luisa, du bist faul und schiebst deine To-dos vor dir her!"

Ich seufze, denn augenblicklich ist sie vorbei, die Magie des Morgens. Sie verpufft so schnell, wie sie gekommen ist. Kreisende Gedanken um alle To-dos erwecken meine Nackenschmerzen zum Leben. Ruhig Blut, beruhige ich mich selbst.

„Eine Veränderung braucht Zeit. Du musst nicht perfekt sein. Atme!", sagt eine sanfte Stimme in mir.

Wann werde ich von allein auf Annikas Technik kommen? Üben, üben, üben! Mit positiven Gedanken bin ich eingeschlafen, und genauso möchte ich, dass dieser Tag wird.

„Hugo, ich bin kein Stück faul! Es ist gerade einmal kurz nach sieben", entgegne ich. „Ich erledige heute so viel, wie ich schaffe. Dieser Tag wird wunderbar, weil ich es so will. Negative Gedanken beginnen in mir und ich kann sie verändern. Ich habe zu jeder Zeit die Wahl, wie ich mich fühlen möchte."

Er verstummt, und trotz der Nackenschmerzen schaffe ich es, mich im Bett in eine aufrechte Position zu hieven. Die nächsten fünf Minuten verbringe ich damit, alle hinderlichen Gedanken zu verbannen.

Überraschend schiebt sich ein Bild vor meine Augen und löst einen Energiekick aus. Als Stewardess bin ich so oft gegen den Wind gestartet und trotzdem am Ziel angekommen. Mein innerer Kritiker ist wie der Gegenwind. „Jetzt erst recht!", rufe ich.

Vollgepumpt mit Endorphinen stehe ich auf, rutsche jedoch fast aus. Unter meinen Füßen klebt das Blatt Papier, das ich gestern Vormittag dort hingelegt habe. Ich hebe es auf und lese die drei Affirmationen laut vor. „Ich glaube an mich und werde von Tag zu Tag selbstbewusster. Ich bin stark und mutig. Ich bin schön."

Das habe ich über mich geschrieben?

„Ja, genau! Deswegen hast du das Papier dort hingelegt, damit du die Sätze nicht vergisst", vernehme ich eine sanfte Stimme in mir.

Nachdem ich Hugo vertrieben habe, bin ich absolut bereit, den positiven Gedanken eine Chance zu geben. Ich fühle mich mit einem Mal selbstbewusst, stark, schön und frei von Ballast. Ich muss unbedingt mit dem Workbook weitermachen. Ich lege das Blatt für den nächsten Tag zurück auf den Boden, setze mich auf die Matratze und greife auf dem Nachttisch nach meinem Handy.

Übung 17: Morgenroutine

Jetzt aber wirklich! Starte ab heute deine persönliche Morgenroutine für die nächsten 30 Tage.

1. Drei Affirmationen über dich selbst: Lies dir das Blatt jeden Morgen nach dem Aufwachen laut vor. So verankerst du die Wertschätzung dir gegenüber langfristig im Gehirn. Selbstliebe gibt auch deinem inneren Kritiker ein beruhigendes Gefühl, sodass er automatisch leiser wird.
2. Schau dich schön! Stell dich vor einen Spiegel. Was gefällt dir heute an deinem Körper am besten?
3. Minifitness mit Maxiwirkung: Keine Angst! Du musst jetzt nicht fünf Mal pro Woche ins Fitnessstudio laufen oder stundenlang joggen. Es reichen auch kleine Sportübungen. Hauptsache, du bewegst dich.

Hier sind Ideen für deine Minifitnessübungen:

- Mache ein paar leichte Yogaübungen.
- Höre dein Gute-Laune-Lieblingslied und bewege dich dazu.
- Dehne und strecke dich.

Dieses Workbook! Übung 17 kommt genau zum richtigen Zeitpunkt. Ich muss schmunzeln, weil ich den ersten Punkt bereits erledigt habe. Für Punkt zwei stelle ich mich mit geraden Schultern, eingezogenem Bauch und einem Lächeln vor den Spiegel des Kleiderschranks. Nachdenklich betrachte ich mich von allen Seiten. Ich muss mir unbedingt ein neues Nachthemd kaufen. Das beige Etwas hängt an mir wie ein Kartoffelsack. Sexy ist anders.

„Du hast kein Geld für ein neues Nachthemd", werde ich von meinem inneren Kritiker unterbrochen.

„Ich entscheide, für was ich mein Erspartes ausgebe."

Ich gehe näher an den Spiegel heran und stelle fest, dass mir wie gestern auch heute noch meine blauen Augen am besten gefallen.

„Meinst du nicht, du solltest ein anderes Körperteil nennen?", mischt sich Hugo ein.

„Warum?"

„Weil du dich nur auf deine Augen konzentrierst."

„Ich mag sie", erwidere ich geduldig.

Das Konzentrieren auf etwas Positives verdrängt das kritische Gedankengemetzel in meinem Kopf, und so fällt es mir leicht, gleich zum dritten Punkt zu gehen. Aber Yoga? Nur mit Annika! Dehnen? Na ja. Unter all den Minifitnessübungen ist es der Gedanke an Musik, der ein warmes Gefühl in mir auslöst. Ich wollte mich wieder besser um meinen Körper kümmern und mehr Sport treiben. Tanzen ist doch auch Sport, oder?

„Tanze durch dein Leben", singt die innere Stimme, und ich werfe mir einen strahlenden Blick im Spiegel zu. Da ist eine verzückte Vorfreude, ein Kribbeln, das sich in mir ausbreitet. Dieses Mal werde ich mich nicht von meinem inneren Kritiker vom Tanzen abhalten lassen.

Aber, oh Schreck! Ich habe gar kein Lieblingslied. Erneut zücke ich das Handy und befrage Mister Suchmaschine. „20 positive Lieder, die dich happy machen", „65 Songs, die gute Laune in dein Leben bringen", „Playlist: die besten Gute-Laune-Songs", „Songs gegen den Corona-Frust", „Die besten Hits aus jedem Jahr und für jede Stimmung" und so weiter und so fort. Ich scrolle durch die Musiklisten, die ins Unendliche zu gehen scheinen. Ich höre in verschiedene Titel hinein und versuche zu erfühlen, ob mich die Rhythmen und Texte berühren. Englisch, Deutsch, Französisch, Spanisch?

Hilfe! Bereits eine halbe Stunde später bin ich heillos überfordert, weil Mister Suchmaschine so schlau ist. Und ich wieder einmal weiß, dass ich nichts weiß. Der Markt bietet so viele faszinierende Songs. Nach meiner ausgiebigen Recherche bin ich zumindest von einer Sache überzeugt: Eine Musik-App muss her! Und zwar so schnell wie möglich, damit ich mir eine persönliche Luisa-Gute-Laune-Playlist erstellen kann. Ja, das ist es! Erneut befrage ich das Internet und nehme verschiedene Musik-Streaming-Anbieter unter die Lupe. Auch hier fühle ich mich schnell wie Jane im Dschungel. Nur ohne Tarzan. Kostenlose Apps mit Werbeunterbrechungen und leider einer geringeren Auswahl an Songs, die natürlich nur online nutzbar sind. Oder die komplett sorgenfreie Variante mit dem kostenpflichtigen Abo. Musikdownloads, Offline-Modus, gute Qualität.

Mein Herz wummert in der Brust. Es ist ein eindeutiges Indiz dafür, meinem Bauchgefühl zu folgen. Ich klicke auf die zahlungspflichtige Variante und freue mich wie ein kleines Kind.

„Was machst du da?", höre ich die mahnende Stimme im Ohr.

„Ich tippe meine Kreditkartennummer ein."

„Was? Bist du verrückt? Du bist arbeitslos."

„Aber ich brauche eine Gute-Laune-Playlist."

„So ein Quatsch! Du hast kein Geld."

„Ich weiß. Ist mir egal."

„Hör dir Musik bei Youtube an."

„Nein! Ich will mir die Musik jederzeit anhören können, auch offline."

„Du bist zu anspruchsvoll."

Mist! Ich stecke in der Zwickmühle, in der keine Option befriedigend ist. Ich muss Geld sparen, weil ich keinen Job habe. Aber einen neuen Job finde ich nur, wenn ich gut drauf bin. Und Musik trägt einen wesentlichen Teil dazu bei. *Was für ein Teufelskreis!* Ich verfalle in ein altes Verhaltensmuster, möchte aufgeben und mich am liebsten im Bett verkriechen.

In diesem Moment gibt mein Handy ein Pling von sich und ich zucke zusammen. Es ist eine typische Annika-Nachricht.

Guten Morgen meine liebe Luisa, tu nicht immer, was dein Kopf dir sagt, sondern schließe deine Augen und höre auf dein Herz.

Höre auf dein Herz? Wenn das mal so einfach wäre.

Mit gerunzelter Stirn schicke ich ihr ein lachendes Emoji zurück, damit sie sich keine Sorgen macht und nicht anruft. Am Telefon würde sie sofort meine Stimmung heraushören, womöglich umkehren und dann auf der Arbeit Ärger meinetwegen bekommen. Unter keinen Umständen möchte ich ihr noch mehr zur Last fallen. Tu nicht immer, was dein Kopf dir sagt, denke ich. Ich schließe die Augen und versuche, Kontakt zu dem viel zu lange vernachlässigten Muskel im Brustkorb aufzunehmen. Meinem Herzen! Es ruft mir zu, dass es tanzen will, und es wirbelt bereits mit ausgestreckten Armen durch das Zimmer. Ich spüre, wie meine Füße mitzappeln. Und meine Beine. Und meine Hände. Mein Körper will sich bewegen, und ich kann nichts dagegen tun. Musik macht mich glücklich. Musik ist wie ein Zündmittel, das mein Herz explosionsartig strahlen lässt. Vom Ohr direkt ins Herz und nicht in den Kopf.

Als ich schließlich vorsichtig die Augen öffne, durchbohrt mich Hugo mit seinem Blick. Er will partout nicht, dass ich Geld ausgebe. Ich denke an die beiden Stimmen in mir, die in ständigem Kampf miteinander sind. Doch endlich hat mein Herz gewonnen, und ich bereite gedanklich meine Abschiedsrede für diesen Miesepeter vor.

„Lieber Hugo. Komm damit klar, dass ich etwas Neues ausprobiere. Ich kann keine Rücksicht auf deine Ängste nehmen. Es sind deine Ängste, nicht meine. Hörst du! Bye, bye", sage ich entschieden und tippe auf „Vertrag abschließen". Mein Puls schießt wie eine Leuchtrakete in die Höhe, während sich die App installiert. Dann klicke ich mich als Anregung durch die Charts, durchforste verschiedene Alben und schiebe den einen oder anderen Song, der mein Herz zum Hüpfen bringt, in meine Luisa-Gute-Laune-Playlist, bis ich finde, dass die Auswahl fürs Erste reicht. Ich krame den Bluetooth-Kopfhörer aus einem der Umzugskartons, lege das Handy auf den Schreibtisch und starte in voller Lautstärke vor dem Spiegel den ersten Titel. Manchmal muss es eben laut sein, damit ich das Geplapper im Kopf übertönen kann.

Ich lasse die Hüften kreisen, fühle mich leicht, lebendig und selbstbewusst. Ich mag sogar die Person im Spiegel. Meine Bewegungen werden schneller und passen sich der Musik an. Anstatt mich deprimiert im Bett zu verkriechen, tanze ich. Jippii! Und es macht Spaß. Meine Arme zappeln vor mir im Rhythmus mit, schießen in die Höhe, um Schwung zu holen. Dann drehe ich mich um die eigene Achse, gehe vor und wieder zurück und singe mit. Die Musik ist wie Strom, der vom Kopf bis in die Fußspitzen fließt. Mit meinen Fingern berühre ich die schmerzende Nackenmuskulatur und erkenne, dass der harte Knubbel unter der Haut kleiner geworden ist. Mit leichtem Druck versuche ich, die Verhärtung mit kreisenden Bewegungen aufzulockern, tanze und singe dabei weiter.

Mir rinnt der Schweiß über das Gesicht und meine Wangen glühen, weil ich mich so lange nicht bewegt habe. Mein Herz pumpt das Blut in Höchstgeschwindigkeit durch die Adern. Ich fühle mich leicht, doch ganz tief in mir lauert schon wieder die Angst, dass ich dieses Glücksgefühl nicht verdient habe. Ich habe Angst, dass es jeden Moment vorbei sein könnte. Ist das nicht verrückt? Von einer Sekunde auf die nächste schaltet sich mein Kopf ein. „Weg, weg mit euch fiesen Gedanken!", rufe ich und versuche, die aufkommenden Zweifel mit einer Handbewegung zu verscheuchen. Ich konzentriere mich auf die schönen Klänge in meinen Ohren, summe mit und singe: „Also nimm ein Bad, als wär's das letzte Bad, uh-uh-uh …" Auf geht's!

Bewusst entscheide ich mich, das Handy hier im Zimmer zu lassen und flattere ins Badezimmer. Dort beobachte ich voller Vergnügen, wie die Wanne mit duftendem Lavendelschaum vollläuft. Als ich ins Wasser eintauche, werde ich von der Wärme wie eine schützende Decke umhüllt. Ich lasse los und fühle mich in diesem Moment völlig frei. Die beruhigenden Knistergeräusche holen meine Kindheit zurück. Weihnachtsmannähnliche Rauschebärte und lustige Schaumfrisuren. Und da habe ich auf einmal eine große Erkenntnis: Ich kann mir selbst alles geben, was ich von Männern erwarte. Liebe fängt bei mir an.

Mit kreisenden Bewegungen verteile ich das Duschgel langsam auf der Haut und massiere das Shampoo ein. *Weil ich es mir wert bin*, steht auf der Rückseite der Verpackung. Ich bin wertvoll und für mein Glück verantwortlich. Niemand anderes. Wenn ich glücklich bin, muss auch Annika sich keine Sorgen mehr machen. Selbstliebe nimmt die negative Erwartungshaltung und Spannung aus allen Beziehungen und schafft so Frieden im menschlichen Miteinander. Wäre ich noch mit Tristan zusammen, wenn ich diese Erkenntnis bereits früher gehabt hätte?

Schluss! Vergangenheit ist Vergangenheit. Jetzt kommt meine Zukunft.

Ich koste ein paar weitere Minuten die wohlige Wärme aus, bis ich schließlich eingecremt, geföhnt und mit Bademantel vor meinen Umzugskartons stehe. Ich stelle sie nebeneinander in dem kleinen Zimmer auf, sodass ich mich kaum noch bewegen kann, öffne einen nach dem anderen und hebe gefaltete T-Shirts, Blusen, Pullover und Hosen heraus, um sie ordentlich auf dem Bett zu stapeln. Was für eine Verschwendung, denke ich traurig. Ich habe so viele Klamotten, die ich seit Monaten nicht getragen habe und mit denen ich mich vor Corona schön, selbstbewusst und sexy gefühlt habe. Ich muss unbedingt ausmisten.

Und dann habe ich eine weitere Erkenntnis: Es hängt alles zusammen! Hübsche Kleidung steigert mein Selbstbewusstsein. Dadurch wird mein innerer Kritiker zurückgehalten. Mal sehen, ob das stimmt. Die Wahl fällt auf eine dunkelblaue Jeans und eine dunkelgrüne Bluse, die, wie ich finde, sehr weiblich an mir aussieht. Der Look hebt meine blauen Augen und meine locker auf die Schultern fallenden Haare hervor. Ich fische noch einen braunen Ledergürtel aus einem anderen Karton, und mit ein wenig Kajal und Mascara begrüße ich mich zufrieden im Spiegel: „Hallo, Luisa, ich habe dich lange nicht mehr gesehen.“

Musik hat Zauberkräfte! Da bin ich mir nun ganz sicher. Auch mein Nacken pickst durch das Tanzen und das warme Bad weniger.

„Nur arrogante Frauen schminken sich", unterbricht Hugo meine Begeisterung.

„Was? Wo kommst du denn schon wieder her?" Ich schlucke.

„Wofür musst du dich aufbrezeln, wenn du keinen Mann willst?"

Hugo, willst du etwa sagen, dass ich ein Flittchen bin? Aber ich stelle die Frage nicht laut, sondern entscheide mich innerhalb einer Millisekunde dafür, seinen negativen Einwurf unkommentiert zu lassen. Diese sinnlosen Diskussionen aktivieren nur die Gedankenspirale. Ich werde den Plagegeist neutralisieren und bin froh, dass ich meine selbstkreierten negativen Gedanken auf frischer Tat ertappt habe. Ich weiß, dass sie sich nur so verändern lassen – mit einem positiven Gegenargument.

„Ich will für mich selbst hübsch sein, weil ich es mir wert bin", erwidere ich selbstbewusst und denke lächelnd an die Shampoowerbung.

„Pah!", antwortet er noch einmal und knirscht mit den Zähnen. Ich höre bereits, dass die Kraft in seiner Stimme nachlässt.

Gibt er etwa klein bei? Ich stelle mir vor, wie er schrumpft. Wie ein aufgeblasener Ballon, in den man eine Nadel gestochen hat. Peng! Bye, bye Hugo!

Dann ist er verschwunden. Einfach weg. Und mit ihm meine negativen Gedanken. Das ging schnell, denke ich glücklich und fühle mich befreit. Wie es wohl mit den Übungen weitergeht?

Neugierig öffne ich das Workbook auf dem Handy.

Übung 18: Weil du es dir wert bist!
Denke immer daran: Du bist der wichtigste Mensch in deinem Leben.

Hast du in der letzten Übung gespürt, dass eine schöne Morgenroutine mit positiven Gedanken und Bewegung dir Flügel verleiht? Das ist Selbstliebe. Geh auch weiterhin achtsam und liebevoll mit deinem Körper um, denn mit ihm verbringst du dein gesamtes Leben. Hier eine Auswahl. Kein Muss.

- Trinke vor dem Frühstück ein Glas warmes Wasser mit Zitrone. Zitronenwasser hemmt Entzündungen, fördert die Verdauung und hilft beim Abnehmen.
- Ernähre dich gesund. Es darf aber auch das Stück Kuchen oder der Riegel Schokolade sein, denn Essen soll Spaß machen. Iss intuitiv. Das heißt: Horche in dich hinein. Dein Körper weiß, was er braucht.
- Trinke mindestens 2-3 Liter Wasser pro Tag. Das macht schöne Haut, hält fit und gibt dir Energie.
- Sei dankbar für das fließende Wasser unter der Dusche. Mache daher diesen Akt zu etwas Besonderem. Nimm den Duft deines Duschgels und Shampoos wahr. Trockne dich bewusst ab und nimm dir Zeit für das Eincremen.
- Geh täglich an der frischen Luft spazieren. Natürlich darfst du auch einmal einen gemütlichen Sofatag einlegen.
- Raus aus dem Gammellook. Zieh dir auch zu Hause etwas Schickes an. Wie wär's mit neuer Unterwäsche?
- Schminke dich leicht.

Füge gerne weitere Punkte hinzu, die deinem Körper guttun. Weil du es dir wert bist!

„Weil du es dir wert bist! Nein! Weil ich es mir wert bin!", trällere ich. Endorphine hüpfen aufgeregt in meiner Brust auf und ab. Ich muss diese Übung unbedingt jetzt machen und beschließe, meine Klamotten später zu sortieren und auszumisten.

Mit dem Handy, dem goldenen Notizbuch und dem Kugelschreiber schlendere ich in die Küche. Auf dem Tisch steht eine mit Frischhaltefolie abgedeckte Kuchenform, auf der ein gelbes Post-it klebt.

Für dich, Süße. Bananenkuchen.

Ich lächele dankbar in mich selbst hinein. Was für eine wundervolle Freundin ich doch habe! Annika hat es heute Morgen in aller Herrgottsfrühe noch fertiggebracht, einen Kuchen zu backen. Ich nehme die Folie ab, und sofort strömt ein himmlischer Duft in meine Nase. Ich schneide ein großes Stück ab und beiße herzhaft hinein. Mein Appetit ist endlich zurück, und ich freue mich, dass Essen nicht mehr länger nur etwas Zweckmäßiges ist, das ich tue, um nicht zu verhungern. Während ich warte, dass die Kaffeemaschine zischend mit meinem Lieblingsgetränk fertig wird, schalte ich das kleine Radio auf der Fensterbank ein. Nein Luisa, vergeude keinen Gedanken an diesen Mistkerl, befehle ich mir. *Shake it Off.* Wie zur Bestätigung schüttele ich meinen Kopf und die Hände, um jegliche Erinnerungen an Tristan zu vertreiben.

Annika ist die beste Freundin auf der ganzen Welt. Vor Rührung steigen mir Tränen in die Augen, und ich schreibe ihr wie gestern eine Dankesnachricht. Dann setze ich mich an den Tisch, trinke meinen Latte macchiato und drücke das Notizbuch an die Brust. „Hallo, liebes Buch. Dank dir hält sich seit ein paar Tagen der Newsjunkie in mir im Zaum. Ich habe es geschafft, nicht noch im Bett Nachrichten zu lesen oder durch Instagram und Facebook zu scrollen." Am liebsten würde ich das Handy auch vom Nachttisch verbannen. Aber wie soll ich dann das Workbook am Morgen lesen? Und wie werde ich geweckt?

Grübelnd blättere ich durch die Seiten und bleibe auf magische Art bei Punkt drei auf meiner Entscheidungsliste hängen: *Ich werde den Fokus auf die Lösungen und nicht auf die Probleme richten.*

Das ist es, sage ich und tippe mit der Hand gegen die Stirn. Erstens: Ein analoger Wecker muss her. Zweitens: Ich werde das Workbook nicht mehr im Bett lesen und morgens einfach die alten Übungen wiederholen, da ich sie ins goldene Notizbuch abgeschrieben habe. Kein Handy nach dem Aufwachen!

„Wie lange dir das wohl gelingt?", fragt Hugo mit einem höhnischen Lachen.

Wieder schleicht er sich an wie ein Raubtier. Gefährlich leise beobachtet er mich, bis er brüllend zuschlägt. Doch ich bin bereit zum Angriff und habe dazugelernt.

„Stopp!", sage ich mit herausgefahrenen Krallen und spüre, wie allein durch diese fünf Buchstaben meine negativen Gedanken unterbrochen werden. Ich werde standfest bleiben und beschließe, die letzten beiden Übungen ins Notizbuch zu schreiben, so quasi als Anti-Handy-Vorsorge. Und wenn ich schon dabei bin, erstelle ich mir noch gleich meine persönliche Morgenroutine. Auf Papier. Ich werde dieses Experiment eisern durchziehen. Kein Handy mehr am Morgen! Ich verputze die restlichen Krümel auf dem Teller, trinke den letzten Schluck Kaffee und los geht's.

Luisas Morgenroutine
1. *Direkt nach dem Aufstehen das Blatt Papier vor dem Bett mit den drei Affirmationen über mich laut vorlesen.*
2. *Ein Körperteil vorm Spiegel nennen, das ich an mir mag. (Ja, Hugo. Es darf auch immer das gleiche sein. Also sei still!)*
3. *Ein Glas warmes Wasser mit Zitrone vor dem Frühstück*
4. *Playlist und 15 Minuten Tanzen*
5. *Frühstücken*
6. *Genug Wasser trinken*
7. *Übungen im Notizbuch wiederholen, um das Gelernte zu festigen*
8. *Keinen Schlabberlook mehr tragen*

9. *Schminken, wenn mir danach ist*
10. *An die frische Luft gehen*
11. *Handy so lange wie möglich ausgeschaltet lassen*
12. *Workbook*

Ich klappe das Notizbuch zu, räume das Geschirr in die Spülmaschine und schalte das Radio aus.

„Du bist so dumm! Du hast das Zitronenwasser vergessen. Genug getrunken hast du auch nicht", tadelt mich mein innerer Kritiker.

Ich zucke zusammen. Zum Vorschein kommt wieder das Monster, das wie aus dem Nichts emporsteigt und mir meine Schwächen vor Augen führt. Ich möchte lauthals mit mir schimpfen, so wie ich es gewohnt bin. Aber soll die Morgenroutine nicht positive Gefühle in mir auslösen? Ansonsten wäre sie doch nur ein weiteres nerviges To-do am Morgen. Nein! Meine Morgenroutine soll Spaß machen. Wieder einmal sehe ich ein, dass es Zeit braucht, bis sich neue Verhaltensweisen im Gehirn verankern. „30 Tage mindestens", sage ich lächelnd, und sofort verstummt das höhnische Lachen im Kopf. Ich spüre eine unendliche Erleichterung. Ich war kurz davor, auf das alte Pferd im Karussell aufzuspringen, doch ich habe schnell die rote Notbremse gezogen. Jetzt sitze ich in der Kutsche und entspanne mich. Morgen denke ich bestimmt an das Zitronenwasser. Für heute reicht Leitungswasser.

Satt und durch das Wasser erfrischt fällt mir ein, dass ich doch meine Klamotten in Felis Kleiderschrank einsortieren und ausmisten wollte. Das Aufschreiben meiner Morgenroutine hat Platz für neue Gedanken gemacht. Ich glaube fest daran, dass ein wenig Ordnung im Außen auch zur Ordnung im Innen führt. Und das kann ich wirklich gut gebrauchen.

Doch ein paar Minuten später stehe ich überfordert vor den Umzugskartons und betrachte die Stapel auf dem Bett. Ich schlucke, als ich fast andächtig ein wunderschönes dunkelgrünes Sommerkleid betrachte. Der Stoff fühlt sich weich an, und ich frage mich, ob es jemals wieder zu mir passen wird.

„Du bist unsexy und unsportlich", setzt mein innerer Kritiker seine Tirade an, als ich es vor meinen Körper halte und mich im Spiegel betrachte. Gedankenverloren hänge ich es auf die Kleiderstange und andere Schmuckstücke in passender Reihenfolge daneben. Die Kleider passen nicht mehr zu mir. Sie sind schön und ich bin …

Stopp! Ich bin auch schön!

Doch in der nächsten Sekunde bin ich ein weiteres Mal entmutigt. Ich fische Teile aus dem Karton, die ich nicht mehr trage, die mich aber an schöne Zeiten erinnern. Hat es Sinn, Kleidung aus nostalgischen Gründen aufzubewahren oder weil ich glaube, sie irgendwann einmal wieder anzuziehen? Gefrustet setze ich mich neben die T-Shirts, Blusen und Pullover auf das Bett und frage erneut das Internet um Rat, indem ich „Richtig Ausmisten" in die Suchmaschine eingebe.

Fünfzehn Minuten später habe ich eine Antwort. Eine japanische Beraterin und Bestsellerautorin hat die ultimative Lösung und 999 andere wütige Aufräumlieschen auch. Bei meinen Recherchen stoße ich sogar auf Ausmistberater. Ob das so eine Art Personaltrainer wie beim Sport ist, eben nur für den Kleiderschrank? Ich halte die Luft an und bin kurz davor, in ein hysterisches Gackern auszubrechen. Kann mich aber zusammenreißen. *Alles kann weg, was in den letzten Monaten nicht getragen wurde.* Alles? Ich beiße mir auf die Lippen und breche drei Sekunden später in einen Lachkrampf aus. Mit beschleunigtem Puls und einer heftigen Nackenschmerzattacke versuche ich, gegen die aufsteigenden Tränen anzukämpfen. Und wieder rollen die Geschehnisse aus der Pandemiezeit wie ein Tsunami auf mich zu. Meine Fehlgeburt. Tristans Abwesenheit. Arbeitslos. Wohnungslos. Ich spüre, wie sich die Tränen allmählich in Wut verwandeln. Wenn es nach den Tipps für Ordnung im Kleiderschrank ginge, dürfte bis auf meine Jogginghose und ein paar ausgeleierte Unterhosen nichts mehr übrig bleiben.

Unbeirrt hinterlasse ich auf der Seite eine gepfefferte Antwort, in der ich darauf hinweise, dass man doch bitte schön die Tipps an die aktuelle Lage anpassen könnte. Wer hätte denn in den letzten Monaten Spitzenunterwäsche, Pumps und Blüschen zu Hause getragen? Außer man besaß das Glück und hatte einen Job im Homeoffice. Und wen interessierte die Region unterhalb der Taille? Wofür braucht man eigentlich noch schöne Hosen und Röcke? Obenrum Mundschutz, untenrum nackt. Ich schreibe mir die Wut von der Seele und frage, ob die Tipps auch für arbeitslose Loser wie mich gelten würden.

Verdammt! Ich habe im letzten Jahr nicht gearbeitet, und nicht einmal eine klitzekleine Minivideokonferenz war mir vergönnt. Für wen hätte ich mich in Schale werfen sollen? Für Tristan? Ich war ihm doch völlig egal!

Während ich auf Senden klicke, wird mir bewusst, dass ich möglicherweise gerade ein bisschen überreagiert habe. Dennoch ist mir etwas leichter ums Herz. Wut tut gut! Annika hat wie immer recht. Nur leider habe ich sie wieder an der falschen Stelle herausgelassen.

Eine weitere Erkenntnis schlägt ein wie ein Blitz und ich erinnere mich an die letzte Übung. *Zieh dir auch zu Hause etwas Schickes an.* Ab sofort trage ich wieder meine hübsche Unterwäsche, weil sie mir Selbstbewusstsein gibt. So wie früher. Denn ich bin dafür verantwortlich, wie ich mich fühlen möchte. Natürlich kann ich sie auch für besondere Momente aufbewahren. Aber soll nicht jede Sekunde meines Lebens schön sein?

Jetzt juckt es mir in den Fingerspitzen. Ich möchte heute etwas schaffen und meine gesamten Klamotten einräumen, sortieren und ausmisten. In einem Anfall von Ausmistwut liegt nun die komplette Kleidung auf dem Boden. Zuerst lege ich die bereits gefalteten Stapel vom Bett ordentlich in die Fächer. Dann hocke ich mich hin, krabbele in alle Richtungen, nehme jedes Teil in die Hand und frage mich: Gefällt es mir noch? Werde ich es je wieder tragen? Was soll es mir geben? Ist die Antwort nein, weg damit. Rigoros ziehe ich das mit jedem Teil durch und verteile Stapel auf dem Bett, dem Schreibtisch und dem Boden. Ich schwitze und bin bald in einem fast tranceartigen Flow. Vor mir liegt mein letztes Jahrzehnt. Es fühlt sich so an, als würde ich alte Fotos durchforsten.

Nach einer Stunde habe ich alle Klamotten durchgesehen. Die kleinen Berge sind für den Kleiderschrank und der große vor dem Schreibtisch für den guten Zweck. Ausmisten macht glücklich und befreit den Kopf. Apropos Plagegeist? Wo ist er eigentlich hin? Es ist verdächtig still. Habe ich ihn etwa mit meinem Tatendrang verschreckt?

Doch so seltsam es klingt: Wenn er nicht wäre, hätte ich die Klamotten nicht so schnell sortiert. Sein Meckern feuert mich auf gewisse Weise an. Kann er ein Antreiber sein? Im positiven Sinne?

Wie dem auch sei: Die neue Luisa beschließt, sich heute richtig schick anzuziehen. Für sich selbst. Ich tausche die Jeans gegen einen dunkelblauen Rock, ziehe eine hellbraune Strumpfhose an und betrachte mich erneut im Spiegel. „Fertig ist die neue Luisa. Und jetzt ein Päuschen zur Belohnung."

Kein Gemecker? Fantastisch!

Mit dem zweiten Latte macchiato an diesem Dienstagvormittag setze ich mich im Wohnzimmer auf das Sofa, ziehe den Hocker heran und lege die Füße darauf. Ich nehme einen tiefen Atemzug. Und noch einen. Kleine Auszeiten sind wichtig. Enorm wichtig, um es einmal mit den Worten von Frau Schuster auszudrücken.

Die Ruhe berührt mich so sehr, dass vereinzelte Tränen kommen. Und während ich am Milchschaum nippe, geht mein Blick ins Leere. Ich sitze ruhig auf dem Sofa, mache einfach gar nichts und habe kein schlechtes Gewissen. Keiner, der mir sagt, dass ich faul bin. Denn das stimmt nicht. Und dann fühle ich den Schmerz über meine verlorengegangene Beziehung, die enttäuschten Erwartungen, die Zweifel, die Ängste vorm Alleinsein, die Sinnlosigkeit des Seins. Nun laufen Tränen in Strömen über meine Wangen. Sie sind nicht laut und verzweifelt, sondern leise und bereinigend. Der Knoten in meiner Brust löst sich, und die Anspannung lässt nach.

Ich genieße noch ein wenig diese Leichtigkeit und verschwinde dann im Bad. Dort wasche ich mir die verlaufene Mascarasuppe ab und schminke meine Augen neu. Ein Bimmeln in Felis Zimmer durchbricht die Stille. Vorbei ist es mit Ruhe und Frieden. Ich sprinte los, um dem nervtötenden Klingeln ein Ende zu bereiten.

„Hallo", sage ich und halte das Handy ans Ohr.

„Guten Tag, Frau Sommer. Engel hier, vom Arbeitsamt."

„Oh! Guten Tag, Frau Engel."

„Leider konnten wir Sie bisher telefonisch nicht erreichen, und Sie haben sich nicht zurückgemeldet", sagt sie mit schneidender Stimme, und ich höre, wie ihre Fingernägel auf der Tischplatte herumtrommeln. Oder ist es die Tastatur?

„Ja, ich weiß", erwidere ich. „Tut mir leid."

„Ich kontaktiere Sie heute, weil Sie noch als arbeitssuchend registriert sind."

„Richtig."

„Leider mussten wir Ihren Anspruch auf Arbeitslosengeld kürzen."

Kürzen? Ich schlucke. Sperren wollten Sie wohl sagen.

„Sind Sie immer noch an einer neuen Arbeitsstelle interessiert?"

Nein, wie kommen Sie darauf? Ich habe in der Zwischenzeit im Lotto gewonnen.

„Ja", antworte ich tonlos, und das Klackern ihrer Fingernägel verstummt.

„Sie haben bereits mehrere Jobangebote abgelehnt. Sie wissen, dass es nun langsam Zeit wird, sich um Ihre Zukunft zu kümmern?"

Plötzlich taucht wie aus dem Nichts meine To-do-Liste auf und hüpft wie eine Flipperkugel gegen meine Schädeldecke.

„Natürlich, Frau Engel. Das weiß ich", antworte ich mit brummendem Kopf.

„Also, fassen wir zusammen: Sie wollen arbeiten?"

„Klar."

„Dann habe ich hier genau das Richtige für Sie. Entscheiden Sie sich bitte bis nächsten Montag."

Nachdem das Telefonat beendet ist, kicke ich die Klamottenberge vom Bett und krieche unter die Decke. Meine Gedanken überschlagen sich, und meine gute Laune sinkt von einer Sekunde zur nächsten in den Keller. Wie ein Wetterumschwung in den Bergen oder auf hoher See. Der Radau ist in meinem Kopf zurück. Gedankenverloren starre ich vor mich hin. Ein Job beim Gesundheitsamt? Kontaktnachverfolgung? Ist das ein Witz? Ich soll Kontakte nachverfolgen? Auf Virusjagd gehen? Ausgerechnet ich? Dabei verfolgt Corona mich doch seit zwei Jahren. O-Ton von Frau Engel: Stewardessen seien durch ihr freundliches Auftreten besonders geeignet für diesen Job. Das Arbeitsverhältnis könne nach einem Jahr nahtlos in ein unbefristetes übergehen.

Ist es nicht das, was ich wollte? Einen geregelten Job mit festen Arbeitszeiten? Müsste ich nicht vor Freude über diese frohe Botschaft des Arbeitsamtengels in die Luft springen? Aber da ist kein Kribbeln im Bauch, noch nicht mal ein winzig kleines.

Irgendwann drehe ich den Kopf, und mein Blick bleibt an der Entscheidungsliste hängen. So habe ich mir das mit den Veränderungen nicht vorgestellt. Ich greife nach Felis orangenem Glücksbärchi und berühre mit den Fingerspitzen das rote Herz auf dem plüschigen Bauch. Dann drücke ich den Teddy fest an meine Wange und schließe die Augen. Das weiche Fell tröstet mich, und es ist, als würde von irgendwoher eine leise Stimme zu mir sprechen: „Hör auf dein Herz."

„Ich versuche es ja, aber schaffe es einfach nicht", antworte ich.

„Oh doch, du schaffst es."

Wieder ist da dieses Dröhnen in meinem Kopf, so als würde ein Flugzeug ganz nah neben mir abstürzen.

„Was passiert, wenn du nur auf deinen Kopf hörst?", säuselt die sanfte Stimme.

„Ich weiß es nicht."

„Dann bleiben deine Träume nur Träume, und zurück bleiben Leere und Sehnsucht."

„Aber was sind meine Träume?"

„Du kennst sie bereits. Schließe deine Augen und hör in dich hinein. Von was hast du als Kind geträumt?"

Mit geschlossenen Augen denke ich an die kleine Luisa. Was waren ihre Träume?

Ich habe sie vergessen.

„Atme tief. Die Träume der kleinen Luisa sind die Träume deines Herzens. Das ist es, was dich wirklich glücklich macht", unterstützt mich die liebliche Stimme.

Ich nehme einen langen Atemzug und schaffe es, tief in mir diese magische Tür zu finden. Ich öffne sie und stehe erneut auf einer grünen Wiese mit Sonnenblumen. Ich denke an Annikas Worte von gestern Abend. *Das Glück liegt in dir selbst und dafür brauchst du niemanden.*

Ich öffne die Augen und genieße es einfach nur, hier zu sein. Das Bett ist weich, ich habe ein Dach über dem Kopf und mein Puls hat sich beruhigt. Ich habe zwar immer noch keine Ahnung, was meine Träume sind, dafür empfinde ich aber eine warme Dankbarkeit, einen Rückzugsort bei Annika zu haben.

„Danke", flüstere ich der Wohnung zu und drücke den Teddy fester an mich. Ich habe meinen Tatendrang von eben wiedergefunden und möchte unbedingt mit dem Workbook weitermachen.

Übung 19: Lies ein Buch zum Thema „Glück".
Mach erst mit den Übungen weiter, wenn du es komplett durchgelesen hast.

Bääm! Etwas hat sich in mir verändert. Normalerweise hätte mein innerer Kritiker längst schreiend seine Meinung kundtun müssen, dass ich die Sache mit dem Glück doch vergessen solle. Und wo ist meine Panikattacke wegen des Klamottenchaos auf dem Boden? Nichts passiert. Es ist still im Außen und im Innen. Mir wird nicht übel, wenn ich das Wort Glück höre. Doch da es anscheinend nicht von allein zu mir kommt, wird es höchste Zeit, die Sache selbst in die Hand zu nehmen. Weil ich es mir wert bin! Bestimmt werde ich im Buchladen meiner Mutter ein passendes Buch finden. Denn mit Glück beschäftigt sich die ganze Menschheit.

Ich schaue auf die Handyuhr. Oh Schreck! Bald dreizehn Uhr. Der Vormittag ist in Windeseile vergangen, und ich beschließe, heute Abend aufzuräumen. Voller Elan steige ich aus dem Bett, streiche Rock und Bluse glatt und mache mich auf den Weg zu meiner Mutter.

15
Aus Samen entstehen Blumen

Dienstag, 11. Januar

Hallo Frau Sommer, liebe Luisa, ich habe eine Lieferung für den Buchladen entgegengenommen, bis später, Ben.

Ich stehe vor dem Buchladen, lese den von außen an die Eingangstür geklebten Zettel und frage mich, ob meine Mutter ihre eigene Lieferung vergessen hat. Richtung Hauptstraße scheint ein hektisches Treiben zu herrschen, das so ruhelos wie vor Corona ist. Ratternde Straßenbahnen, hupende Autos und rumpelnde Lieferwagen.

Das ist so peinlich, denke ich, während meine Füße nervös auf dem Asphalt trippeln. Vielleicht sollte ich Ben in Zukunft aus dem Weg gehen.

„Das solltest du tun, bevor die Beziehung zwischen euch kompliziert wird", bemerkt Hugo.

„Nein", sagt die sanfte Stimme. „Das ist nur der Kopf, der dir das einredet. Schalte ihn aus und fühle in dich hinein."

„Und wie mache ich das?"

„Indem du kurz die Augen schließt und deine Aufmerksamkeit auf deine Körperempfindungen richtest. Was empfindest du, wenn du Ben aus dem Weg gehst?"

„Ich kann doch meine Augen nicht hier vor dem Buchladen schließen." Ich zögere und frage: „Wer bist du?"

„Ich bin die Stimme deines Herzens", kommt die Antwort wie eine zärtliche Berührung.

Diese Information muss ich erst einmal verarbeiten. Habe ich tatsächlich *zwei Stimmen* in mir?

„Ja, hast du", bestätigt mich die sanfte Stimme.

„Wenn du tatsächlich mein Herz bist, wie bekomme ich einen Zugang zu dir?"

„Indem du aufhörst, mich wegzudrücken. Denke an etwas Schönes oder an eine Person, die dir wichtig ist. Schließe für einen Moment die Augen, und wenn es in dir kribbelt, spürst du mich. Dann bist du auf einem guten Weg. Erlaube dir, dass sich das Kribbeln in deinem Körper ausbreitet. Auf diese Weise wird auch die kritische Stimme leiser, weil du ihr keinen Raum mehr gibst."

Ich schließe die Augen, denke an Ben und gebe mir wirklich Mühe, Gefühle zuzulassen.

„Du brauchst keinen Mann", erinnert mich Hugo an meine Entscheidung und unterbricht die Verbindung zu meinem Herzen.

Mit einem „Ja, ich weiß" öffne ich die Augen und puste kräftig die warme Luft in die Kälte hinaus. In meinem Kopf spielt sich ein ganzer Beziehungsfilm ab, so als wolle ich mich vorsorglich schon einmal gegen das Drama schützen, das jede Beziehung mit sich bringt. Am Anfang ist es leicht. Man lernt sich kennen und lacht über die Macken. Man schwört sich Liebe und immer und ewig für den anderen da zu sein. Und dann? Irgendwann taucht ein Problem auf. Nur ein einziges. Dieses stellt alle hundert schönen Momente in Frage. Ab diesem Zeitpunkt ist gar nichts mehr leicht. Ganz im Gegenteil. Man bleibt aus Gewohnheit zusammen und hofft, dass, wenn man nur lange und intensiv genug an der Beziehung arbeitet, alles so wie früher wird. Denn immerhin will man nicht gleich das Handtuch werfen. Doch ab wann ist es genug?

Stopp! Ich will nicht mehr in die Falle der *selbsterfüllenden Prophezeiungen* tappen. Wenn ich jetzt schon davon überzeugt bin, dass Ben nicht gut für mich ist, verhalte ich mich dementsprechend. In diesem Fall werde ich ihn meiden. Will ich das?

Für ein paar Sekunden schließe ich noch einmal die Augen und sehe Ben vor mir. Ein warmes Gefühl flammt in der Mitte meiner Brust auf. Aber ich nehme auch wahr, dass der Spagat zwischen dem, was ich fühle, und dem, was ich denke, sehr anstrengend ist. Ich bin ernüchtert, lasse meinen Blick durch das Rondell kreisen und beobachte die vorbeigehenden Leute. Ich betrachte Eva, wie sie hinter der Theke Kunden bedient. Ich winke ihr zu, allerdings sieht sie mich nicht. Ich bin unsichtbar. Alle sind beschäftigt und haben ihren Alltag.

„Niemand braucht dich", verkündet mein innerer Kritiker.

Ich hebe den Kopf zum Himmel und hoffe darauf, eine Antwort zu finden. Stattdessen macht sich eine tiefe Sehnsucht in mir breit, und ich denke an das Telefonat mit Frau Engel. Wie zum Teufel ist es nur dazu gekommen, dass ich ernsthaft ein Jobangebot zur Corona-Nachverfolgung in Betracht ziehe? Soll ich es annehmen, um endlich wieder einen geregelten Arbeitsalltag zu haben?

„Auf keinen Fall", flüstert die sanfte Stimme.

„Was soll ich bloß tun?"

„Deinem Bauchgefühl folgen, denn es lügt nie."

„Ich fühle mich so wertlos."

„Das bist du nicht."

„Warum empfinde ich es dann so?"

„Weil du glaubst, dass du ohne Vater wertlos bist. Das projizierst du auf Männer. Aber du bist zu jedem Zeitpunkt wertvoll. Ob mit Vater oder ohne. Ob mit Mann oder ohne. Vergiss nicht, dass du eine Mutter hast, die dich liebt und nur dein Bestes will."

Die Stimme meines Herzens tut mir gut, und ein warmer Mantel der Zuversicht legt sich um mich. Die Geräusche der Stadt werden leiser, und wie in Zeitlupe rupfe ich den Zettel von der Ladentür.

Ich drücke auf die Klingel, aber meine Mutter öffnet nicht. Hat sie unsere Verabredung um dreizehn Uhr vergessen? Verloren bleibe ich vor dem Haus stehen. Wo ist sie eigentlich? Schläft sie? Intuitiv krame ich in der Handtasche nach dem Wohnungsschlüssel. Gerade als ich ihn ins Schloss stecke, vibriert mein Handy.

„Hey Süße! Annika hier. Hab gerade Mittagspause. Wie geht's?"

„Hallo, Annika. Alles gut", antworte ich, und ein kleiner Seufzer entfährt mir.

„Was ist los? Du kannst mir nichts vormachen."

Kurz schildere ich ihr die Situation.

„Das ist doch perfekt", schreit sie fast ins Telefon.

„Was ist daran bitte schön perfekt?"

„Tu jeden Tag etwas, was dir Angst macht. Das hat Eleanor Roosevelt gesagt."

„Okay? Und was hat das jetzt mit mir zu tun?"

„Du hast Zweifel vor allem dir selbst gegenüber und Angst. Angst vor der Zukunft. Angst, zu versagen. Angst vor etwas Neuem. Angst vor einer normalen Beziehung. Angst vor dem sympathischen Ben. Angst davor, dass dich jemand nicht schön findet. Angst vor …"

„Ist ja gut, Annika."

„Selbstzweifel überwindest du nur, indem du Selbstbewusstsein aufbaust. Erinnerst du dich daran, dass ich dir gesagt habe, für eine Veränderung reichen kleine Dinge, die du noch nie gemacht hast?"

„Klar!", erwidere ich.

„Luisa, natürlich musst du nicht jeden Tag etwas Neues ausprobieren. Aber je mehr Herausforderungen du dich stellst, umso stärker wirst du dich fühlen und desto mehr Lust wirst du haben, weitere Herausforderungen zu überwinden. Das stärkt dein Selbstbewusstsein, und Hugo hält die Klappe. Manchmal wirst du scheitern. So what? Dann steh auf, richte das Krönchen und geh weiter. Der beste Lehrer ist dein letzter Fehler."

„Und was hat das mit Ben zu tun?"

„Deine Ängste und Zweifel sind wie ein dicker Nebel, der dich lähmt und unfähig macht, Entscheidungen zu treffen", fährt sie fort. „Du haust lieber ab, verkriechst dich in deiner Höhle oder lässt die Dinge über dich ergehen."

„Annika, sprechen wir immer noch von der Bücherlieferung?"

„Auf jeden Fall! Denn du hast selbst Angst, bei Ben zu klopfen, um ein paar Kartons abzuholen. Oder ist er dir etwa wichtiger, als du zugibst?"

„Nein, bestimmt nicht", entgegne ich, weiß aber, dass es nur der halben Wahrheit entspricht.

„Nun gut! Geh rüber und schau, was passiert. Lass die Dinge geschehen, und sie werden geschehen. Setz deine Krone auf und dann ab zu deinem Nachbarn."

Ich will protestieren, öffne den Mund, und schließe ihn wieder. Ich fühle mich ertappt, was mir sehr unangenehm ist.

„Okay", sage ich und tue so, als würde ich sie mir auf den Kopf setzen. „Krone aufgesetzt. Zufrieden?"

„Du tust es für dich, Luisa."

Mir fällt meine Entscheidung wieder ein. Selbstbewusst sieht wirklich anders aus. Hat Annika recht? Haben mich meine Ängste und Zweifel handlungsunfähig gemacht? Ich denke darüber nach.

Aus Angst vor einer Kündigung habe ich lieber geschwiegen, als ich im Flieger eine Hand auf meinem Po spürte. Aus Angst vor einer Trennung lebte ich lieber in dem Wissen, dass Tristan mich betrog. Aus Angst …

„Luisa, bist du noch da?"

„Ja", murmele ich.

„Du bist die Königin in deinem Leben. Nicht Prinzessin. Und jetzt hol die Pakete."

„Geht es auch später?"

„Du kneifst schon wieder. Stell dich gerade hin, Brust raus!"

„Beobachtest du mich etwa, Annika?"

„Nein, aber das ist auch nicht nötig, denn du benimmst dich seit Monaten wie Aschenputtel und genau das hat Tristan ausgenutzt."

Ich will nicht, dass sie mich an ihn erinnert. Jetzt bin ich wütend. Nein, verletzt! Deshalb schweige ich lieber. Doch tief in mir weiß ich, dass sie recht hat. Sie gibt mir den freundschaftlichen Stups, den ich vermutlich brauche.

Die Gedanken an Tristan und die vielen abwertenden Momente, in die ich mich durch Aushalten über zwei Jahre hineinmanövriert habe, lassen sofort meine Nackenschmerzen ansteigen. Ich habe so viel Lebenszeit verloren, weil ich immer Angst vor den Konsequenzen hatte, wenn ich meine Grenzen klar definiere.

„Alles gut, Luisa?"

„Ja, ja", bringe ich mühsam hervor und reibe mir mit der Hand über die schmerzende Stelle.

„Komm Süße! Ich weiß, die Gedanken an Tristan schmerzen. Du bist verletzt. Aber jetzt nimmst du die Körperhaltung einer Königin ein und eroberst dir dein Königreich, dein Leben zurück. Geh rüber, auch wenn du Zweifel hast."

„Annika? Und dann?"

„Aufrecht strahlst du. Probier es aus. Okay?"

„Du lässt mir ja sonst keine Ruhe", antworte ich, und ein leichtes Lächeln breitet sich auf meinen Lippen aus. „Anni, du weißt aber schon, dass ich keinen Mann mehr will."

„Abwarten! Du brauchst nur den Richtigen."

„Und das soll Ben sein?"

Aus den Augenwinkeln heraus sehe ich, wie er aus dem kleinen Backsteinbau nebenan tritt. „Salut Luisa", höre ich seine tiefe Stimme, und in Sekundenschnelle wirbele ich herum. Fröhlich summend kommt er auf mich zu.

Ach, du Schreck! Ob er etwas von der Konversation aufgeschnappt hat? Das wäre mir sehr unangenehm.

„Luisa?", fragt Annika.

„Ben ist gerade aus seiner Weinbar gekommen", flüstere ich. „Und er marschiert geradewegs auf mich zu."

„Toi, toi, toi! Und vergiss nicht, du bist die Superwoman mit Krone. Du schaffst alles. Bis heute Abend."

„Bis heute Abend. Ciao." Wir legen auf.

Es muss eine Gewohnheit von Ben sein, denn plötzlich steht er vor mir und küsst mich erst auf die linke Wange, dann auf die rechte. Corona ist vergessen. Und trotz der eisigen Temperaturen durchströmen mich positive Gefühle wie ein warmer Fluss und hinterlassen ein Prickeln auf der Haut. Ich spüre seinen Atem und frage mich, wie ich seinen frischen Duft einfangen kann. Ich blicke in seine braunen Augen umgeben von langen Wimpern, und das Kribbeln nimmt an Fahrt auf.

„Wie geht's?", fragt er.

Ich will etwas sagen, doch es kommen keine Worte aus meinem Mund. Stattdessen lächele ich ihn an. Lächelt er etwa verlegen zurück?

„Du wolltest bestimmt gerade zu mir, oder?"

„Ja."

„Deine Mutter ist wohl nicht da."

Ich nicke nur.

„Kein Problem! Ich war glücklicherweise da und helfe dir gerne beim Tragen."

„Okay. Danke", antworte ich mit belegter Stimme. „Ich komme gleich zu dir. Vorher schaue ich noch nach meiner Mutter."

„Mach das. Ich freue mich auf dich", sagt er und berührt leicht meine Schulter.

In diesem Moment lacht mein Herz und flüstert mir zu, dass es stolz auf mich ist.

„Bis gleich", antworte ich und empfinde ein tiefes Glücksgefühl.

Ich lächele ihn zum Abschied an, schließe die Eingangstür des Buchladens auf und steige gut gelaunt die Treppen hinauf in die erste Etage.

In der Wohnung ist es still. Daraufhin gehe ich durch jedes Zimmer, um meine Mutter zu suchen. Aber sie ist nicht zu Hause. Ich zücke mein Handy und tippe eine Nachricht.

Hallo, Mama. Wo bist du? Wir waren verabredet. Die Bücherlieferung ist angekommen. Ich hole sie jetzt bei deinem neuen Mieter ab. Kuss, Luisa

Ich erhalte keine Antwort und rufe sie an. Ihr Handy ist ausgeschaltet. Muss ich mir Sorgen machen?

Um vierzehn Uhr stehe ich bereits zum zweiten Mal innerhalb von noch nicht einmal vierundzwanzig Stunden in Bens Weinbar.

„Da vorne ist die Lieferung." Er zeigt an die Stelle vor der Theke, wo die Kartons stehen. „Wie geht es deiner Mutter?"

„Gut, hoffentlich."

„Hoffentlich? Ist sie krank?", hakt er nach.

„Sie war nicht zu Hause. Es tut mir wirklich leid, dass du wegen ihr Arbeit hattest."

„Kein Problem."

„Ich bin ein wenig verwundert, dass sie eine Lieferung erwartet und dann nicht anwesend ist. Sie ist sonst sehr zuverlässig", erkläre ich. „Ich frage mich, wo sie steckt. Auf dem Handy konnte ich sie auch nicht erreichen."

„Mach dir nicht so viele Gedanken. Sie taucht bestimmt wieder auf. Setz dich gerne. Möchtest du etwas trinken?"

„Erst die Arbeit, dann …"

„Das Vergnügen. Du bist aber streng mit dir. Was kann ich dir anbieten, Luisa?"

„Hast du auch etwas anderes außer Wein?"

„Es ist nie zu früh für guten Rotwein", sagt er lachend. „Nein, keine Sorge. Ich fülle dich nicht schon am Nachmittag ab."

Bei jedem anderen hätte ich diesen Satz als plumpe Anmache verstanden, aber seine Art ist so charmant, dass ich nur herzhaft mitlachen kann.

„Magst du Ingwer?"

„Ich liebe Ingwer."

„Dann kann ich dir vielleicht einen meiner Lieblingstees zubereiten. Er ist eine Mischung aus frischem Ingwer und Minze, zwei Zitronenscheiben, Honig und …"

Ich könnte ihm ewig zuhören, wie er die Zutaten aufzählt.

„Möchtest du ihn probieren?"

Was macht Ben nur mit mir? Mein Gehirn fühlt sich an wie Matsch, und erneut hat es mir die Sprache verschlagen. Er kennt sich wirklich gut mit Tee aus. Sicher, dass er eine Weinbar eröffnet?

„Luisa?"

„Einen Latte macchiato, bitte. Ups", ich halte mir die Hand vor den Mund. „Nein, ich nehme auch gerne Tee."

„Also dann zwei Mal Latte. Und vorher gibst du mir bitte noch deine Jacke."

Ich ziehe meine Jacke aus und reiche sie ihm. Er hängt sie an die Garderobe neben dem Eingang, verschwindet dann in der Küche, um kurze Zeit später ein Tablett mit zwei Gläsern vor mir abzustellen. Mit dem besten Milchschaum aller Zeiten.

„Du magst sicherlich ein paar Kekse zu deinem Lieblingsgetränk."

„Woher weißt du, dass ich Latte macchiato liebe?" Ich mache große Augen.

„Luisa, ich sehe es dir an. Schokokekse?"

„Gerne. Ich könnte in Schokolade baden."

Oh je! Ich frage mich, was ich nur für einen Unsinn rede.

„Die sind aus der Bäckerei gegenüber."

„Von Eva?"

„Wer ist Eva?"

„So heißt die sympathische Frau hinter dem Verkaufstresen."

„Ihr duzt euch?"

„Ja, wir uns doch auch", antworte ich neckisch und freue mich, dass ich meinen Humor wiedergefunden habe.

„Stimmt! So macht man das mit Menschen, die einem von Sekunde Null an sympathisch sind." Ein Lächeln tanzt über sein Gesicht.

Ich räuspere mich verlegen und nippe am Schaum. „Sehr lecker", antworte ich.

Wenn der Wein jetzt auch so schmeckt wie der Kaffee, dann …

„Dann ist er dein Traummann", säuselt die gedankenlesende, sanfte Stimme in mir.

„Ohne Maschine zubereitet", sagt er stolz. „Ich benutze die gute alte French Press. Den cremigen Schaum übernimmt der Milchaufschäumer", fügt er hinzu. „Ich möchte mir unbedingt noch so eine professionelle Maschine zulegen. Aber step by step!"

Bens Handy vibriert in seiner Hosentasche. Er wirft einen raschen Blick aufs Display. „Pardon! Nur ganz kurz."

„Bitte", antworte ich und knabbere an einem Keks. Ich beobachte ihn, wie er die Nachricht liest, schnell etwas zurückschreibt und dabei die Stirn runzelt.

„So, bereit für die Kartons?", fragt er schließlich, nachdem er das Handy wieder weggesteckt hat.

„Startklar."

Als ich mich bücke, um einen Karton anzuheben, gibt mein Nacken ein lautes Knacken von sich. Vor Schmerzen lasse ich ihn los, und die schwere Kante knallt mir auf den rechten Fuß. Ich verliere das Gleichgewicht und falle nach hinten gegen einen der Barhocker. Er kippt rumpelnd um, und ich gleich mit. Ein Schrei entfährt mir, und ich weiß nicht, was in diesem Moment stärker schmerzt. Mein Nacken, der Fuß oder der Po? Oder einfach alles zusammen.

Sofort ist Ben an meiner Seite und streicht über meine Schulter. „Alles okay?"

„Ja, alles gut. Danke."

„So etwas passiert natürlich nur dir. Du bist so was von peinlich", zieht mein innerer Kritiker über mich her.

„Das ist mir jetzt wirklich unangenehm", sage ich mit schmerzverzerrtem Gesicht und würde mich am liebsten in Luft auflösen.

Doch Ben lächelt nur und reicht mir seine Hand. Er hilft mir auf, und kaum, dass ich stehe, stolpere ich einen Schritt nach vorne und lande in seinen Armen. Instinktiv hält er mich fest. Obwohl ich völlig überrumpelt bin, höre ich nur mein Herz, das zu mir spricht: „Ich öffne dir neue Türen, zu denen dein Kopf keinen Schlüssel findet."

Anstatt mich von Ben abzuwenden, genieße ich seine Wärme. Ich fühle mich so sicher, geborgen und gehalten wie schon lange nicht mehr, und mein Herz schlägt einige Takte schneller. Für ein paar Sekunden herrscht absolute Stille in der Weinbar. Erst nach einer Weile lösen wir uns voneinander und ein verlegenes Lächeln huscht über unsere Gesichter. Ich laufe rot an, und mein Puls schnellt in die Höhe.

„Setz dich und zeig mal deinen Fuß", sagt Ben und stellt den Barhocker wieder auf.

Oh nein, was hat er vor?

„Darf ich?"

Ich kann gar nicht so schnell antworten, da hat er mir schon den rechten Stiefel vom Fuß gestreift. „Deine Zehen sind geschwollen. Ich hole dir kurz aus der Küche Eis zum Kühlen."

Als er zurück ist, drückt er mir einen Beutel mit Eiswürfeln auf die schmerzende Stelle.

„Tut es sehr weh?", fragt er besorgt.

„Geht schon", lüge ich, damit er Abstand von meinen Beinen nimmt. Denn schnell wird mir klar, was er außer den geschwollenen Zehen noch zu sehen bekommt: die Haarstoppeln meiner unrasierten Beine, die durch die Strumpfhose wie Stacheln eines Igels aufstehen.

„Wieso hast du dich nicht heute Vormittag in der Badewanne noch rasiert?", tadelt Hugo mich.

Da ziehe ich seit einem Jahr mal wieder einen Rock an, und dann so etwas. Ich könnte im Erdboden versinken. Nie wieder Röcke! Aber woher hätte ich denn wissen sollen, dass Ben heute so nah an mich herankommt?

„Ich danke dir. Äh, ich kann übernehmen", sage ich stotternd.

„Vielleicht mache ich dir einen Eimer mit Eiswasser, und du stellst den rechten Fuß dort hinein?"

Was? Auf keinen Fall, denke ich. Dann würde Ben nicht nur meine behaarten Beine sehen, sondern auch meine helle Vampirhaut.

Bevor ich etwas erwidern kann, ist er schon verschwunden. Während ich die Strumpfhose von den Beinen rolle, zücke ich mein Handy. Im Flüsterton nehme ich eine Sprachnachricht für Annika auf und bedanke mich für die aussichtslose Situation, in die ich geraten bin. Noch nicht einmal zwanzig Sekunden später erhalte ich eine typische Annika-Antwort.

Was du denkst, bist du. Was du bist, strahlst du aus. Was du ausstrahlst, ziehst du an. Buddha. Liebe Grüße, deine Anni

Na toll! Das hilft mir jetzt auch nicht weiter und ich tippe zurück: Danke an Buddha und an dich, Gruß Luisa

Gern geschehen, Süße! Irgendwann wirst du wissen, wofür das alles gut ist.

Gerade als ich mein Handy in meiner Handtasche verschwinden lasse, kommt Ben mit einem Eimer anmarschiert.

Das kann alles nicht wahr sein! Da sieht monatelang kein Mann meine Beine und jetzt sitze ich halbnackt vor einem Mann, den ich noch nicht einmal achtundvierzig Stunden kenne. Wenn da mal nicht höhere Mächte ihre Finger im Spiel haben.

Dreißig Minuten später ist die Schwellung abgeklungen. Ben holt mir ein kleines Handtuch, und ich tupfe die Zehen vorsichtig trocken.

Er lächelt mich an. „Was ich dich noch fragen wollte ..."

Oh nein! Jetzt bitte nicht so etwas wie: Kannst du dir vielleicht mal einen Rasierer gönnen?

„Ja?", frage ich zaghaft.

„Gib mir doch einfach mal deine Telefonnummer. Man weiß ja nie, welche unerwarteten Ereignisse noch passieren. Wozu hat man denn Nachbarn?"

Unerwartete Ereignisse? Die wird es hoffentlich nicht so schnell wieder geben.

„Klar", antworte ich und gebe ihm meine Nummer, die er sofort auf seinem Handy speichert.

Anschließend trägt er die Kartons durch die Hintertür in den Buchladen meiner Mutter und stellt sie vor dem Kassentisch ab. Und was mache ich? Ich humpele ihm hinterher, grinse debil und laufe rot an. Denn immer, wenn er sich bückt, rutscht sein Sweatshirt nach oben und entblößt den unteren Teil seines Rückens.

„Luisa, reiß dich mal zusammen!", ermahnt mich Hugo.

Du Miesepeter, ist ja gut, denke ich.

„Danke, Ben", sage ich, als er fertig ist.

Wir stehen im Hausflur zwischen seiner Weinbar und der Teeküche, und ich überlege kurz, wie ich mich am besten von ihm verabschieden soll. Soll ich ihn umarmen? Ihm ein Küsschen links und rechts auf die Wange geben?

„Wenn etwas ist, du weißt ja, wo du mich findest. Ich helfe gerne."

Ich will mich gerade umdrehen, als Ben mich am Arm anfasst.

„Warte mal kurz, Luisa. Ich habe schon die ganze Zeit das dringende Bedürfnis …"

„Ja?", frage ich, doch da zieht er mich schon in seine Arme und küsst mich.

Ben küsst gut. Zu gut. Ich weiß nicht, wie lange dieser Kuss dauert, aber ich weiß, dass er sich gut anfühlt.

Wir lösen uns voneinander, und er streichelt mir über den Kopf und sagt: „Bis später." Dann verschwindet er in der Weinbar.

Ich stehe völlig durcheinander da und berühre mit den Fingerspitzen meine Lippen. Wir haben uns geküsst! Das war nicht geplant, ist alles, was mir in diesem Augenblick durch den Kopf geht.

„Ungeplant entstehen manchmal die besten Geschichten." Aus der Ferne dringt die sanfte Stimme zu mir durch und zaubert mir ein seliges Lächeln ins Gesicht.

Fünf Minuten später stehe ich vor dem Kassentisch und versuche erneut, meine Mutter zu erreichen. Ich möchte sie fragen, ob ich die Lieferung öffnen darf. Ohne Erfolg. Ihr Handy ist immer noch ausgeschaltet. Mit einem Cutter in der Hand stehe ich unschlüssig vor einem Karton und gebe mir selbst die Antwort. Da ihr Arm gebrochen ist, kann ich ihr bestimmt auf diese Weise helfen und die Bücher schon einmal ins richtige Regal einsortieren.

„Und wenn sie keine Hilfe möchte?", herrscht mein innerer Kritiker mich an.

„Und was, wenn doch?", halte ich dagegen. „Außerdem wollte ich sie um Erlaubnis bitten."

„Was, wenn du es falsch machst?"

Ich denke darüber nach und halte dagegen: „So ein Quatsch! Seit Jahren ist es ihr Wunsch, dass ich das Lebenswerk meiner Oma weiterführe."

Peng! Es ist, als hätte jemand ein Licht angezündet und ein uraltes Gefühl aus den Tiefen meines Herzens herausgefischt, um mich direkt mit meiner Oma zu verbinden.

„Hör auf, so sentimental zu werden!", poltert die negative Stimme in meinem Ohr.

Ich sehe meine Mutter vor mir und die Traurigkeit in ihrem Gesicht, weil sie weiß, dass sie den Buchladen verkaufen muss, wenn ich ihn nicht übernehme.

„Warum bist du so pathetisch, Luisa? Du brauchst einen sicheren Job!"

Ein Ruck geht durch mich hindurch, und so geschieht, was wieder einmal geschehen muss: Ich verdränge die

Stimme meines Herzens. Stattdessen stelle ich mir ganz rationale Fragen. Sehe ich meine Mutter heute noch? Muss ich mir Sorgen machen? Wann arbeitet sie wieder? Hat sie Geldsorgen?

Ich klingele ein weiteres Mal bei ihr durch. Sie nimmt nicht ab. Seltsam!

„Lass die Dinge geschehen, und sie werden geschehen", sagt die sanfte Stimme. So wie Annika vorhin am Telefon.

Eine leichte Zuversicht stellt sich ein, doch mein innerer Kritiker gibt nicht auf und warnt mich erneut, als die Spitze des Cutters den Karton berührt.

„Lass es, Luisa! Kümmere dich lieber um deine eigenen Sachen."

„Und du dich um deine", antworte ich.

Doch ganz kann ich die Zweifel nicht abstellen und beschließe, bei einem weiteren Latte macchiato über die Geschehnisse der letzten beiden Stunden nachzudenken.

Das Bäckerei-Café ist gut besucht, und beim Betreten werde ich von einer hektischen Eva begrüßt.

„Bin gleich bei dir", ruft sie aus dem hinteren Teil des Raumes.

Als sie vor mir steht, atmet sie tief durch. Ein leichter Schatten liegt unter ihren Augen. „Hallo, Luisa. Schön, dich zu sehen. Tut mir leid, hier ist gerade die Hölle los. Ich bin die Hektik normalerweise aus der Restaurantküche gewohnt, doch heute würde ich mir gerne ein wenig Ruhe wünschen."

„Was ist passiert?", frage ich.

„Meine Tante Sophia ist heute Morgen gestürzt und hat sich an der Hüfte verletzt. Sie fällt jetzt erst einmal aus."

„Das tut mir leid."

„Bis das Baby da ist, kann meine Mutter einspringen. Über das Danach mache ich mir noch keine Gedanken. Und wie geht es dir? Ich hoffe, du findest dich in deinem neuen Leben zurecht."

„Ja und Nein! Es ist alles ungewohnt. Manchmal fühle ich mich wie ein Fohlen, das noch ein wenig wackelig auf seinen eigenen Beinen steht."

„Das verstehe ich und kann ein Lied davon singen. Daher brauchen wir Fohlen immer Nervennahrung, um groß, stark und unabhängig zu werden", sagt sie und schenkt mir mit ihren Augen ein strahlendes Lächeln.

Knapp zehn Minuten später stehe ich mit meinem Kaffeebecher und einem Schokocookie, den Eva mir geschenkt hat, vor der blauen Ladentür. Die Sonne lugt hinter den riesigen Wolkenbergen hervor, und ich verspüre eine Sehnsucht nach warmer Sommerluft, dem Zwitschern der Vögel, nach Eis, Leichtigkeit und dem Gemurmel auf den Straßen.

Mir kommt eine grandiose Idee. Auch wenn die Luft noch kalt ist, möchte ich mein Getränk in der Sonne genießen. Ich stelle den Becher auf den Boden vor die große Fensterfront, klemme mir den Schokocookie zwischen die Zähne und hole den alten Holzstuhl von Oma hinter dem Kassentisch hervor. Ich platziere ihn genau vor dem Eingang, lasse mich genüsslich nieder und beiße in den knusprigen Taler.

In dem Moment winkt mir Eva zu, und anerkennend hebe ich den Keks in die Luft. Die Dinger sind der Wahnsinn!

Eva zieht kurz ihre Maske herunter und lacht. Auch sie wirkt wieder entspannter.

Wie sich das Blatt doch wenden kann. Noch vor zwei Stunden dachte ich, dass ich unsichtbar bin, nun beobachte ich mit Wonne die vorbeilaufenden Menschen, nippe am Milchschaum, und halte mein Gesicht in die Sonne. Die Wolken, die vorbeiziehen, nehme ich kaum noch wahr. Stattdessen freue ich mich über jeden Sonnenstrahl und denke, dass der Himmel über mir das Leben widerspiegelt. An manchen Tagen strahlt die Sonne heller, an anderen ist sie hinter den Wolken verschwunden. Aber sie ist immer da. So wie die Freude immer da ist. Nur manchmal kann ich sie nicht fühlen. Doch ich muss darauf vertrauen, dass sie wiederkommt.

Mit der Fingerspitze streife ich über meinen Mund und erinnere mich an den Kuss. Das hier muss ein Glücksmoment sein. Bin ich glücklich? Ich weiß es nicht. Aber entscheidend ist, dass ich ihn nicht wieder vergesse und im Gedächtnis abspeichere. Für die dunklen Tage. Voller Dankbarkeit sauge ich dieses triumphale Gefühl einer weiteren Erkenntnis auf.

Das muss ich unbedingt mit Annika teilen und greife in der Handtasche nach dem Handy. Ich mache von mir und meinem Kaffee ein Selfie und schicke es ihr mit einem kleinen Gruß. Auf die schönen Momente im Leben! Bis heute Abend, Kuss, Luisa.

Sie antwortet nicht. Wahrscheinlich läuft sie gerade durch irgendeinen Zug irgendwo in Deutschland, kontrolliert Bahntickets oder macht eine Durchsage.

Ich schließe die Augen, genieße die wärmenden Sonnenstrahlen im Januar auf der Haut und fühle mich wie in meinem Traum.

Vor mir breitet sich ein intensives Kaffeearoma aus. Und auch wenn ich eine Daunenjacke und Winterstiefel trage, liegt ein Hauch Urlaub in der Luft. Ich muss schmunzeln, weil sich mit meiner Entspannung auch das hektische Treiben der nahegelegenen Hauptstraße von vorhin in ein gleichmäßiges Rauschen verwandelt hat. Es herrscht Ruhe in meinem Kopf. Ich höre nur Bens tiefe Stimme. Ben?

„Hallo, Sonnenblume. Wie geht es deinem Fuß?"

Diese Stimme habe ich mir nicht eingebildet und abrupt öffne ich die Augen. Und tatsächlich steht Ben vor mir.

„Ähm, gut, besser", stottere ich und spüre, wie mir eine heiße Welle unter meiner dicken Jacke über den Rücken wandert. Ben sieht einfach fantastisch aus.

„Ich habe ein kleines Geschenk für dich."

Ich stelle den Kaffeebecher auf den Boden, und Ben überreicht mir ein kleines Tütchen, das verheißungsvoll raschelt. Meine Wangen glühen, denn so viel Aufmerksamkeit bin ich nicht gewohnt. Neugierig schaue ich hinein. „Sonnenblumensamen?", frage ich erstaunt.

„Sonnenblumen recken ihre Köpfchen Richtung Licht, so wie du. Ich habe die Samen aus der Provence und wollte sie im Frühjahr hier in den Vorgarten pflanzen." Er zeigt in Richtung der kahlen Fläche vor der Weinbar.

„Danke. Aber ich verstehe immer noch nicht ganz."

„Luisa, in deinem WhatsApp-Profil ist eine Sonnenblume. Ich dachte, dass du sie sehr gerne magst." Ben grinst. Es ist ein ganz besonderes Grinsen, und er gibt mir das Gefühl, dass es nur mir gilt.

Mein Herz schlägt Purzelbäume, und ich lache. So laut, dass sich ein paar Fußgänger sogar zu uns umdrehen und lächelnd weitergehen.

„Danke, Ben. Ich liebe Sonnenblumen."

„Aus Samen entstehen Blumen, wenn du weißt, was ich damit meine", antwortet er mit seiner tiefen Stimme.

Es kribbelt in meinem Bauch, und das liegt nicht nur an dem Geschenk. Oh Gott, ist Ben süß!

„Ich muss wieder in die Weinbar. Aber ich wollte dir noch sagen, dass du eine ganz besondere Frau bist, Luisa. Lass dir niemals etwas anderes einreden." Zum Abschied zwinkert er mir zu und lächelt dabei.

„Danke", rufe ich ihm hinterher und lege eine Hand auf mein pochendes Herz. „Danke", flüstere ich.

16
Energie folgt der Aufmerksamkeit

Dienstag, 11. Januar

Ich stecke das Tütchen in die Handtasche und halte das Gesicht nochmals in die Sonne.

„Guten Tag! Recht haben Sie, junges Mädchen, dass Sie ihren Tag genießen."

Junges Mädchen? Ich schrecke auf, weil ich in letzter Zeit nicht mehr so oft auf der Straße angesprochen wurde. Neugierig schirme ich meine Augen mit der Hand ab und erkenne eine Dame, bestimmt um die achtzig Jahre alt. Sie steht gebückt hinter ihrem Rollator und lächelt mich an. Es ist die Oma, die gestern den Friseursalon betreten hat. Wenn sie spricht, wippen ihre weißen Locken leicht hin und her.

„Guten Tag."

„Haben Sie wieder geöffnet?", fragt sie schüchtern.

„Eigentlich nicht."

„Wo ist denn Frau Sommer?"

„Sitzt vor Ihnen", antworte ich scherzhaft und hoffe, dass sie Spaß versteht, obwohl ich natürlich weiß, dass sie meine Mutter meint.

„Sie sind also …" Sie macht eine Pause, und ich höre ihre Gedanken rattern.

„Luisa Sommer", erwidere ich.

„Angenehm", antwortet die alte Dame erfreut.

„Meine Mutter hat sich den Arm gebrochen."

„Und Sie helfen aus? Das ist aber schön."

Ich möchte gerade protestieren, dass das nicht stimmt, da fügt sie hinzu: „Ihre Mutter schwärmt immer von Ihnen und ist stolz, dass Sie schon als Kind eine Gabe hatten, das richtige Buch für Menschen auszuwählen."

„Ich?", frage ich leise.

„Wie die Oma, so die Tochter und die Enkelin."

„Sie kannten meine Oma?"

„Oh ja, eine tolle Frau."

„Das stimmt."

„Der Buchladen hat sicherlich in der Pandemie unter den Schließungen gelitten. Deswegen kaufe ich meine Bücher nur hier, um ihn zu unterstützen. Wäre schade, wenn er irgendwann nicht mehr existieren würde. Er gehört einfach in dieses gemütliche Rondell. Ihre Mutter kommt doch wieder?", fragt sie.

„Natürlich!", antworte ich zuversichtlich. Trotzdem bildet sich ein Kloß in meinem Hals, der so groß wie ein Tennisball ist. Die alte Dame tut so, als würde meine Mutter nie wiederkommen. Kommt sie doch. Oder etwa nicht?

„Aber deswegen bin ich gar nicht hier. Und es tut mir auch sehr leid, Sie zu stören, wenn Sie gar nicht geöffnet haben. Dann muss ich schauen, wie ich mit dem Rollator in die Stadt komme. Ich lasse mich immer sehr gerne von Ihrer Mutter beraten, und in den großen Buchhandlungen … Wissen Sie? Diese Anonymität. Das ist in meinem Alter nichts mehr für mich."

„Sie stören nicht. Für welchen Anlass suchen Sie denn ein Buch?"

„Wir haben jeden Freitag unseren *Lesezirkel der Power-frauen*", erklärt sie theatralisch. Fast erwarte ich, dass sie gleich ihr Schwert zückt und ihren Umhang anlegt. „Jede Woche gibt es ein neues Thema, und dieses Mal bin ich an der Reihe. Es soll um Neuanfang, Sehnsucht und starke Frauen gehen. Aber ich habe immer noch kein Buch", erklärt sie mit hängenden Schultern. „Die Mädels verlassen sich doch auf mich."

„Lesezirkel für Powerfrauen? Mädels?", frage ich und schmunzele innerlich, denn meine Oma hätte sich dort sicher wohlgefühlt.

„Unser Lesezirkel heißt wirklich so. Immerhin am Ende des Lebens dürfen wir uns so nennen. Hundert Prozent Mutter. Hundert Prozent Ehefrau. Hundert Prozent Haushalt. Das sind dreihundert Prozent. Stellen Sie sich das einmal vor! Aber sind wir nicht alle nur hundert Prozent Mensch?"

„Da ist etwas Wahres dran", antworte ich.

„Danke, dass Sie mir zugehört haben. Richten Sie Ihrer Mutter die allerliebsten Genesungswünsche von mir aus."

„Wie ist Ihr Name, bitte?"

„Frau Jakobi. Erna Jakobi."

Die alte Dame gefällt mir, und irgendwie erinnert sie mich auch ein bisschen an meine wunderbare Oma Elfi „Wissen Sie was, Frau Jakobi? Ich suche Ihnen das perfekte Buch."

„Das würden Sie für mich tun?"

„Das mache ich sehr gerne für Sie."

„Ich danke Ihnen von Herzen."

„Möchten Sie sich solange setzen?" Ich stehe vom Stuhl auf.

„Gerne", antwortet sie.

Ich richte einen stummen Blick zum Himmel und denke an meine Oma. Fast möchte ich Frau Jakobi fragen, ob es noch etwas zu trinken sein darf, mit Eis oder ohne. Ich lächele innerlich. Berufskrankheit.

Mit leichten Schritten laufe ich durch den Buchladen und freue mich, dass mein Fuß nicht mehr schmerzt. Ich gehe zu den Regalen mit den Romanen und weiß genau, wo ich suchen muss. Es macht Spaß, hier zu sein und zu helfen.

Es kribbelt in der Nase, weil die Regale staubig sind. Meine Mutter war früher genauer beim Saubermachen. Seltsam! Doch da habe ich das passende Buch gefunden und den Staub vergessen. *Sehnsucht ist ein Notfall* von Sabine Heinrich wird den Powerfrauen sicherlich gefallen. Stolz gehe ich nach draußen und zeige es der sympathischen alten Dame.

„Sehen Sie, wie schnell Sie ein Buch für mich gefunden haben?! Sie sind die geborene Buchhändlerin", stellt sie lachend fest.

Als ich sie verabschiedet und ihr einen schönen Nachmittag gewünscht habe, versammeln sich weitere Kunden vor der Fensterfront. Bevor ich weiß, wie mir geschieht, lasse ich nacheinander auf Grund der Coronaregeln maximal zwei Personen in den Buchladen. Ich höre ihre Wünsche an, suche passende Bücher, nehme Geld entgegen und zähle Wechselgeld ab. Da die Kasse und das Kartenlesegerät ausgeschaltet sind und ich keine Ahnung habe, wie die Technik funktioniert, laufe ich immer wieder zu Eva, um Geld zu wechseln.

Die nächste Stunde verbringe ich mit Beratungsgesprächen. Obwohl ich ab und zu ins Schleudern komme, macht es einen Riesenspaß, Kunden zu bedienen. Fast so wie als Flugbegleiterin. Habe ich das gerade wirklich gedacht?

Um siebzehn Uhr knipse ich das Licht an und merke, dass mein Hals vom vielen Reden trocken geworden ist. Da keine Kunden mehr vor der Fensterfront warten, schließe ich die Ladentür ab, ziehe die Vorhänge zu und bereite einen Tee zu. Anschließend nehme ich den Cutter in die Hand und widme mich der Lieferung. Die Neugier und das Bedürfnis nach dem unwiderstehlichen Geruch neuer Bücher sind dieses Mal stärker als der Kopf. Mein innerer Kritiker schweigt, weil ich glücklich bin.

Ratsch! Es ist ein bisschen wie früher mit Oma im Buchladen, wie an Weihnachten oder vor ein paar Tagen an Silvester. Gerade denke ich noch an das Paket vor der Haustür und an das aufgeregte Kribbeln im Bauch, als ich die Holzschatulle geöffnet habe, da überschlagen sich meine Gedanken beim Blick in den Karton.

Ich nehme eines der Bücher heraus und befühle es. Pling! Dieser Titel, diese Farbe, diese Autorin. Gefühlspotpourri! Ich streichele mit den Fingerspitzen über den glitzernden Titel *Rosarotes Glück*. Augenblicklich werde ich zu dem Grundschulkind, das ich einmal war. Mit einem Sommerkleidchen und roten, flatternden Haaren drehe ich mich im Kreis und wirbele durch den Buchladen. Mein strahlendes Gesicht verrät alles. Ich bin glücklich mit all den Geschichten ringsherum. Ich kann durch die Welt reisen. Und das ohne Flugzeug. Die Sehnsucht nach etwas Unbekanntem finde ich auch in Büchern. Zum Glücklichsein braucht es nicht viel!

Wieder eine dieser Erkenntnisse, die sich wie ein Befreiungsschlag anfühlt. Schicht für Schicht trage ich ab, was zwischen mir und meinem Glück steht. Wie eine Zwiebel. Ich spüre, wie sich die Lethargie der letzten Monate immer mehr in eine unbändige Kraft verwandelt. Die Lethargie klappt einfach wie ein Kartenhaus in ihre Einzelteile zusammen. Ein neuartiges Gefühl und ein leidenschaftlicher Wunsch steigen in mir auf: Ich will wieder lesen. Jeden Tag. Weil es mich glücklich macht.

Eigentlich müsste ich wegen meiner Nackenschmerzen zum Arzt, über das Für und Wider des Jobangebots vom Gesundheitsamt nachdenken und, und, und … Aber dieses rosa Glitzerbuch zieht mich magisch an.

Erneut bestaune ich den Buchdeckel. *Rosarotes Glück. Setz doch mal die rosarote Brille auf* von Susan Sideropoulos. Geschrieben von der GZSZ-Schauspielerin, die mich allabendlich in meiner Teenagerzeit und im Studium glücklich gemacht und gerettet hat. Wie gerne würde ich ihr das einmal sagen.

Ich schüttele ungläubig den Kopf, weil der Titel zu meiner aktuellen Übung passt.

Ich blättere durch die liebevoll gestalteten Seiten und bleibe an einem Satz hängen: „*Bücher finden dich, und nicht andersherum.*"

Unglaublich! Alles hängt miteinander zusammen. *Energie folgt der Aufmerksamkeit.* Ich habe diesen Satz von Annika nie verstanden. Worauf wir unseren Fokus richten, verstärkt sich. Je mehr Aufmerksamkeit wir einer problematischen Sache oder einer schwierigen Situation schenken, desto realer und spürbarer wird sie. Selbst ein kleiner Pickel kann so zu einem riesigen Ding werden, das einem den Tag vermiesen kann. Oder mein verlorener Job, meine roten Haare, meine helle Haut, meine stoppeligen Beine, Corona … Am Ende sehen wir die Tage nur noch als Qual und nicht mehr als Geschenk. So wie ich in den letzten zwei Jahren.

Aufgeregt ziehe ich das Handy aus der Handtasche, um das Workbook zu öffnen. Ich scrolle zur allerersten Übung und überfliege den Text. Tatsächlich, hier steht es:

Jede Veränderung beginnt immer mit dem ersten Schritt, und wenn er noch so klein ist. Kennst du den Dominoeffekt? Veränderst du eine Sache, verändert sich alles.

Mein Herz hüpft, lacht und weint gleichzeitig. Ich habe den ersten Stein umgeworfen und beim Silvesterquiz mitgemacht, obwohl ich fest davon ausgegangen bin, sowieso nicht zu gewinnen. Doch wider Erwarten habe ich gewonnen. Das hat eine Kettenreaktion in Gang gesetzt.

Hätte ich Tristans Handy nicht gefunden und nicht den Mut gehabt, ihn darauf anzusprechen, wären wir noch zusammen. Aber dann hätte er mich weiter betrogen und ich wäre immer noch in der Negativspirale gefangen. Wäre das alles nicht passiert, wäre ich nie zu Annika gezogen und hätte meine Mutter nicht besucht. Wäre meine Mutter nicht von der Leiter gefallen, hätte sie ihre Lieferung selbst geöffnet. Dann hätte ich nie dieses Buch gefunden. Hätte, hätte, hätte …

Positivspirale statt Teufelskreis. Es geht immer in beide Richtungen. Wie bei den selbsterfüllenden Prophezeiungen. Für eine Veränderung braucht es einen ersten Schritt in eine neue Richtung. Dieser erste Schritt ist die bewusste Entscheidung, aus der Negativspirale ausbrechen zu wollen, um positive Gefühle zu erzeugen. Ich muss mich bewusst dazu entscheiden, den Fokus auf das Gute in meinem Leben zu lenken. Dafür muss ich Altes loslassen, um Raum für Neues zu schaffen. Dadurch werden neue Lebensgeister geweckt und ich entdecke Dinge, für die ich zuvor nicht offen war, weil mein Gehirn keinen Platz mehr hatte.

Energie folgt der Aufmerksamkeit. Deswegen bin ich auf das Buch *Rosarotes Glück* gestoßen, ausgelöst durch den ersten Dominostein, den ich umgeworfen habe. Mein Kopf dreht sich, und ich halte inne, weil Adrenalin meinen Körper überschwemmt. Ich muss diese Gedanken aufschreiben und ziehe mit einem Ruck mein goldenes Notizbuch und den Kugelschreiber aus der Handtasche. Ich blättere zur nächsten freien Seite und formuliere eine Motivationsrede an mich selbst, die ich in Zukunft immer dann lesen kann, wenn mein innerer Kritiker mal wieder der Meinung ist, doch alles beim Alten lassen zu wollen.

Liebe Luisa,
Veränderung heißt loslassen. Bereits Kleinigkeiten können einen
großen Unterschied machen und dir dein Selbstbewusstsein und
deine Energie zurückbringen. Auch wenn sich Veränderungen
zu Beginn ungewohnt und vielleicht sogar falsch anfühlen, bleib
dran, damit du dich bald auch von Schwerem befreien kannst.
Mache dir ein paar Notizen, um mehr Klarheit zu erlangen.
1. Was will ich loslassen?
2. Wie kann ich es erreichen?
3. Was soll mir das geben?

Ein Beispiel:
1. *Ich möchte morgens keine negativen Gedanken.*
2. *Ich beginne den Tag mit einer positiven Routine, die zu mir passt und auf die ich mich freue.*
3. *Ich wünsche mir mehr Energie und ein starkes Selbstbewusstsein für meinen Alltag.*

Ich betrachte zufrieden meinen Eintrag und finde, dass ich mir wirklich eine Belohnung verdient habe. Ich habe Lust auf einen zweiten Tee und das neue Buch. Ich spüre, dass das Ruhelose in mir endlich ankommen will. Auf dem Sofa in der Teeküche ist jetzt der perfekte Platz dafür.

Dort lege ich das Buch auf den Beistelltisch und öffne den Hängeschrank neben dem Fenster. Ich greife nach einem Frauenpower-Yogi-Tee und lese die Beschreibung:

Die gute Nachricht ist, dass du alles, was du brauchst, in dir trägst. Beschwingt durch fruchtigen Hibiskus, Süßholz und Himbeerblätter stimulierst du deine inneren Quellen und findest dabei ganz neue Wege.

In diesem Augenblick muss ich innerlich schmunzeln, denn die Übung heute Morgen hätte auch lauten können: Achte auf die Zeichen!

Ich setze Wasser auf und hänge einen Beutel in eine große Tasse. Während ich auf das Piepen warte, denke ich an die freundliche Erna Jakobi, an die letzte Stunde im Buchladen, an *Rosarotes Glück* und an meine Mutter. Braucht sie neue Wege? So wie ich? Aber sie ist doch glücklich mit ihren Büchern oder etwa nicht?

Wieder greife ich zum Handy, um zu prüfen, ob sie sich gemeldet hat. Ich rufe sie noch einmal an. Doch ihr Handy ist und bleibt ausgeschaltet.

Warum kann ich sie nicht erreichen? Das sich in mir ausbreitende ungute Gefühl wird durch das Blubbern des Wassers unterbrochen.

Mit dem fertigen Tee mache ich es mir auf dem Sofa bequem und strecke meinen Fuß aus. Dann platze ich vor Neugier und schlage die erste Seite auf. Der Geruch, die

Vorfreude, das Gefühl, ein Buch in den Händen zu halten, das glatte Papier. Nach nur fünf Minuten weiß ich, warum Lesen früher zu meinen Lieblingsgewohnheiten gezählt hat. Anhalten, Ruhe, Kraft tanken, Stillstand der Gedanken. Als hätte jemand die rote Notbremse am Kinderkarussell gezogen. Kein Gequatsche von meinem inneren Kritiker. Ich kann augenblicklich der stimulierenden Umwelt entfliehen. Kein Handy. Keine Nachrichten, die im Hintergrund aufploppen. Keine Werbung. Beim Lesen bin ich achtsam.

Ich nehme einen Schluck Tee, und dann versinke ich ganz in der Geschichte von Susan Sideropoulos.

Die Seiten nehmen mich gefangen, und ich merke überhaupt nicht, wie die Zeit vergeht. Ihr Buch ist eine Liebeserklärung an das Leben. Susan Sideropoulos schreibt über Türen, die sich schließen und andere, die sich öffnen. Und natürlich taucht mein immer wiederkehrender Traum mit der Tür auf. Sie schildert, wie man in ein tiefes Loch stürzen kann, selbst wenn man alles im Leben besitzt: Gesundheit, einen Mann, zwei Kinder, eine Wohnung, Geld. Ich verschlinge das Buch in einem Rutsch. Am Ende lacht mein Herz vor rosarotem Glück, und ich erweitere meine Liste „Weshalb man lesen sollte" um einen weiteren Punkt: *Inspiration*.

Dieses Buch berührt, beflügelt, inspiriert mich. Zum ersten Mal blitzt ein Gedanke auf, wie schön es wäre, mit Büchern zu arbeiten, obwohl ich weiß, dass der Buchhandel vom Aussterben bedroht ist und die Zukunft des Buchhändlers alles andere als rosarot ist. Aber laut Susan ist es immer eine bewusste Entscheidung, wie man das Leben sehen möchte. Ob durch die rosarote Brille oder nicht. Es könnte auch gut werden, sagt sie an einer Stelle. Und ein weiteres Zitat von ihr macht mir Mut: „*Wenn der liebe Gott eine Tür schließt, öffnet er woanders ein Fenster.*"

Sie ist wirklich eine Positivdenkerin, und wahrscheinlich würde sie genauso wie Annika sagen: „In allem liegt etwas Positives. Man muss Bücherlesen wieder schmackhaft machen."

Schmackhaft?

Irgendwie ploppt da ein Gedanke auf, so wie ein loses Puzzleteil. Aber ich kann ihn nicht fassen. Ich werde ihn fangen, da bin ich mir sicher. Denn die Energie folgt der Aufmerksamkeit.

„Lass die Dinge geschehen, und sie werden geschehen", flüstere ich leise. Das viele Lesen hat mich müde gemacht. Ich lege das Buch auf den Beistelltisch und schließe die Augen. Ich frage mich, wann ich meine Mutter endlich erreichen kann. Oder ist sie in der Zwischenzeit nach Hause gekommen? Ich werde gleich noch einmal in ihre Wohnung gehen. Das ist der letzte Gedanke, bevor ich auf dem Sofa in einen tiefen, erholsamen Schlaf falle.

Als mein Handy piept, schrecke ich auf und schaue auf das Display.

Hey Süße, kommst du heute noch? Kuss, Anni.

Es ist einundzwanzig Uhr. Schnell texte ich ihr zurück, dass ich eingeschlafen und gleich zu Hause bin.

Ich spüle die Tasse ab und packe meine Sachen zusammen. Ich nehme auch das Buch *Rosarotes Glück* mit, um es Annika zu zeigen.

Als ich durch den dunklen Buchladen wandele, schleicht sich wieder dieses ungute Gefühl im Magen ein, weil sich meine Mutter immer noch nicht gemeldet hat. Ich laufe hoch in den ersten Stock und klingele, weil sie normalerweise um diese Uhrzeit nicht schläft. Aber es bleibt still, deswegen öffne ich ihre Wohnungstür.

„Mama?", rufe ich leise und gehe erneut in jedes Zimmer.

Es kommt keine Antwort. Dafür vibriert mein Handy in meiner Handtasche.

Liebe Luisa, es tut mir leid, dass ich mich erst jetzt melde. Ich wollte dir gestern schon mitteilen, dass ich eine Auszeit brauche. Bin auf Teneriffa. Könntest du dich bitte in meiner Abwesenheit um den Laden kümmern (Lieferungen entgegennehmen, Bücher einsortieren)? Sei mir nicht böse! Ich liebe dich! Deine Mama

„Eine Auszeit? Was ist mit meiner Mutter los?", frage ich Annika empört, als ich wieder bei ihr zu Hause bin. Wir sitzen beide in Schlafklamotten auf ihrem Sofa und essen Kuchen, während ich ihr bis ins kleinste Detail von meinem Tag erzähle. „Wieso verschwindet sie einfach, ohne es mit mir abzusprechen?"

„Sicher, dass sie dich nicht versucht hat, in den letzten Wochen zu erreichen?"

Mir fallen die vielen verpassten und ignorierten Anrufe ein.

„Ja, okay, aber …Warum macht sie ausgerechnet jetzt Urlaub? Und wieso fliegt sie überhaupt weg? Sie war nie viel unterwegs und immer zufrieden mit ihrem Buchladen."

„Kann es sein, dass deine Mutter auch eine Veränderung braucht?"

„Meine Mutter?", frage ich ungläubig.

„Vielleicht steckt ein Mann dahinter", sagt sie, und ich erkenne ein verzücktes Lächeln, das ihre Lippen umspielt und das ich nicht einordnen kann.

„Nee, nee! Meine Mutter und Männer? Im Leben nicht." Ich gebe ein trockenes Lachen von mir und spüre, wie sich doch erste Anzeichen von Panik in mir breitmachen. Mein Puls beschleunigt sich, und ich fühle mich so hilflos wie an dem Tag, als ich die Kündigung in den Händen gehalten habe. Augenblicklich sind die Nackenschmerzen zurück.

„Was, wenn meine Mutter nie wiederkommt?"

„Was, wenn du dich doch einmal mit dem Gedanken beschäftigst, die Buchhandlung deiner Mutter zu übernehmen?"

„Absurd! Das werde ich auf keinen Fall tun. Du weißt doch, dass mir Sicherheit sehr wichtig ist", antworte ich und schiebe mir den letzten Krümel des Schokokirschkuchens in den Mund. Die saftige Süße, die sich auf meiner Zunge ausbreitet, beruhigt mich nur minimal.

„Sicherheit und unglücklich! Das hört sich überhaupt nicht nach rosarotem Glück an."

„Aber ohne Geld bin ich nicht glücklich."

„Wenn du liebst, was du tust, dann wirst du mit jeder Aktivität Geld verdienen."

Unruhig rutsche ich auf dem Sofa hin und her. „Du hast leicht reden, Annika. Du hast einen festen Job – im Gegensatz zu mir." Zu meinem Ärger werden die Nackenschmerzen stärker. Ich möchte am liebsten losheulen, doch ich reiße mich zusammen. Diese verdammten Tränen!

„Das ist nicht fair, Luisa."

„Ja, ich weiß! Trotzdem …" Ich mache eine Pause, weil mir das Atmen schwerfällt. Meine Hände werden feucht, ich beginne zu schwitzen und in meinem Hals bildet sich ein Kloß, der mindestens so groß wie die Kanonenkugel des Barons von Münchhausen ist.

„Kein trotzdem", antwortet sie in die Stille hinein. „Du hast ja recht. Irgendwie."

„Siehst du", sage ich mit einem wohlwollenden Lächeln.

„Ich bin wirklich froh, einen sicheren Job zu haben, weil ich auch an die kleine Feli-Maus denken muss. Und meistens macht mir meine Arbeit sogar Spaß. Aber wenn es nur nach mir ginge, dann hätte ich schon längst ein Yoga-Café oder etwas Ähnliches eröffnet und auf die Sicherheit geschiss… Entschuldigung. Gepfiffen."

Yoga-Café? Das höre ich zum ersten Mal von Annika. Und bevor ich noch die Geduld habe, darüber nachzudenken, weshalb sich in meinem gesamten Körper ein Kribbeln ausbreitet, necke ich meine Freundin lieber: „Annika, solche Worte von dir?"

„Ja, solche Worte von mir! Ich würde manchmal gern etwas Neues ausprobieren. Und ja, manchmal bin auch ich unzufrieden."

„Echt?"

„Nur weil ich versuche, positiv zu denken, bin ich keinesfalls gefeit vor negativen Emotionen. Aber ich kann heute besser mit ihnen umgehen, als in den Jahren nach dem Tod meiner Mutter und belastende Situationen schneller hinter mir lassen."

„Und deine Erkenntnisse hast du allein durch deine Seminare, Ausbildungen und Yoga?"

„Und mit viel, viel Durchhaltevermögen."

„Vielleicht sollte ich mich auch einmal mit ... Wie heißt das nochmal, wo du deine ganze Zeit reinsteckst?"

„Persönlichkeitsentwicklung."

„Genau! Vielleicht sollte ich mich auch einmal mit Persönlichkeitsentwicklung beschäftigen."

„Aber das tust du doch bereits."

„Wie?"

„Na, mit deinem Workbook."

„Ach so? Dann verstehe ich, warum sich gerade so viel verändert."

„Ich hoffe, es ist nur positiv?", fragt Annika schmunzelnd.

„Mhmm", mache ich, und mein Blick wird weich, weil Schmetterlinge in meinem Bauch Loopings schlagen.

„Das ist dann wohl ein Ja", bemerkt Annika grinsend.

Auf einmal erlebe ich wieder, wie vorhin mit dem Kuss, einen Moment der völligen Zufriedenheit. Das Problem an diesen Momenten ist nur, dass sie normalerweise vorbei sind, sobald ich mit dem Grübeln beginne. Aber wider Erwarten schweigt mein innerer Kritiker immer noch. Und das schon seit einiger Zeit.

„Und wie soll es jetzt für mich beruflich weitergehen?", frage ich.

„Wie fühlst du dich, wenn du an den Job im Gesundheitsamt denkst?"

„Mir wird schlecht, und ich möchte kotzen. Aber ich brauche das Geld."

„Ich habe eine Idee. Wir machen eine Visionsmeditation."

„Eine was?"

„Eine Meditation, um dich mit deinen Träumen zu verbinden."

„Und das soll mir bei meiner Entscheidung helfen, ob ich den Job annehme?"

„Nicht sofort, aber ..."

„Ich brauche eine Methode, um schnell zu entscheiden."

„Luisa, du bist zu ungeduldig! Ich habe eine passende Meditation auf meinem Handy. Sie hilft dir, deiner Herzensvision Schritt für Schritt näher zu kommen, den Raum in dir zu öffnen und zu fühlen, wovon du wirklich träumst."

„Schritt für Schritt dauert mir zu lange."

„Schritt für Schritt ist besser als eine falsche Entscheidung zu treffen, mit der du jahrelang dein Leben vergeudest, oder nicht? Und wir fangen jetzt damit an. Die Meditation ist aus meiner Online-Coaching-Ausbildung, die ich im letzten Jahr während der Pandemie bei Christina und Walter Hommelsheim gemacht habe. Sie wird von Christina gesprochen."

Dieses Mal widerspreche ich nicht und lasse mich einfach darauf ein.

„Bereit?"

„Bereit", antworte ich.

Annika steht auf, zündet ein paar Kerzen und Räucherstäbchen an und dimmt das Licht. Dann setzt sie sich auf den Sessel neben dem Sofa.

„Damit Körper und Geist im Einklang miteinander sind", erklärt sie lächelnd. „Nimm eine aufrechte Position ein und bringe deine Aufmerksamkeit in dein Herz. Atme tief ein und aus. Los geht die Reise!"

Dann startet sie auf ihrem Handy die Meditation. Wir lauschen der angenehmen Stimme und der beruhigenden Musik.

Ich spüre die unendliche Kraft der Worte in mir.

„Schließe deine Augen, und erlaube dir selbst, für die nächsten fünf Minuten einmal mit dir und deinen Träumen in Kontakt zu treten. Mit der Vision deines Herzens, die dich erfüllt. So lade ich dich ein, dir vorzustellen, dass eine Fee vorbeikommt, die dir sagt, dass sie jetzt bereit ist, all deine Wünsche zu erfüllen. All das, was du dir wünschen würdest, darfst du vor deinem geistigen Auge entstehen lassen. Und es gibt kein Budget. Es gibt keine Grenzen, und du musst überhaupt nicht wissen, wie sich das alles erfüllen lässt.

Erlaube dir, zu träumen wie ein Kind. Es darf alles sein, was du dir wünschst, selbst wenn es ein teures Auto ist, eine eigene Wohnung, ein Partner an deiner Seite, ein neuer Job.

Nimm wahr, wie sich das anfühlt, all das in dir entstehen zu lassen. Nimm wahr, welches Bedürfnis unter deinen Wünschen liegt. Unter dem sicheren Job? Der Partnerin, dem Partner an deiner Seite. Wie fühlt sich deine Vision an? Dein Körper? Nimm wahr, wie sehr dich deine Träume heute schon begeistern, und wie es sich anfühlt, wenn du bereits dort angekommen bist.

Erlaube dir hier in diesen Minuten, die ganz große Vision entstehen zu lassen. Das, was dich wirklich begeistert, wo du dich fühlen kannst, deinen Körper spüren kannst, wo es kribbelt, ganz weit wird, dein Herz schneller schlägt. Und es ist egal, ob dein Kopf deine Vision glauben kann oder nicht.

Diese Zeit ist nur für dich und dein Herz. Und dafür, dass du wieder träumst wie ein Kind. Schau, wo es in dir unruhig wird und prickelt. Und wo du kaum erwarten kannst, dass es so ist wie in deiner Vision.

Welche Menschen sind mit dir in deiner Vision? Wie fühlst du dich in deinem Körper? Wie geht es dir nach diesen fünf Minuten des Fühlens und Zulassens und wieder Träumens? Nimm wahr, wie sich vielleicht jetzt schon deine Stimmung verändert hat, und atme dann ganz tief ein und wieder aus.

Wenn du magst, reckst und streckst du dich. Und dann kommst du wieder ganz zurück ins Hier und Jetzt."

Am Ende bin ich doch tatsächlich zur Ruhe gekommen und fühle mich frisch und erholt. Ich war an einem friedlichen Ort und habe mit meiner Oma Elfi gesprochen. Zum Abschied habe ich sie auf die Wange geküsst, ihre Hände gehalten und ihr versprochen, mich gut um den Buchladen zu kümmern. Kaum zu glauben, was Meditationen aus den Tiefen des Unterbewusstseins hervorholen.

Was das nun mit dem Jobangebot vom Gesundheitsamt zu tun hat, weiß ich noch nicht. Ich werde eine Nacht darüber schlafen oder zwei oder drei.

17
Lalelu

Montag, 17. Januar

Frau Sommer, haben Sie die Listen schon abtelefoniert?"
Herr Müller tritt seufzend neben mich und guckt ungeduldig auf seine Uhr. Unscheinbarer Anzug. Glatze. Er sieht
aus wie einer der grauen Herren aus *Momo*. Ich kann seine
Mundwinkel unter der vergilbten Maske nicht erkennen,
aber sie hängen bestimmt herunter. Wie bei meinem inneren
Kritiker. Trotz Mund-Nasen-Schutz stinkt sein Atem nach
kaltem Rauch. Mit der Hygiene nimmt er es wohl nicht so
genau.

„Frau Sommer, sind Sie mit dem ersten Stapel fertig?"

Soll das ein Witz sein? Es ist elf Uhr. Hier stehen zwei-
tausend Kontakte zur Nachverfolgung.

„Nein", stottere ich.

„Tempo, Tempo! Wofür werden Sie bezahlt?"

Ich unterdrücke ein Stöhnen. Er soll froh sein, wenn jemand diesen Scheißjob überhaupt erledigt. Schweißperlen

stehen auf meiner Stirn. Während ich sie mit dem Handrücken wegwische, stoße ich mit dem Ellbogen gegen die Kaffeetasse, und sie kippt um. Der Inhalt verteilt sich auf den noch nicht abtelefonierten Adresslisten, bahnt sich seinen Weg über den Schreibtisch, läuft unter Telefon, Maus und Tastatur und tropft an den Seiten zu Boden. Tränen schießen in meine Augen. Ich erstarre zu einer Salzsäule, sitze ganz still da und kann nur zuschauen, wie die Flüssigkeit überall hinfließt.

„Das wischen Sie jetzt weg!", brüllt Herr Müller, die Stirn in Falten gelegt, und reißt mich aus meiner Regungslosigkeit. „Kein Wunder, dass Sie nicht hinterherkommen, wenn Sie den ganzen Tag nur Kaffee trinken!"

Kein Wunder, dass ich hier die doppelte Dosis Kaffee brauche, denke ich.

Im Großraumbüro wird es still, und alle starren mich an.

„Versagerin!", ruft einer.

„Du kriegst nichts gebacken!", schreit ein anderer.

„Du bist einfach zu blöd!"

„Du Niete!"

Der Schweiß läuft mir von der Stirn und vermischt sich mit dem Kaffee auf dem Tisch. Der Schmerz in meinem Nacken ist erdrückend, obwohl ich zur Physiotherapie gehe. Arbeite weiter, Luisa, befehle ich mir. Zeig allen, dass du nicht dumm bist.

Ich greife nach dem Telefonhörer. Doch er lässt sich nicht anheben und ist schwer wie eine Tonne. Panisch reiße ich die Augen auf und umklammere ihn, als hinge mein Leben davon ab. Ich ziehe und ziehe und röchle dabei wie eine alte Dampflok. Ich höre meinen unregelmäßigen Atem in meiner Lunge toben, und das Gefühl von Hilflosigkeit wie damals kommt auf, als meine Liebesgedichte in der ganzen Schule die Runde machten.

Wegen des Schwindels halte ich die Stuhllehne umklammert, doch dann wird mir schwarz vor Augen, und ich kippe vom Stuhl wie ein Flugzeug im Sturzflug. Ich lande auf dem

Boden, und einer nach dem anderen beugt sich zu mir herunter und reißt sich seine Maske vom Gesicht. Verzerrte, verunstaltete, hässliche Grimassen.

„Nei-ei-n-n!" Alles verschwimmt zu einer einzigen Fratze. Mein innerer Kritiker spießt mich mit seinen grünfunkelnden Augen auf. Ich höre nur die Zeilen aus dem Song *Wahnsinn* von Wolfgang Petry und schreie: „So ein Wahnsinn. Warum schickst du mich in die Hölle? Hölle, Hölle, Hölle!"

Und dann komme ich in der Hölle an. Helles Licht, Ziehen im Unterleib, Beine links und rechts hochgelagert, metallene Spitze.

„Kindchen, jetzt zappeln Sie mal nicht so rum! Das hier ist ein Routineeingriff", sagt der Arzt.

„Frau Kollegin, fixieren Sie die Arme und Beine der Patientin Sommer."

Die metallene Spitze bohrt sich in meine Handvenen.

Ich habe es nicht hinbekommen.

„Versagerin! Alle werden schwanger, nur du nicht. Nichts bekommst du auf die Reihe", bespöttelt mich mein innerer Kritiker, und meine Mutter, meine Oma, Annika, Feli und Ben stimmen mit ein. Erst langsam, dann schneller. Mit ausgestreckten Armen schieben sie mich in Richtung Abgrund. „Du bist selbst schuld! Du hättest deine Träume verwirklichen können. Ach Gott, was bist du blind."

Mit diesen Worten stoßen sie mich in ein dunkles Loch, und ich stürze in die Tiefe. Bücher sausen an mir vorbei. Verpasste Chancen. Es rauscht in meinen Ohren, und ich falle und falle.

Schweißgebadet werde ich wach, ringe nach Luft und suche den kleinen Lichtschalter neben mir. Ich kann ihn nicht finden und taste mit pochendem Herzen nach meinem Handy. Was für ein Glück, dass ich vergessen habe, einen analogen Wecker zu besorgen. Ich drehe mich zur Seite und leuchte den Boden ab. Da liegt die Nachttischlampe wie die Kaffeetasse aus meinem Albtraum. Ich fische sie am Kabel hoch und knipse sie an. Alles wirbelt in meinem Kopf durcheinander. Meine Mutter, der Buchladen, die Meditation, das Jobangebot vom Gesundheitsamt, Rosarotes Glück, das Workbook, Corona, meine Fehlgeburt, Ben. Ich denke sogar wieder an Tristan und wofür das ganze Drama hier gut sein soll. An dieser Stelle möchte ich meine Gedanken bremsen, bevor ich wütend werde. Es funktioniert nicht. Wie konnte er mich so eiskalt abservieren? Und wieso habe ich es geschafft, in den letzten Tagen nicht an ihn zu denken?

Ich atme wie eine Irre und ziehe vier Sekunden lang die Luft in die Lunge, halte sie sieben Sekunden, um dann langsam acht Sekunden auszuatmen. Das wiederhole ich ein paar Mal, aber mein Kopf lässt sich nicht austricksen. Er ist so laut wie eine Bohrmaschine. Jeder brauchbare Gedanke wird wie unter einer Dampfwalze zermalmt. Also schaue ich mir im Voraus die Folge von GZSZ für diesen Tag an. Doch die Geschichte wühlt mehr auf, als dass sie mich beruhigt. Dann surfe ich seit langem wieder einmal durch Facebook und Instagram und bin schnell genervt, weil mich Tristan von einem Foto aus angrinst. „Leg das Handy weg, Luisa!", brülle ich.

„Nichts bekommst du auf die Reihe!", antwortet prompt mein innerer Kritiker.

„Halt die Klappe, Hugo!"

Denk an einen schönen Moment, befehle ich mir.

Die Sonnenblumen, die seit ein paar Tagen in die Wohnung purzeln, wenn ich die Tür öffne, tauchen vor mir auf. Ich erinnere mich an das zehnjährige Mädchen mit den roten Haaren, das sich letzte Woche so verloren im Laden umgeschaut hat und dem ich mit dem Fantasy-Buch *Penelope und der funkenrote Zauber* Hoffnung geben konnte. Ich hatte in der letzten Woche viele schöne Momente und habe ein Buch nach dem anderen verkauft. Und dabei weiß ich noch nicht einmal, wie die Kasse und die Buchhaltung funktionieren und wie ich neue Bücher bestellen kann. Aber ich habe Menschen inspiriert und tolle Gespräche geführt. Vor allem die Senioren aus der Residenz am Grafenberger Wald strömten in Scharen herbei.

Die Arbeit macht einen Riesenspaß. Von der Flugbegleiterin zur Buchbegleiterin. Ich schmunzele, und eine angenehme Wärme breitet sich in mir aus, entspannt sogar meinen Nacken. Was immer es ist, irgendetwas hat sich verändert.

Ich habe Durst und stehe auf. Es ist zwei Uhr nachts, und der Mond scheint durch die Vorhänge. Zum x-ten Mal rutsche ich auf dem Blatt vor dem Bett aus und falle mit dem Po wieder zurück auf die Matratze.

Ich glaube an mich und werde von Tag zu Tag selbstbewusster. Ich bin stark. Ich bin schön.

Mittlerweile kann ich die Affirmationen auswendig aufsagen. Aber was haben sie mir gebracht, wenn mich solche Albträume aufsuchen?

Ich beschließe, um weitere Verletzungen zu verhindern, das Blatt mit Tesafilm an den Spiegelschrank zu hängen. Allerdings stolpere ich auf dem Weg zum Schreibtisch über die Klamottenberge und knalle mit dem Oberschenkel gegen die Kante. „Aua!", rufe ich und knipse das große Licht an. Ich habe es nach fast einer Woche immer noch nicht geschafft, das Chaos zu beseitigen. Doch zuerst klebe ich die Affirmationen auf den Spiegel, danach räume ich die kleinen Stapel in den Kleiderschrank, falte die leeren Umzugskartons zusammen und lehne sie an die Wand. Da ich den großen Stapel gut verpackt spenden möchte, benötige ich Müllbeutel und tapse im Nachthemd und mit meinen Löwenkrallen-Hausschuhen in den Flur. Und erschrecke fast zu Tode, weil in der Küche das Licht brennt. Backduft liegt in der Luft. Mitten in der Nacht?

Ich folge meiner Nase und sehe Annika, ihre blonden Haare mit einem Haargummi locker zum Dutt hochgesteckt, wie sie in ihrem rosa Pyjama am Esstisch etwas schreibt. Der Backofen brummt vor sich hin und verströmt eine angenehme Wärme. Im Hintergrund läuft leise das Radio mit meinem Lieblingssender „Antenne Düsseldorf", und Annika hat die Duftkerze auf der Fensterbank angezündet. Auf dem Tisch stehen Bens Sonnenblumen in einer Vase. Bei Nacht erzeugt dieser Mix aus Gerüchen, Geräuschen und Bildern eine geheimnisvolle Stimmung. Ich lehne mich gegen den Türrahmen.

„Annika?“, flüstere ich. „Was machst du hier?“

„Und du?“, fragt sie, sieht auf und wischt sich mit dem Handrücken über die Augen.

Hat sie etwa geweint?

„Hab schlecht geschlafen“, antworte ich. „Hatte einen Albtraum. Störe ich dich?“

„Nein! Komm rein, Süße.“

Ich schiebe einen Stuhl zurück und setze mich ihr gegenüber.

„Tut mir leid. Habe ich dich geweckt?“

„Nein, ich habe sowieso unruhig geschlafen. Liegt am Vollmond und weil … ich hundert Sachen im Kopf habe. Aber morgen wird alles gut, hoffe ich. Mach dir keine Sorgen.“ Sie seufzt leicht und macht eine kurze Pause „Nun zu dir. Was beschäftigt dich? Lass mich raten. Das Gesundheitsamt, weil du heute dort anrufen musst?“

Ich nicke.

„Du kennst meine Meinung. Mach keinen Job nur des Geldes wegen. Du warst in den letzten Tagen von morgens bis abends im Buchladen. So glücklich habe ich dich schon lange nicht mehr gesehen.“

Ich höre ihre Worte und spüre einen Druck auf der Brust.

„Ich habe keinerlei Buchhändlerkenntnisse.“

„Trotzdem hast du ziemlich vielen Menschen diese Woche ein Buch verkauft, das zu ihnen passt. Und das, obwohl du meintest, dass es ohne Kasse und Kartenlesegerät auf gar keinen Fall ginge.“ Sie zwinkert mir zu und fährt dann fort. „Du hast eine Lösung gefunden, weil du es wolltest. Du hast den Kunden die Situation mit deiner Mutter erklärt, und sie haben gespürt, dass du die Arbeit mit Leidenschaft machst.

Deswegen haben sie sich gern auf die provisorischen Bedingungen eingelassen."

„Ich brauche doch eine Ausbildung."

„Du bist schlau und kannst alles lernen, und zwar von der besten Buchhändlerin der Welt. Nämlich von deiner Mutter."

Meine Mutter. Ich seufze. Seit einer Woche kann ich sie nicht erreichen. Bis auf die eine Nachricht gibt es kein Lebenszeichen von ihr. So muss sie sich gefühlt haben, als ich in den letzten Monaten sämtliche Anrufe ignoriert habe.

„Was schreibst du da?", frage ich, um von mir abzulenken.

„Ich notiere alles, was ich im Leben loslassen möchte und mir nicht guttut. Anschließend verbrenne ich den Zettel. Das ist mein Vollmondritual."

„Warum machst du das?"

„Oftmals halte ich an Menschen, Situationen oder Verletzungen zu lange fest. Damit ziehe ich die Vergangenheit immer wieder aufs Neue ins Hier und Jetzt. Das hindert mich daran, mich neu auszurichten."

„Und dann?", frage ich.

„Richte ich meinen Fokus auf die Geschenke, die mich täglich umgeben, und bin dankbar. Ich bin dankbar für meine wunderbare Tochter, für Andy und für meine Freunde. Ich bin dankbar, dass ich gesund bin, einen Job und eine Wohnung habe. Ich bin dankbar, dass mein Vater um die Ecke wohnt und Feli den besten Opa der Welt hat. Dass ich in Frieden lebe und dass ich eine Freundin wie dich habe. Und ich freue mich für meinen Vater, weil er endlich den Tod meiner Mutter überwunden hat und der Liebe eine Chance gibt. Er ist wieder glücklich, und das zeigt mir: Alles ist möglich, wenn man sein Herz öffnet."

„Dein Vater ist auch der tollste Papa der Welt. So einen Helden habe ich mir als Kind immer gewünscht."

„Ich weiß", sagt sie und lächelt mich an.

„Wer ist die Glückliche? Kenne ich sie?"

Annika streckt ihre Hand nach meiner aus und drückt sie. Bedeutet das etwa ein Ja?

„Da bin ich mal gespannt", antworte ich neugierig.

„Möchtest du auch etwas loslassen?", fragt sie und schiebt mir einen leeren Zettel und einen Stift zu.

„Weiß nicht so recht", sage ich, denn so ganz geheuer ist mir das nicht. „Sollte die Meditation, die wir nun jeden Abend machen, nicht eigentlich beim Loslassen helfen? Die Entspannung hat dieses Mal leider nicht lange angehalten. Ob mir da dein Vollmondritual hilft?"

„Eine Meditation bringt wenig, wenn du dein Herz nicht vollständig öffnest. Du bist aufgewühlt, weil du einen Deckel auf dein Herz drückst. Der Deckel ist wie dein Kopf, und dein Herz versucht ständig, mit aller Kraft dagegen anzukämpfen. Das ist anstrengend. Zusätzlich ist noch Vollmond. Da laufen die Hormone auf Hochtouren, und starke Gefühle kommen auf. Die Generationen vor uns können dir das bestätigen, weil sie nicht durch künstliches Licht abgelenkt wurden. Der Vollmond ist energiereich und beflügelt Geist und Seele. Er hat Macht über die Gezeiten. Über die Menschen. Über die Tiere. Er gilt als die kraftvollste Zeit des Mondzyklus und eignet sich ganz besonders, um alte Themen loszulassen und sich für Neues zu öffnen. Deswegen schreibe ich jeden Monat meinen Kopf frei, um Platz zu schaffen. Vielleicht solltest du über einen Brief an deinen inneren Kritiker nachdenken, um den Kampf mit ihm zu beenden."

„Bitte was?", frage ich mit großen Augen. „Einen Brief?"

„Wenn du möchtest, dass er nicht mehr so laut ist, dann akzeptiere ihn, hör ihm zu und bedanke dich."

„Er hält mich doch nur auf und ist mir im Weg!"

„Ja, wenn du im Widerstand mit ihm bist."

„Annika, verteidigst du ihn etwa?"

„Ich habe über deinen inneren Kritiker nachgedacht. Und über meinen. Eigentlich über alle inneren Kritiker, die wir Erwachsenen seit unserer Kindheit mit uns herumschleppen. Auch wenn wir glauben, dass dieser Plagegeist uns immer nur auf die Nerven gehen will, gibt es einen bestimmten Grund, weshalb er entstanden ist. Ich bin mir sicher, dass seine Intention eine positive ist, auch wenn es sich oft nicht danach anfühlt. Er möchte dich und uns alle vor Ablehnung, Gefahren und negativen Reaktionen schützen. Hin und wieder ist es natürlich gut, ihn mit einem liebevollen Stopp zu bremsen, weil er sich manchmal zu viel sorgt. Vielleicht wäre es hilfreich, ihn zum Verbündeten, zum Freund zu machen."

„Hmmm. Das habe ich so in der Art alles in der Mail an Silvester gelesen, aber nicht verstanden."

„Frag ihn beim nächsten Mal, warum er sich Sorgen macht. Unterhalte dich mit ihm."

„Wenn ein Gespräch mit meinem inneren Kritiker so wichtig ist, weshalb hat mir das Workbook das nicht gleich von Anfang an vorgeschlagen?"

„Ich glaube, weil du erst einmal an dir arbeiten musstest, um aus der negativen Gedankenspirale auszubrechen. Du hast dich doch überhaupt nicht mehr gespürt. Du musstest erst Methoden wie Stopp sagen, Affirmationen aufschreiben, Gegenargumente finden und so weiter lernen, um wieder einen Zugang zu deinen Gefühlen zu bekommen. Du hättest vorher kein normales Gespräch mit ihm führen können. Glaube mir, Luisa. Du warst zu zornig. Und muss man im richtigen Leben nicht auch sein Gegenüber erst kennenlernen?"

„Hmmm, da ist etwas dran", antworte ich.

„Jetzt bist du einen Schritt weiter. Versprich mir, dass du dich beim nächsten Mal mit ihm unterhältst, so wie es eine aufmerksame Mutter mit ihrem Kind tut. Vielleicht könnt ihr ein gegenseitiges Verständnis füreinander aufbauen. Was passiert, wenn Eltern die Sorgen und Nöte ihrer Kinder ernst nehmen?"

Ich habe einen Kloß im Hals und schlucke schwer. Aber Annika wartet meine Antwort nicht ab.

„Die Kinder fühlen sich gesehen, gehalten, geliebt. Sie beruhigen sich. Dein innerer Kritiker wird sich bestimmt ebenfalls entspannen. Du weißt, wie es sich anfühlt, wenn ein Elternteil nie das Gespräch gesucht hat. Bis heute bist du verletzt. Vielleicht möchte dein innerer Kritiker einfach nur mit dir in Kontakt treten und auf Augenhöhe diskutieren. Er braucht die Bestätigung, dass alles gut ist und du genau weißt, was gut für dich ist. Nimm ihm seine Sorgen." Annika ringt nach Luft und verbirgt das Gesicht in ihren Händen. Tränen fließen unerwartet aus ihren Augen. „Es tut mir leid, dass ich heute so emotional bin."

„Was ist los?", frage ich.

Sie schluchzt einfach los, und ein Ruck geht durch meinen Körper, weil ich Annika noch nie so gesehen habe. Außer damals nach dem tödlichen Autounfall ihrer Mutter.

„Heute wäre ihr Geburtstag."

„Von deiner Mutter?"

Annika nickt und flüstert: „Ich vermisse sie so und wäre froh, wenn ich ihr Erbe weiterführen dürfte. Mit Ausbildung oder ohne."

„Ach Anni." Ich stehe auf und umarme sie lange, bis ihre Tränen versiegt sind.

Irgendwann lösen wir uns, und ich schiele zum Backofen. „Und warum backst du Brownies?"

„Weil meine Mutter sie mir immer als Kind gebacken hat. Mit Smarties und ganz viel Schokoglasur. Ich gebe sie morgen Feli mit in die Schule, damit sie auch eine besondere Erinnerung an mich hat, falls …"

„Denk nicht mal daran, das auszusprechen!", unterbreche ich sie.

„Das Leben kann so schnell vorbei sein oder sich verändern. Nur eine Sekunde und alles ist anders. Deswegen weiß ich nicht, warum du zögerst. Du lebst nur einmal. Mach dich selbst glücklich."

„Wie sehr glaubst du auf einer Skala von eins bis zehn, dass meine Oma und meine Mutter stolz auf mich wären?"

„Süße, du kennst die Antwort. Aber warte, ich frag mal meine Glaskugel."

Wir lachen beide, und in einem Anflug von Melancholie bei dem herrlichen Geruch nach Kuchen und dem vertrauten

Gefühl mit Annika, schreibe ich ein paar Dankeszeilen an meinen inneren Kritiker.

Lieber Hugo,
danke, dass du dir Sorgen machst!
Danke, dass du mich beschützen möchtest!
Danke, dass du mir nur helfen willst!
Danke, dass es dir wichtig ist, dass es mir gut geht!
Jetzt ist allerdings die Zeit gekommen, dass ich meinen eigenen Weg finde. Es geht nicht darum, keine Angst mehr zu haben, sondern darum, sie zu überwinden.
Lieber Hugo, es geht darum, meine eigenen Erfahrungen zu machen und daran zu wachsen. Ja, ich kann scheitern, aber selbst dann habe ich etwas gelernt. Wir unterhalten uns beim nächsten Mal, wenn du dich wieder sorgst. Dann höre ich dir zu. Jetzt lass mich bitte meine Entscheidung treffen, und vertraue mir.
Danke, dass es dich gibt!
Deine Luisa

Während ich mir die Zeilen noch einmal durchlese, spüre ich, wie sich ein Knoten in meiner Brust löst. In meinen Gedanken lächelt er mir zu. Habe ich nur das Gefühl, oder hat sich etwas in seinem Gesicht verändert?

Der Backofen piept. Annika wischt sich die Wangen trocken und holt die Brownies aus dem Ofen. Sie stellt das Blech zum Abkühlen auf die Herdplatte und rührt die Schokoladenglasur an. Dann bestreichen wir sie gemeinsam und verteilen die Smarties auf der Oberfläche.

„Genauso bunt soll unser Leben sein", sagt Annika feierlich, als sie die letzte Schokolinse auflegt.

„Und am anderen Ende des Regenbogens wartet das Glück."

Annika und ich sehen uns an, und nach einem kurzen Moment der Stille prusten wir beide los.

„Süße, seit wann schießt du mit Sprüchen um dich? Das ist doch eigentlich mein Job!"

„Wenn du etwas anderes willst, dann musst du auch etwas anderes tun."

„Nimm einen Brownie, der beruhigt die Nerven."

„Mhmm, ich liebe …"

„… Schokolade", ergänzt sie. „Ich weiß, ich bin deine Freundin."

Wir greifen jede nach einem warmen Stück Kuchen und beißen herzhaft hinein. Immer wieder sehen wir einander an und lachen los, bis uns die Bäuche wehtun. So wie früher! Dann dreht sie das Radio lauter, aber nur so laut, dass Frau Schuster unter uns nicht gestört wird. Der neue Song *Die schönsten Tage* von SDP und Clueso ertönt. Ich höre die Zeilen und bewege mich ganz automatisch mit. Wie an Neujahr. Einfach so. Wir kreisen die Hüften im Rhythmus der Musik, tanzen auf leisen Sohlen durch die Küche, singen und benehmen uns wie mit sechzehn.

Leicht, leichter, Luisa, denke ich.

Die Backofenuhr zeigt drei Uhr an. Es ist mir egal, dass ich morgen hundemüde sein werde. *Tanze durch dein Leben!* Ja, das tue ich. Freudentränen fließen aus meinen Augen. Annika stopft sich das letzte Stück in den Mund, reißt meine Arme nach oben und ruft: „Forever Young." Wir kichern, singen weiter, und ich nehme einen tiefen Atemzug. Erinnerungen ziehen an mir vorbei. Ich spüre, dass Annika die gleichen Bilder im Kopf hat: Batida de Coco im Wald, heimlich im Sommer ins Freibad klettern, Disko, Haare färben, erster Kuss, Liebeskummer. Wir weinen beide und liegen uns in den Armen. Nur einmal flüstert sie mir ins Ohr: „Es geht immer weiter, und es ist okay, sich manchmal verloren zu fühlen."

In diesem Augenblick frage ich mich, ob sie mir oder sich selbst damit Mut machen möchte. Aber schließlich haben wir alle einen inneren Kritiker, auch Annika.

Als der Song zu Ende ist, weist sie liebevoll an: „Süße, wir schließen jetzt das Vollmondritual ab. Zieh dich warm an. Wir gehen raus."

Mit Daunenjacke und Winterstiefeln über unseren Schlaf-klamotten steigen wir mitten im Januar auf die Dachterrasse. Wir sehen bestimmt irre komisch aus. Die Kastanienkrone rauscht im leichten Wind. Mein Atem, der in einer Wolke vor dem Gesicht aufsteigt, wird vom Mondlicht angeleuchtet. Die Luft ist kalt, und trotzdem ist mir warm ums Herz.

Annika stellt eine Feuerschale auf den Eisentisch, und wir schauen beide in den Himmel. Eine Weile betrachten wir schweigend den Mond, der zuweilen von Schleierwolken ver-deckt wird, sodass er nahezu unsichtbar ist, nur um wenig später wieder zu erscheinen und zu leuchten.

„Der Mond ist wie das Leben", sagt Annika in die Stille hinein. „Wir kennen alle die dunklen Tage und die hellen. Es gibt immer beide Seiten. Wenn wir darauf vertrauen, dass es bei uns Menschen wie bei dem Mond ist, müssten wir uns eigentlich keine Sorgen machen, oder? Nach jedem Unwetter, egal, wie schlimm es ist, wartet die Sonne auf uns. Es war bisher immer so."

Ich antworte nicht darauf, denke aber darüber nach und hebe ehrfürchtig den Kopf zum Himmel.

Eine Weile sprechen wir nicht, bis Annika sagt: „Feuer bedeutet immer Verwandlung. Wenn wir jetzt unsere Worte verbrennen, haben sie die Möglichkeit, sich in etwas Schönes zu verwandeln."

Ich lächle beseelt, als ich um vier Uhr nachts unter der Bett-decke abtauche. Ich überlege, was wohl andere Menschen gedacht hätten, wenn sie uns in Schlafklamotten mit Scho-kolade um den Mund mitten in einer Januarnacht auf der Dachterrasse entdeckt hätten. Wäre es mir wie immer pein-lich gewesen?

Glücklicherweise war da in dieser Nacht nur einer, der uns beobachtet hat. Ob es den Mann im Mond wirklich gibt? Selbst mein innerer Kritiker hat geschlafen. Hat er sich keine Sorgen gemacht, weil er gespürt hat, dass ich mich schon lange nicht mehr so frei gefühlt habe?

Ich drücke Felis orangenes Glücksbärchi fest gegen meine Brust und lasse die letzten Stunden Revue passieren. Ich freue mich für Annikas Vater. Wenn er endlich jemanden gefunden hat, ist womöglich nicht alle Hoffnung verloren.

Ich denke an die Liebe, an Ben, an wunderschöne Momente, die noch auf mich warten, und summe das Lied, das mir meine Mutter als Kind immer vor dem Schlafengehen vorgesungen hat. *Lalelu, nur der Mann im Mond schaut zu ...*

18
Ende gut, alles gut?

Montag, 17. Januar

Leben, Lieben, Lachen.
Ich werde wach, und diese Worte kreisen durch meinen Kopf.

Was für eine Nacht!

Zunächst schaue ich auf die Uhr. Es ist halb zehn. Ich schrecke hoch, um mich dann sofort erleichtert ins Kissen zurückfallen zu lassen. Montags ist Ruhetag!

Ich denke an die letzte Woche, in der ich endlich wieder viel gelesen und vor allen Dingen regelmäßig gearbeitet habe. Als Flugbegleiterin hatte ich nie einen Wochenrhythmus und keine Energie zum Lesen. Jeder Tag konnte ein Arbeitstag sein. Der Buchladen hingegen hatte immer schon seine festen Zeiten und war am Sonntag und Montag geschlossen. Auch wenn das Leben meistens nicht planbar war, diese Zeiten gaben meiner Oma und meiner Mutter eine gewisse Struktur. Und mir natürlich auch.

Eigentlich müsste ich müde sein, doch es kribbelt überall im Körper. Wie es Annika wohl auf der Arbeit geht?

Dann beginne ich voller Tatendrang, Pläne für den Tag zu schmieden und überlege, ob ich die Bücher im Laden umsortieren soll. Ein Regal nur mit Glücksbüchern? Wie toll! Die Wände brauchen unbedingt einen fröhlicheren Anstrich. Mit einer ganzen Ameisenkolonie in meinen Venen richte ich mich im Bett auf und surfe ein bisschen auf verschiedenen Verlagsseiten herum. Danach erstelle ich auf dem Handy eine Liste mit Büchern, die ich unbedingt bestellen muss. Das macht Spaß!

Doch dann hole ich Luft. Spinne ich total? Ich habe noch nicht einmal mit meiner Mutter gesprochen und benehme mich so, als würde der Buchladen mir gehören. Und mein innerer Kritiker hat auch keine Einwände? Ich betrachte seine Zeichnung neben mir an der Wand und bin verwundert. Was ist das? Seine Sorgenfalten sind verschwunden. Müsste er mich jetzt nicht anbrüllen, dass ich verrückt bin? Dass ich etwas auf den Augen habe? Mir alles nur einbilde?

„Hugo!", rufe ich. Es ist erstaunlich still. Muss er meine Euphorie für den Buchladen nicht stoppen? Mich drängen, Frau Engel schnellstmöglich anzurufen? Weil ein sicherer Job wichtiger ist als die Liebe zu Büchern? „Hugo, jetzt sag schon, dass ich eine Versagerin bin."

Mir fällt ein, was Annika gestern Nacht gesagt hat. Hör ihm zu! Würde ich ja gerne, aber er ist nicht da.

Zack! Die Zweifel sind zurück. Ich und Buchhändlerin? So ein Quatsch! Das Glücksgefühl von eben ist verflogen.

„Luisa", höre ich seine Stimme, die freundlich und vertraut klingt.

Ich habe das Gefühl, mit einem alten Freund zu reden. Ist das möglich? Aber die Stimme gehört eindeutig zu ihm.

„Wer macht sich jetzt Sorgen, du oder ich?", fragt er ungewohnt locker.

„Hallo! Ähm, ich habe gar nicht damit gerechnet, dass du …"

„Ganz ehrlich, ich fand es gerade richtig schön im Urlaub", sagt er.

„Im Urlaub?"

„Du warst im Flow und so konzentriert auf das, was dich glücklich macht. Ich hatte endlich einmal Zeit zum Lesen."

„Im Flow? Zeit zum Lesen?" Ich bin perplex.

„Du hattest keine Zweifel und warst ganz bei dir. Es war das erste Mal seit Langem, dass du ein Ziel mit Begeisterung angegangen bist und deine Zweifel abgelegt hast. Endlich hatte ich das Gefühl, dir vertrauen zu können, um mich zu entspannen."

„Du und entspannen?" Ein Grinsen huscht über mein Gesicht, weil ich mir vorstelle, wie mein innerer Kritiker mit einem Cocktail auf seinem Liegestuhl sitzt, keine Sorgenfalten auf der Stirn und die Mundwinkel nach oben gezogen. Er blättert in meinem goldenen Notizbuch und nimmt jede Übung genau unter die Lupe. „Und jetzt? Was soll ich tun, Hugo?"

„Steh auf, geh in den Buchladen, räum die Bücher ein, erstelle eine Glücksecke, ruf deine Mutter an, lass dich einarbeiten, lerne Buchhaltung, renovier den Laden …"

„Okay, Okay!", unterbreche ich ihn. „Es gibt also genug Arbeit. Und was ist mit dem sicheren Job?"

„Sicherheit ist eine Illusion. Was ist schon sicher in diesem Leben?"

„Und solche Worte von dir, dem größten Zweifler auf dieser Erde?" Ich ziehe eine Augenbraue nach oben. Das kann nicht sein, oder? Liegt es an dem Brief, den ich gestern Nacht an ihn geschrieben habe?

Wenn wir jetzt unsere Worte verbrennen, haben sie die Möglichkeit, sich in etwas Schönes zu verwandeln.

„Schon gut! Dein Albtraum hat mich überzeugt. Denn mit Sicherheit will ich diesem Herrn Müller nicht jeden Tag über den Weg laufen. Wenn du glücklich bist, habe ich weniger zu tun. Sehr angenehm übrigens."

„Was ist, wenn es mit dem Buchladen nicht läuft?"

„Hey, wer ist der Kritiker? Du oder ich?", fragt er mich.

„Du hast recht, Hugo. Wie immer. Höre ich nun nichts mehr von dir?"

„Nein! Mich wirst du nicht los, das weißt du doch", kommt es resolut von ihm zurück.

„Also tauchst du nur noch auf, wenn ich in Gefahr bin?"

„Nein! Weil du immer Zweifel und Ängste haben wirst, besonders vor wichtigen Entscheidungen. Und das ist gut so. Jeder sollte Zweifel zulassen, um keine Fehlentscheidungen zu treffen. Aber wie oft ich dich in den Wahnsinn treiben werde, hängt von deinem Selbstbewusstsein ab und von deinen Gedanken. Je mehr du den Fokus auf das Positive legst und je selbstbewusster du durch dein Leben gehst, desto mehr Ruhe wirst du vor mir haben. Du musst natürlich weiterhin an dir arbeiten."

„Du meinst mit der 30-Tage-Methode, damit sich die neuen Gewohnheiten im Gedächtnis verankern?"

„Unter anderem. Aber es gibt noch *so* viele Techniken, um nicht in alte Verhaltensmuster zu verfallen. Luisa Sommer, ich werde dich im Auge behalten. Das ist so sicher wie das Amen in der Kirche. Doch nun erfülle dir deinen Traum und lass mich meinen Urlaub genießen."

„Einverstanden", sage ich. „Ziehen wir's also durch!"

Ich denke noch über das Gespräch nach und bin verblüfft. Wenn ich mich mit Hugo unterhalte, anstatt ihn zu unterdrücken, hat er sogar richtig gute Ideen und Argumente.

Mein Blick bleibt an der Entscheidungsliste neben ihm an der Wand hängen. Ich schmunzele, weil mir die auf der Liste aufgeführten Punkte auf einmal so weit weg vorkommen. *„Ein Kind bekommen oder sogar zwei!"* Und *„Ich brauche keinen Mann!!!"* Als wenn die Liebe planbar wäre. *„Ich werde mir einen Job besorgen (Arbeitsamt anrufen)."* Dabei lag der Job genau vor meiner Nase. *„Ich werde mich besser um meinen Körper kümmern."* Darauf habe ich von allein Lust, wenn es mir gut geht. *„Ich werde alle Übungen durchziehen."* Durchziehen? Ein unpassendes Wort. Was ich mit dem Herzen tue, muss ich nicht durchziehen. Ich mache es gern und das den ganzen Tag lang.

Trotzdem fühlt sich die Liste nicht mehr richtig an, was nicht heißt, dass ich kein Kind mehr möchte. Es wird passieren, da bin ich mir ganz sicher.

Warum zweifele ich jetzt an meiner eigenen Liste? Oder hat sich etwas in mir verändert, und deswegen muss ich sie anpassen? Sind Zweifel eigentlich für irgendetwas gut?

Mir fällt ein Satz aus dem Buch von Susan Sideropoulos ein: *„99 Prozent der Befürchtungen treten nicht ein."* Wenn dem wirklich so ist, muss man eigentlich keine Zeit mehr mit Gedanken wie „Was wäre, wenn" vertrödeln. Wenn das eine Prozent dann doch eintritt, kann ich eine Lösung finden. *Ich werde den Fokus auf die Lösungen und nicht auf die Probleme richten.* „Luisa Sommer, du bist der Hammer!", schreie ich meine Freude in den noch jungen Tag.

Trotzdem werde ich die Liste nun von der Wand nehmen und eine neue Entscheidung treffen. Ich falte sie und stecke das Papier als Erinnerung in das Fach hinten im Notizbuch. Dann blättere ich zur nächsten freien Seite und notiere:

> *Ich entscheide mich dazu, daran zu glauben, dass*
> *99 % der Befürchtungen nicht eintreten werden.*

Wahnsinn! Das fühlt sich schon viel leichter an, als die ganzen Punkte auf der Liste, die wie To-dos klingen. Der Zweifel ist eigentlich ein großes Thema, weil es jeden betrifft. Trotzdem sprechen komischerweise so wenige darüber. Ich atme tief ein, denn ein leichtes Flattern macht sich in meinem Bauch bemerkbar, weil viele Gedanken durch meinen Kopf schwirren. Ich weiß, dass ich sie nur durch Aufschreiben sortieren kann. Ich schließe das Notizbuch nicht und greife zum Kugelschreiber.

> *Ich zweifle, denn das bin ich! Luisa Sommer.*
> *Ich habe eingesehen, dass Hugo bleiben wird.*

Und das ist auch gut so, weil ich dank ihm an diesem Punkt in meinem Leben angekommen bin.
Zweifel müssen demnach nicht nur negative Auswirkungen haben. Es sei denn, sie beeinträchtigen einen so extrem, dass man keinen klaren Gedanken mehr fassen kann. Wie immer macht die Dosis das Gift. Denn richtig eingesetzt bedeuten Zweifel ebenfalls: Fragen stellen, kritisch sein, nicht blind allem und jedem folgen. Vor jedem Neuanfang und vor jeder neuen Entscheidung steht ein Moment des Zweifelns. Das Alte wird hinterfragt, um sich auf die Suche nach der bestmöglichen Lösung für ein Problem zu machen. Zweifel können uns vor Fehlentscheidungen schützen und uns Möglichkeiten eröffnen, die wir zuvor nicht gesehen haben.

An dieser Stelle zwinge ich mich, einen Punkt zu machen. Danach klappe ich das Notizbuch zu. Ansonsten kommen mir noch Ideen, dass ich vielleicht auch selbst ein Buch schreiben sollte, und zwar zum Thema Zweifel. Ich male mir bereits meinen zukünftigen Dialog mit Hugo aus.
„Was? Du willst Autorin werden?"
„Ja, warum nicht?"
„Das kannst du nicht."
„Wenn ich es nicht ausprobiere, kann ich es auch nicht herausfinden."
„Keine Sorge, Hugo", sage ich und drehe meinen Kopf zu der Zeichnung an der Wand. „Bleib bitte im Urlaub. Ich werde keine Autorin – fürs Erste."
In den letzten drei Wochen hat sich viel verändert, und ich habe schon einiges umgesetzt. Manches fällt mir leicht, anderes wiederum nicht. In Zukunft wird es mir nicht immer gelingen, dass mir positives Denken keine Mühe mehr macht. Denn dafür war ich zu lange in meiner Negativspirale gefangen. Bestimmt werde ich mich morgens öfters aus dem Bett quälen müssen, um mich wertschätzend im Spiegel zu betrachten. Doch ich versuche, nicht mehr so streng mit mir zu sein. Jeder muss wahrscheinlich die eine Sache finden, die ihn motiviert, voller Energie in den Tag zu starten. Bei

mir hat Tanzen einen mächtigen Stein der Veränderung ins Rollen gebracht. Wenn ich mich gleich nach dem Aufwachen zu meinen Lieblingsrhythmen bewege, sammele ich Kraft für den Tag. Dann kosten auch die unliebsamen Aufgaben weniger Überwindung. Sollte ich je wieder in einen Teufelskreis geraten, der einem Kreisverkehr ohne Ausfahrt gleicht, dann weiß ich nun, wie ich negative Gedanken besser stoppen kann. Ein Mensch, der sich verändert, bleibt nie stehen und lernt immer Neues. Wer sich nicht verändert, lernt auch nichts dazu. Ein Leben ohne Veränderung bedeutet Stillstand. Ein großer Wandel im Leben kann auch immer eine zweite Chance in sich bergen.

Nichtsdestotrotz habe ich gerade das Gefühl, dass ich erst einmal eine Pause von den Übungen brauche, um alles sacken zu lassen. Ich möchte sie ein weiteres Mal durchgehen, reflektieren, neue Affirmationen finden und meine Gedanken notieren. Vielleicht bin ich einfach mutig und schreibe wieder Gedichte. Wie früher. Mut ist, wenn ich mich der Angst stelle und das, wovor ich Angst habe, trotzdem versuche. Je öfter ich mich ihr stelle, desto leichter wird es. Sie ist ein Wegweiser. Kein Hindernis. Wenn ich etwas verändern möchte, führt der Weg immer direkt durch die Angst.

Ich werde meine Morgenroutine bis zum Ende der dreißig Tage fortführen und dann erneut reflektieren, Punkte von der Liste streichen und durch neue ersetzen. So wie ich es eben mit meiner Entscheidung gemacht habe. Dann erstelle ich im Frühjahr eine neue Morgenroutine und im Sommer eine neue.

Plötzlich verstehe ich wirklich, was Veränderung bedeutet. Veränderung ist das Verlassen eines alten Zustands hin zu einem neuen Zustand. Dafür muss ich regelmäßig anhalten und mich neu sortieren, alte Gewohnheiten über Bord werfen, mich von Dingen und sogar von Menschen trennen. Das ist das Leben!

Wieder so eine Erkenntnis!

Mit einem nervösen Kribbeln, das sich im ganzen Körper ausbreitet, lese ich die vorerst letzte Übung.

Übung 20: Glaub an dich!
Egal, was auch passiert, wiederhole:
Alles geschieht immer zur richtigen Zeit. Das Leben ist für mich.

„Alles geschieht immer zur richtigen Zeit. Das Leben ist für mich", sage ich laut, hüpfe aus dem Bett, ziehe die Vorhänge auf und freue mich, dass die Sonne scheint. Ich packe alle Sachen, die ich für den Tag brauche, in meine Handtasche und wiederhole währenddessen immer wieder die beiden Sätze. Vor zehn Tagen habe ich sie von Annika zum ersten Mal gehört, wobei ich überhaupt nichts mit ihnen anzufangen wusste. Und heute?

Was ich auf jeden Fall weiß: Meine Freundin scheint eine Hellseherin zu sein.

Nach meiner Morgenroutine schlüpfe ich frisch geduscht in ein blaues Kleid und trage ein bisschen Mascara auf. Im Spiegel leuchten mir meine Augen und rosige Wangen entgegen. Während ich vor einer Woche noch aussah wie ein Zombie, strahle ich jetzt über beide Ohren. Und ich strahle noch mehr, als mir beim Öffnen der Wohnungstür wieder eine Sonnenblume vor die Füße purzelt.

Ben.

Der Gedanke an ihn löst warme Gefühle in meinem Herzen aus, und ich beschließe, die Blume mit in den Buchladen zu nehmen.

Nur ein paar Meter von Annikas Haus entfernt kommt mir Frau Schuster mit ihrem sorgfältig hochgesteckten Dutt und Walkingstöcken entgegen. Klack. Klack. Klack.

„Guten Morgen, Frau Schuster", grüße ich sie fröhlich.

„Ach ja? Was für ein guter Morgen sollte das bitte schön sein?", fragt sie und bleibt direkt vor mir stehen.

„Der Himmel ist blau und die Sonne scheint", sage ich.

„Es ist Januar, und es ist kalt", erwidert sie, und ich füge in Gedanken hinzu: Sie müssen sich auf die positiven Dinge fokussieren.

„Sie sind doch so fit?"

„Fit?", fragt sie, und aus ihrem Mund hört es sich wie eine Krankheit an. „Ich habe die ganze Nacht kein Auge zugemacht bei diesem Lärm. Sie kennen doch mittlerweile die Hausordnung, nicht wahr?" Sie nimmt beide Stöcke in die rechte Hand, seufzt melodramatisch und wischt sich ihre nicht vorhandenen Schweißperlen von der Stirn.

Sie kann die Musik unmöglich gehört haben. Es sei denn, sie hätte ihre Ohren direkt an die Wohnungstür gedrückt.

„Natürlich, Frau Schuster. Tut mir leid, Frau Schuster", sage ich, und in diesem Moment fällt mir endlich ein, an wen sie mich erinnert. An eine alte Jungfer aus dem 19. Jahrhundert. Nur die Nordic-Walking-Stöcke passen nicht ins Bild.

„Mein Tag ist wieder dahin", murrt sie in wehleidigem Ton und hebt die Stöcke in die Luft.

Ich trete einen Schritt zurück. Wahrscheinlich würde die Meckertante die Stöcke sogar als Waffen einsetzen. Frau Schuster hat noch viel Arbeit vor sich, wenn sie aus der Negativspirale ausbrechen möchte. Vielleicht kann ich ihr einen kleinen Anstoß zum positiven Denken geben. Natürlich werde ich nie die immer positiv denkende Luisa sein, auch wenn ich es gerne wäre. Aber wer ist schon immer gut gelaunt? Ich werde auch in Zukunft bestimmt oft nicht weiterwissen und mich verloren fühlen. Und das darf so sein, weil der Zweifel zu mir gehört. Je weniger ich im Widerstand mit meinen Gefühlen bin, umso besser geht es mir. Ich vertraue darauf, dass alles immer zur richtigen Zeit geschieht. *Das Leben ist immer für mich.*

Schmerzt mich der Gedanke an Tristan immer noch? Ja. Und der Schmerz wird mich noch eine Zeit lang begleiten. Aber ich weiß, dass ich ohne die Geschichte mit Tristan heute nicht Frau Schuster motivieren könnte. Für heute bin ich die Frau, die weiß, welches Buch sie braucht. Das ist meine Gabe. Andere Menschen mit den richtigen Büchern zu unterstützen macht mir Spaß. Die passende Geschichte kann eine Heilkraft haben und ist zudem ein erster Schritt in Richtung Veränderung – wenn man es denn will!

Ich greife in meine Handtasche und ziehe *Rosarotes Glück* heraus. „Hier bitte! Das schenke ich Ihnen."

„Ach ja? Was soll ich damit?", krächzt sie.

„Das Leben genießen", antworte ich und füge in Gedanken hinzu: Machen Sie es wie die Sonnenblume.

Frau Schuster stellt ihre beiden Stöcke gegen die Hauswand, nimmt das Buch mit spitzen Fingern entgegen und betrachtet es argwöhnisch. Ich verabschiede mich mit einem freundlichen „Tschüss" und wünsche ihr lieber keinen guten Tag. Noch nicht!

Im Buchladen angekommen, schließe ich hinter mir ab und kontrolliere, ob das Schild „Heute Ruhetag" an der Tür hängt. Ich stehe im Raum, und ein echtes, tiefes Glücksgefühl steigt in mir auf. Ich möchte dieses Gefühl fest in mir abspeichern, um mich beim nächsten Gewitter daran erinnern zu können.

„Es kann so leicht sein, wenn man eine Entscheidung getroffen hat", flüstert die sanfte Stimme in mir.

Ich schnappe mir die leere Vase vom Kassentisch, befülle sie in der Teeküche mit Wasser und stelle die Sonnenblume hinein. Ich schiebe die Bücher auf dem kleinen Holztischchen zur Seite und platziere die Vase daneben. Der perfekte Raum, um ein gutes Buch zu lesen und die Seele baumeln zu lassen. Dann gehe ich zurück in den Buchladen und bin in den folgenden Stunden damit beschäftigt, die Regale abzustauben und die neu gelieferten Bücher einzuordnen. Was die Glücksecke betrifft, so komme ich ins Stocken, weil mir erst jetzt bewusst wird, dass doch fast jeder Roman vom Glück handelt. Ich beschließe, mich vorerst nur auf die Ratgeber zu konzentrieren und bin damit schon vollends ausgelastet. Ich blättere durch die aktuellen Kataloge von Verlagen, vervollständige die Liste auf dem Handy mit Büchern, die ich gerne bestellen würde, mache Stapel auf dem Boden und sortiere um. Ich räume den Kassentisch auf, öffne hier und da eine Schublade und betrachte skeptisch Listen mit Zahlen, die wie Hieroglyphen aussehen. Oh Schreck? Ich werde eine ordentliche Buchhaltung lernen müssen. Ob ich das alles verstehe? Es wird einiges auf mich zukommen. Gewerbe ummelden, Kontoführung, Krankenkasse für Selbstständige, dem Arbeitsamt Bescheid geben. Und wie läuft das mit den Steuern?

„Luisa, nicht schon wieder zweifeln", höre ich Hugo. „Ich möchte noch ein bisschen im Urlaub bleiben."

Ich grinse. „Aber ich habe es nicht mit Zahlen. Wie soll ich das lernen?"

„Deine Mutter wird es dir Stück für Stück beibringen, da bin ich mir sicher."

Kaum bin ich beruhigt, ereilt mich ein weiterer Schreck.

Ich habe vergessen, Frau Engel anzurufen. In den nächsten dreißig Minuten versuche ich, bei ihr durchzukommen, aber es ist immer besetzt. Irgendwann verliere ich die Geduld und suche ihre Mailadresse heraus, um ihr zu schreiben. Bevor ich die Mail abschicke, höre ich in der hintersten Ecke meines Gehirns einen leisen Zweifel und muss schlucken. Der Job im Gesundheitsamt ist sicherer. Mit Chance auf Übernahme. Wer weiß, ob ich die Arbeit im Buchladen wirklich schaffe?

„Abschicken!", ruft Hugo. „Sofort!"

„Ist ja gut. Und ja, hier werde ich glücklich. Da bin ich mir ganz sicher."

Dann klicke ich auf Senden und starre minutenlang auf den Bildschirm, bis mich ein Klopfen an der Ladentür in die Realität zurückkatapultiert.

„Huhu, Luisa."

Was macht Annika um diese Uhrzeit hier? Müsste sie nicht auf der Arbeit sein? Warum trägt sie eine Kochschürze?

Ich schließe ihr auf, und hereinspaziert kommt eine glückliche Freundin.

„Hi, Süße! Na, eine schöne Nacht gehabt?", fragt sie zwinkernd. „Was machst du?"

„Hab grad den Job beim Gesundheitsamt abgesagt."

„Jipppiiii! Da hat das Vollmondritual doch wahre Wunder bewirkt."

„Und du?", frage ich verwundert.

„Wollte nur mal kurz Hallo sagen und dir die hier geben." Sie zieht eine Karte aus der aufgenähten Schürzentasche, aber weil sie so hektisch mit den Händen herumfuchtelt, kann ich nichts erkennen. „Muss auch schon wieder los. Erzähle dir alles heute Abend." Sie redet schnell und wirkt ziemlich euphorisch.

„Annika, warte! Mal bitte der Reihe nach. Ich verstehe kein Wort. Also erstens: Ja, ich hatte eine schöne Nacht. Zweitens, drittens und viertens: Wo ist deine Bahnkleidung? Trägst du neuerdings dort Schürze? Und wieso klebt Mehl an deiner Nasenspitze?" Mit dem Zeigefinger deute ich auf die Mitte ihres Gesichts. „Und fünftens: Bist du überhaupt nicht müde?"

Annika lacht ausgelassen. „So, dann der Reihe nach. Tadaaa, hier steht die neue Aushilfe für das Bäckerei-Café." Sie schwingt die Hände samt Karte in die Höhe.

„Und dein Job?"

„Freigestellt seit heute."

„Und da erzählst du nichts?"

„Du hattest den Kopf voll mit anderen Dingen, und mein Zweifler da oben … den kennst du ja. Hat mich verrückt gemacht. Tausend Fragen. Werde ich freigestellt? Kann ich gut genug backen und so weiter."

„Du und Zweifel?", frage ich erstaunt. „Aber ich kann dich beruhigen. Du bist die beste Bäckerin der Welt." Ich umarme Annika. „Herzlichen Glückwunsch, Anni."

„Danke", flüstert sie. „Und jetzt schau endlich auf die Karte."

„Na, dann musst du sie mir auch geben", antworte ich und schaue in ihr gespanntes Gesicht.

„Okay! Aber fall nicht gleich in Ohnmacht. Tief durch-
atmen. Ich hab sie am Freitag in der Bahn getroffen. Bis
später, ich muss wieder in die Backstube."

„Bis später."

Nur rosarotes Glück für dich, liebe Luisa.
Ich wünsche dir von Herzen ganz viel Freude mit deinem
Buchladen und viele Wunder, die noch auf dich warten.
Denn Wunder gibt es immer wieder. Sei nicht so streng
mit dir! Freu mich auf dich.
Von Herzen, Susan

In der Teeküche lese ich die Autogrammkarte von Susan
Sideropoulos. Mein Blut fließt schneller als sonst durch die
Adern, und ich mache vor Begeisterung ein paar Luftsprünge.
Ich hänge sie neben das eingerahmte Foto von meiner Oma
Elfi und betrachte die Karte. Alles ist rosa. Rosa Prinzes-
sinnenkleid, rosa Haare, rosa Herzchenballons, rosa Hinter-
grund. Adrenalin durchflutet mich. Als das Telefon auf dem
Kassentisch klingelt, sause ich sofort los und nehme den An-
ruf entgegen.

„Sommer."

„Einen wunderschönen guten Tag, Frau Sommer! Ich
habe hervorragende Nachrichten für Sie", trällert ein Mann
fröhlich in den Hörer.

„Ja?"

„Ich habe Interessenten für Ihre Immobilie. Wenn Sie
möchten, können wir sofort einen Termin ausmachen. Wann
passt es Ihnen?"

So schnell sind die dunklen Wolken also wieder da.

„Hallo, Frau Sommer? Hallo?"

Ich halte den Atem an und lege einfach auf.

Was war das? In einer Millisekunde breche ich in Tränen
aus. Mein Herz schlägt bis zum Hals, und ich zittere innerlich. Hört das nie auf? Wenn es gerade gut läuft, kommt der
nächste Hammer.

Doch dieses Mal habe ich mich schnell gefangen, weil ich an meine letzte Entscheidung denke: 99 Prozent der Befürchtungen treten nicht ein. Also, entspann dich, Luisa.

Alles geschieht immer zur richtigen Zeit. Das Leben ist für mich.

Trotzdem wähle ich hektisch die Nummer meiner Mutter und hinterlasse ihr eine Nachricht auf der Mailbox. „Hallo, Mama, jetzt schalt endlich mal dein Handy ein und ruf bitte zurück."

Ich lasse mich auf das gelbe Sofa in der Teeküche plumpsen. In meiner Musik-App tippe ich Rammstein ein und höre ein paar Songs in voller Lautstärke. Manchmal muss es eben wieder laut sein, bevor mich ein Wutanfall packt. Annika würde bestimmt empfehlen, die Wut mit irgendeiner ihrer Meditationen zu fühlen. Och nö, bitte nicht! Die Musik reicht völlig aus, und ich gebe mich ganz meinem Drama hin.

Eine halbe Stunde später klopft es an die Tür der Teeküche. Ben? Ich fahre erschrocken zusammen und werfe einen Blick auf das Handy. Achtzehn Uhr, und draußen ist es dunkel geworden. Ich habe keine Lust aufzumachen, weil ich nicht in meiner Krise gestört werden will.

Es klopft noch einmal. Na gut!

Ich beende die Musik abrupt, streiche mir eine Haarsträhne hinters Ohr und straffe das Kleid. Dann stehe ich auf und öffne die Tür.

„Hallo, Luisa! Alles okay?", fragt er mit tiefer Stimme, und am liebsten möchte ich in seinen dunklen Augen versinken.

„Ähm, ja."

Ben mustert mich skeptisch. „Ehrlich?"

„Ja, ähm …"

„Darf ich reinkommen?"

„Klar", antworte ich knapp.

„Ist wirklich alles in Ordnung? Ich habe die Musik gehört. Die passt so gar nicht zu dir."

„Eigentlich dachte ich, dass alles in Ordnung ist, doch jetzt ist mein Leben noch schlimmer. Dabei habe ich gerade eine Entscheidung getroffen. Und nun … Das ist eine lange Geschichte."

Er setzt sich auf das gelbe Sofa und lehnt sich bequem zurück. „Ich habe Zeit."

Ich setze mich neben ihn und langsam werde ich ruhig. Mein Herz schlägt schneller, als Ben mich am Arm berührt.

„Erzähl. Ich höre zu", sagt er lächelnd mit seinem süßen französischen Akzent. Er schaut mir dabei so tief in die Augen, dass ich mich am liebsten auf ihn stürzen würde.

Einen Moment zögere ich, doch dann sprudelt es nur so aus mir heraus. Die ganze Zeit, während ich erzähle, begegnen sich unsere Blicke. Ich beginne bei der Fehlgeburt, berichte von Tristan und dem verpatzten Silvester, von dem Gewinn, von Hugo und wie ich bei Annika gelandet bin und zu guter Letzt vom Makler. Als ich fertig bin, ist es zwanzig Uhr.

Und wie das so ist im Leben, passieren die meisten Dinge, wenn man am wenigsten damit rechnet. Ben rutscht zu mir herüber, und ich spüre, dass gleich etwas geschehen wird.

Hugo? Bist du da, rufe ich ihn in Gedanken ein wenig panisch. Ein Teil von mir will Ben küssen, der andere Teil zweifelt. Hugo, hast du noch irgendwelche Einwände? Zweifel?

„Jetzt mach schon!", höre ich seine Stimme. „Diese Spannung ist ja kaum auszuhalten."

Bens Augen suchen meinen Blick. Dann zieht er mich an sich heran, und wir küssen uns. Ich spüre seine weichen Lippen auf meinen, seinen warmen Atem, seine Hände, die mir über den Rücken streicheln und atme tief seinen Geruch ein. Ich bestehe nur noch aus Kribbeln, Endorphinen und Schmetterlingen und bin überwältigt von dem Gefühlscocktail. Meine Nackenschmerzen haben sich in Luft aufgelöst.

„Ben?"

„Ja?"

„Ich könnte mich an deine Küsse gewöhnen."

„Ich auch", antwortet er mit den süßesten Grübchen auf den Wangen. „Und übrigens ebenfalls an deine roten Haare."

Er zeigt auf das Foto und schiebt mir zärtlich eine Haarsträhne hinters Ohr. „Ich liebe rote Haare."

Wir küssen uns erneut, und mein Herzschlag ist dieses Mal so laut, dass ich das Vibrieren meines Handys auf dem Holztischchen nur wie aus weiter Ferne wahrnehme.

19
I love my life

2 Monate später – Dienstag, 22. März

Vorsichtig nehme ich auf der Schaukel Platz, gebe bei meinem ersten Versuch mit den Füßen ein wenig Schwung und klammere die Hände links und rechts an die Ketten. Jede Bewegung ist wieder zurück. Von hier oben sehe ich die Baumkronen des Waldes, die Gärten und Wiesen, die in voller Blüte stehen. Die Balkonkästen an den Fenstern und Geländern liefern ein buntes Fest fürs Auge. Es ist ein wunderschöner warmer Märztag. Passend zum Frühlingsbeginn duftet es nach Blumen. Die Sonne strahlt über mir und bringt alles zum Leuchten. Beim Anblick des blauen Himmels lächele ich unwillkürlich.

„Danke Oma, und herzlichen Glückwunsch zum Geburtstag", rufe ich und fliege durch die Lüfte. Das Gefühl der Schwerelosigkeit ist wunderbar! Sie wäre heute am 22. März 94 Jahre alt geworden. Deswegen fällt die Eröffnungsfeier meines Buchladens genau auf diesen Tag. Während ich meiner Oma und dem Himmel so nah bin, summe ich den Song *Love my life* von Robbie Williams, zu dem ich heute Morgen getanzt habe. Mein neues Kleid flattert im Wind. Es ist ein knielanges Kleid ohne Ärmel und einem Gürtel um die Taille. Dazu trage ich blaue Sandalen, die ich letzte Woche mit Annika auf unserer Shoppingtour gekauft habe. Einkaufen macht endlich wieder Spaß.

Anschließend setze ich mich fröhlich auf die Spielplatzwiese, nehme Omas alte Keksdose in die Hand und schüttele sie. Meine Mutter hat sie mir gestern Abend vorab als Einweihungsgeschenk mit den Worten „Erst morgen öffnen" überreicht. Ich weiß, dass meiner Oma diese Dose immer sehr wichtig war. Sie gehörte zu dem Service, das mein Opa ihr damals zur Hochzeit geschenkt hatte. Jetzt bin ich neugierig und lege sie auf meinen Schoß. Ich atme einmal tief durch und hebe den Deckel mit zittrigen Fingern an.

Was ist das?

Auf Wattewölkchen liegt ein blauer Briefumschlag, der sich leicht in der Mitte wölbt und an den Rändern ein wenig ausgeblichen ist. Oma Elfis Lieblingsschreibpapier?

Mein Brustkorb verengt sich, und als ich den Umschlag herausnehme, klopft mein Herz heftig. Einen Absender kann ich nicht finden, aber auf der Vorderseite steht *Für Luisa*. Ungläubig schüttele ich den Kopf. Wenn mich nicht alles täuscht, ist das die Handschrift von Oma Elfi. Kann das sein?

Ich angele in der Handtasche nach meiner Nagelfeile und schlitze das Kuvert damit vorsichtig auf. Aufgeregt schaue ich hinein. Dort liegt ein Schlüssel, der an einem Schlüsselband hängt. Als ich ihn herausziehe, kribbelt meine Nase und meine Augen werden feucht. Auf dem blauen Stoff steht in gelber Schrift *Luisas Bücherparadies*. Nervös hänge ich den Schlüssel um meinen Hals und nehme das Briefpapier aus dem Umschlag. Andächtig falte ich es auf. Es ist wirklich ein Brief von Oma Elfi. Und während die Zeit stillzustehen scheint, beginne ich zu lesen.

Meine liebe Luisa,

ich hoffe, du bist auch heute noch das quirlige Mädchen, das mit ihrem Kleidchen durch den Buchladen tanzt und sich an jedem einzelnen Buch erfreut. Wenn du diesen Brief in den Händen hältst, bist du stolze Besitzerin eines Buchladens und hast den schönsten Beruf auf Erden gewählt. Wie doch die Zeit vergeht!

Wahrscheinlich bist du heute eine junge Frau und hast festgestellt, dass das Leben nicht immer einfach ist. Glaube mir, ich versuche von hier oben mit aller Macht, jede dunkle Wolke über dir wegzupusten. Deine Mutter und ich lieben dich sehr und sind stolz auf dich, dass du deinen Schlüssel zum Glück gefunden hast. Wenn du zweifelst, dann pack deinen Mut am Kragen. Geh durch die Angst hindurch, denn das ist der einzige Weg für ein erfülltes Leben. Nimm diesen Schlüssel zur Hand und denke daran, dass Bücher eine ganz bestimmte Magie besitzen, Menschen zu inspirieren, zu ermutigen und glücklich zu machen. Und vor allen Dingen, dich glücklich zu machen.

Sei zweifellos DU!

Deine Oma Elfi

Ich lese den Brief ein weiteres Mal, streiche mit den Fingern über das Papier und das Schlüsselband und erschaudere.

Mein eigener Buchladen.

Die Worte meiner Oma sind so schön, so kraftvoll. Es ist, als träfen sie mich mitten ins Herz. Schnell wische ich die Tränen fort, die sich in meine Augenwinkel geschlichen haben. Es kommt mir alles immer noch so unwirklich vor. Ich greife in die Handtasche und berühre das goldene Notizbuch. Es erinnert mich daran, dass dies hier kein Traum ist.

Wunder erleben nur diejenigen, die an Wunder glauben.

Was wohl noch auf mich wartet, wenn ich mit den Übungen weitermache?

Ich stecke Oma Elfis Zeilen zurück in den Umschlag und schließe die Keksdose. Mir fällt die Holzschatulle ein, und ich finde, dass sie ein wundervoller Ort für den Brief und das goldene Notizbuch ist.

Ich denke an die letzten Wochen und stelle fest, dass mich mein neues Leben ganz schön im Griff hatte. Nach dem Schockmoment mit dem Makler brauchte ich erst einmal ein paar Tage Erholung. Meine Mutter hatte nie die Absicht gehabt, den Laden zu verkaufen. Doch in einem Anflug von „Ich will auch noch was von der Welt sehen" hatte sie in der dunklen Weihnachtszeit verschiedene Makler kontaktiert, um die Immobilie schätzen zu lassen. Sie hatte nur vergessen, alles rückgängig zu machen. Etwas Positives hatte das Ganze allerdings. Ich wusste nun, dass ich den Buchladen wirklich übernehmen wollte.

Ein paar Tage später war ich wieder voll bei Sinnen, und auf den Schockmoment folgte ein Überraschungsmoment. Meine Mutter stellte mir ihren neuen Freund vor.

Wer hätte nach all den Jahren gedacht, dass sie sich noch einmal verlieben würde? Ihr Glück ist ansteckend und schenkt mir ebenfalls Hoffnung. Auf jeden Fall hat meine Mutter Nägel mit Köpfen gemacht und ist ein paar Wochen später zu ihm gezogen. „Das Leben ist zu kurz für irgendwann." Diesen Satz hat sie mir bei ihrem Umzug ins Ohr geflüstert.

Seit Januar war ich rund um die Uhr beschäftigt. Ich wurde von meiner Mutter angelernt und bin in ihre, unsere alte Wohnung gezogen. Andy, Annikas Vater und Ben haben nicht nur bei der Renovierung meiner ersten eigenen Wohnung geholfen, sondern auch bei der Verschönerung des Buchladens.

Sie haben Regale zur Seite geschoben, die Wände gelb und die Stühle blau gestrichen. Aus Sentimentalität und in Erinnerung an meine Arbeit als Stewardess habe ich weiße Wolken auf die blaue Eingangstür gepinselt. Annika hat uns regelmäßig mit Kuchen aus der Bäckerei versorgt, und die Hightech-Kaffeemaschine, die jetzt bei Ben in der Weinbar steht, erfüllt auch ihren Zweck. Ich bekomme jeden Tag mein Lieblingsgetränk, und zwar von dem Mann, der mir in den letzten Wochen eine große Stütze war.

Was Tristan betrifft: Ich denke immer weniger an ihn und bin ihm sogar dankbar für mein neues Leben. Mein Herz macht einen Sprung. Dankbarkeit ist der Schlüssel zum Glück. Ohne die Erlebnisse der vorangegangenen Monate würde ich heute keine Eröffnung feiern. Aber Glück ist nicht selbstverständlich. Es ist eine Frage der Entscheidung. Gute Stimmung aufrecht zu erhalten, erfordert Arbeit. Es sind immer meine Gedanken, die darüber entscheiden, wie der Tag wird und wie ich mich fühle. Wenn ich mir zum Beispiel freigenommen habe und es regnet, kann ich auf der einen Seite alles negativ sehen und mich ärgern. Oder ich lausche den Regentropfen an der Scheibe, rufe eine Freundin an, gehe ins Kino, lese ein Buch oder freue mich, dass ich ein Dach über dem Kopf habe. Es kommt immer darauf an, durch welche Brille ich die Welt sehen möchte.

Mein Handy vibriert in der Handtasche und holt mich auf die Spielplatzwiese zurück. Es ist Annika.

„Süße, wo bleibst du?"

„Komme gleich! Sind alle da?", frage ich.

„Alle. Der Kuchen, deine Mutter, Feli …"

„Und?"

„Ja, auch sie! Beeil dich, Süße."

Ich lächele zufrieden, packe kurzerhand meine Sachen zusammen, stehe auf und mache mich auf den Weg. Denn heute ist nicht nur die Eröffnungsfeier meines Buchladens. Nein! Auch Susan Sideropoulos wird aus ihrem Buch *Rosarotes Glück* vorlesen. Ich habe es tatsächlich geschafft, sie für eine

Lesung zu gewinnen. Ich könnte vor Freude die ganze Welt umarmen.

Mein Handy vibriert ein weiteres Mal, und ich schaue auf das Display. Eine Mail ist in meinem Postfach angekommen und erinnert mich an das Zitat von Oscar Wilde.

„Am Ende wird alles gut! Und wenn es noch nicht gut ist, ist es noch nicht das Ende!"

Der wichtigste Mensch in deinem Leben, der für dich lächelt, wenn du weinst.

Auf einmal fällt es mir wie Schuppen von den Augen. Der wichtigste Mensch in meinem Leben, der für mich lächelt, wenn ich weine, das bin ich selbst! *Ich* spiele die Hauptrolle in meinem Leben, und daher muss ich zu jeder Zeit gut für mich sorgen.

Je näher ich dem Buchladen komme, desto mehr nimmt die Nervosität zu. Von Weitem sehe ich schon die Gäste, wie sie um die blauen Eisentische herumstehen und sich angeregt unterhalten. Da die Pandemie noch nicht beendet ist, findet die Eröffnung draußen statt.

Auf einem großen Tisch stehen die Kuchen und auf einem anderen die Getränke. Für später habe ich ein paar kalte Platten geordert. Den Wein spendiert Ben. Vor einem der Fenster sehe ich einen leeren Tisch mit einem Mikrofon. Für Susan Sideropoulos. Ich kann das alles immer noch nicht glauben und bin froh, dass meine Mutter sich heute um die Organisation kümmert. Sie wollte es so, weil der heutige Tag auch ein Abschied von ihrem alten Leben darstellt. In Zukunft werde ich im Buchladen stehen, und sie wird um die Welt reisen. Das ist alles verrückt.

Ben entdeckt mich als Erster. Unsere Blicke treffen sich, und mit einem riesigen Sonnenblumenstrauß und einem Lächeln im Gesicht kommt er mir entgegen. Er erkennt, dass ich aufgeregt bin, und nimmt mich so lange in den Arm, bis mein Puls sich beruhigt hat.

„Dein neues Kleid passt übrigens ausgesprochen gut zu deinen roten Haaren", raunt er mir zärtlich mit dem süßesten französischen Akzent ins Ohr. „Du bist wunderschön."

„Vorsichtig, die Blumen." Ich lehne mich in seinen Armen ein wenig nach hinten, halte den Strauß mit einer Hand in die Höhe und schaue Ben verlegen an. Ich habe mich immer noch nicht daran gewöhnt, so viel Wertschätzung zu bekommen.

„Was ist los, Luisa?"

Ich überlege kurz und antworte dann: „Du überforderst mich."

„Du bist unglaublich, Luisa Sommer. Hast du mir nicht erzählt, dass Komplimente geben und bekommen glücklich macht? Gewöhne dich daran. Ich werde nie damit aufhören." Schon drückt er mich erneut an seine Brust und gibt mir einen langen Kuss auf den Mund.

Tatsächlich fühle ich mich schöner und selbstbewusster denn je, was nicht nur an dem Buchladen, Annika, dem Workbook und der neuen Wohnung liegt, sondern auch an Ben, der mir keinen Grund gibt, an unserer Beziehung zu zweifeln. Ich komme ebenfalls ganz gut mit Hugo aus, und wenn er doch wieder einmal versucht, mir Angst einzujagen, weiß ich, was zu tun ist. Dann blättere ich durch mein goldenes Notizbuch, schreibe ihm einen Brief und führe ein Gespräch auf Augenhöhe mit der kritischen Stimme in meinem Kopf.

„Bereit für deinen Traum, Mademoiselle?", fragt Ben.

„Bereit!", antworte ich mit fester Stimme und streiche über meinen Nacken, nur um zu prüfen, ob er sich immer noch entspannt anfühlt. Nach den letzten Wochen Physiotherapie sind die Schmerzen verschwunden.

Ben und ich lösen uns voneinander, und zur Beruhigung suche ich seine Hand. Gemeinsam gehen wir die letzten Schritte bis vor die Menge. Gentlemanlike nimmt er mir den Blumenstrauß ab, und dann wird es ernst. Ich blinzele einige Gäste an, nicke ihnen zu und würde am liebsten bei Ben bleiben – oder noch besser – weglaufen. Aber die neue Luisa läuft nicht weg, was am heutigen Tag wahrscheinlich auch zum Scheitern verurteilt wäre, da meine Beine so stark zittern, dass ich Angst habe, sie könnten unter mir zusammenklappen. Den letzten Weg muss ich alleine gehen.

Mühsam reiße ich mich von ihm los und schaue in erwartungsvolle Gesichter.

Annika hebt ihre gedrückten Daumen in die Höhe und formt ein „Toi, toi, toi" mit den Lippen.

Die freundliche Oma mit den wippenden Locken aus der Seniorenresidenz am Grafenberger Wald ist gekommen und lächelt mir gebeugt über ihren Rollator zuversichtlich zu. Sie hat gleich mindestens zehn ihrer Mädels, wie sie ihre Freundinnen nennt, mitgebracht. Andy, Feli, die hochschwangere Eva und sogar Frau Schuster sind da.

Und dann wird es auf einmal ganz ruhig in mir, und das Leben läuft in Zeitlupe ab. Ich hebe den Kopf und lese das imposante blaue Schild, auf dem in gelben Buchstaben „Luisas Buchparadies" steht.

Meine Mutter reicht mir eine Schere. Irgendwer pustet Konfetti in die Luft. Ich schließe die Augen und sehe meine Oma Elfi vor mir, wie sie stolz sagt: *Sei zweifellos DU!* Dann schaue ich mich um und atme ein letztes Mal tief durch. In diesem kurzen Augenblick wird mir bewusst: Ich kann jeden Tag neu beginnen, mich für einen anderen Weg entscheiden, für positive Gedanken, für einen liebevollen Umgang mit mir und meinem Umfeld und für ein Leben in Dankbarkeit und Liebe. Für Konfettiregen und einen Neuanfang brauche ich kein Silvester.

Das Leben geht nicht immer geradeaus, aber es öffnet viele Türen. Man muss sie nur erkennen und den Mut aufbringen, durch sie hindurchzugehen.

Alle rufen: „Drei, zwei, eins."

Unter tosendem Beifall schneide ich das Eröffnungsband durch. Wie automatisch nehme ich den Schlüssel vom Hals und öffne die blaue Tür mit den weißen Wolken.

Meine Tür zum Paradies.

Ein Geschenk für dich …

Oft nehmen wir uns nach einem gelesenen Buch vor, alles anders machen zu wollen. Damit die Übungen in diesem Buch nicht verblassen, möchte ich dir ein kleines Workbook schenken. Wenn du magst, bekommst du es per Mail zugeschickt.
Ich freue mich, mit dir in Kontakt zu bleiben und über jedes persönliche Wort, das du mir auf welchem Wege auch immer zukommen lässt.

Sei zweifellos DU!
Deine Martina

Hier findest du mich:
Website:
www.martinaadler.de
E-Mail:
autorin.martina.adler@gmail.com
Instagram:
https://www.instagram.com/m.artina_adler/
Facebook:
https://www.facebook.com/martina.adler.92

Von Herzen Danke

Du hältst gerade meine letzten zwei Jahre in deinen Händen. Und natürlich bin ich nicht Luisa, und trotzdem steckt ein bisschen auch von ihr in mir. Danke, dass du dir die Zeit genommen hast, meine Geschichte zu lesen. Die Idee zu „Zweifellos Du!" kam mir während der Coronapandemie, wo viele Menschen gezwungen wurden, ihr Leben neu zu sortieren.

Ich danke meiner Familie, meiner Mutter und meinem Vater und ganz besonders meinem Sohn Louis. Danke für dein Verständnis, dass ich dir manchmal nur mit halbem Ohr zugehört habe. Ich liebe dich von ganzem Herzen! Danke, dass ich deine Mama sein darf!
Tausend Dank an Wendelin Heinzelmann, der mich im letzten Jahr wieder aufgerichtet hat. Danke für deine Unterstützung und vor allem dafür, dass du so unerschütterlich und felsenfest an mich glaubst.
Ein riesiges Dankeschön geht an Justyna Pardela. Unendlichen Dank, du wunderbare Frau. Meine Seelenschwester!
Vielen Dank auch an meine Freundin Nicole Schönrock. Danke für die letzten dreißig Jahre. Beim Schreiben hatte

ich nicht nur einmal den Drang, mir einen Batida de Coco zu gönnen. Auf uns!

An Sebastian Harms und Gunnar Christian Ernst: Ihr bleibt immer in meinem Herzen!

Danke, dass es euch gibt!

Ich danke Daniela Lindemann für ihre Seelennahrung und ihre Empathie. Und Bianca Bernier, Astrid Bartl-Zhang und Stefanie Lorenz für unsere Frankreichliebe, sowie Sybille Weingärtner und Birgit Battel für noch viele gemütliche Theaterabende und Weinchen.

Ich danke meiner Lektorin Robien Schmidt-Jansen, die meinen Gedanken eine Struktur gegeben hat, sowie meinem Korrektor und Zweitlektor Swen Artmann, der mit scharfem Blick erkannt hat, was meinem Manuskript noch fehlt. Er hat mich auf liebevolle Art ermutigt, das eine oder andere noch zu ändern und mir kluge Anmerkungen gegeben. Danken möchte ich Laura Newman für ihre Geduld bei der Erstellung meines traumhaften Covers. Und natürlich geht ein großer Dank an Mary Kuniz mit ihrem kreativen Herzblut-Buchsatz.

Ein riesiges Dankeschön geht an meine Korrekturleserinnen Maren Jensen, Paula Peter-Schoen, meine Mutter, Sigrid Mesnaric und ihre Tochter Jeannina Mesnaric. Ich habe so ein Glück, dass ihr in meinem Leben seid. Von Herzen danke!

Ich bedanke mich ganz herzlich bei Sarah Schmidt für ihr wirklich sehr hilfreiches Feedback und das Korrekturlesen. Ich habe alles eingearbeitet. Danke!

Den letzten Schliff hat mein Manuskript von Christin Arndt bekommen. Unglaublich, was du in so kurzer Zeit geleistet hast. Einfach nur danke!

An alle, die mich seit meiner Coaching-Ausbildung begleitet haben. Vielen, vielen Dank dafür! Allen voran danke ich meinen großartigen Ausbildern Walter und Christina Hommelsheim von Herz über Kopf / Greator. Ihr habt bei einer Meditation den Stein zum Schreiben ins Rollen gebracht.

An Birte Pahlmann, Julia Schumann, Sarah Lehnen und Michaela Hinz: Ihr seid meine Headcoaches mit Herz. Mit eurer Hilfe durfte ich alte Glaubenssätze auflösen und in positive verwandeln. Die Welt braucht Coaches wie euch!

Danke an meine Happiness-Regionalgruppe im Rahmen meiner Coaching-Ausbildung: Brigitte Sander, Beatrix Reißland-Degen, Nadine Grüger, Werner Strauch, Sigrid Mesnaric, Anke Tegeler und meine grandiosen Headcoaches Katrin Braunagel und Markus Reuter. Ihr seid einfach alle wundervoll. Noch nie bin ich mit Menschen in kurzer Zeit so tief in meine Gefühlswelt eingetaucht. Wir haben gemeinsam gelacht und geweint. We are happy family!

Ein besonderer Dank geht an die anderen lieben Herzensmenschen aus meiner Coaching-Ausbildung:

An meine bezaubernde Herzzeitpartnerin Claudia Dankbar: Danke für die genussvollen Kaffeepausen.

An Leonie Büchel: Du zauberhafte Leo. Lass uns durchs Leben tanzen! „Dance, dance, dance!"

An Katja Ottmann: Ich bin froh, dass wir uns kennengelernt haben.

An Petra Schnöde und Martina Petschounig: Ich denke gerne an unsere magische Vollmondnacht zurück.

An Adina Berg: Danke für die Idee mit dem Engelchen und dem Teufelchen. Wir sehen uns in der Sonne.

Danke Inka Hero, Nadine Paul, Manuela Ortmann, Melanie Rau-Spatschek, Melissa Ruppel, Simone Adelt, Anke Pfeilsticker, Verena Schladt, Natalie Schulz, Ines Hensch, Sara Siering, Katharina Neitzel, Jutta Pietsch, Nicole Wurster und Martina Reinshagen: Ich bin ja so froh, dass es Social Media gibt und wir auf diese Weise in Kontakt bleiben. Ich liebe es, euren Weg zu verfolgen.

Vielen Dank an alle Autorinnen und Autoren. Ich habe euch auf Instagram kennengelernt. Unglaublich, aber wahr! Richtig benutzt, ist dieses Medium wirklich ein wahres Geschenk.

An Sabs Titz: Ohne dein Engagement hätte ich viel weniger geschrieben. Danke für unsere tolle Schreibcommunity, die du zusammenhältst.

An Anika Schroeder: Bei deinem Namen wusste ich sofort, dass meine Hauptfigur so heißen soll. Vielen Dank, dass ich ihn mir leihen durfte. Mit dir verbindet mich mehr als nur das Schreiben. Ich wünsche dir ganz viel Glück und noch mehr für dein neues Herzensbusiness.

An Charlie Reiß: Ich freue mich auf deinen Debütroman mit einem spannenden Thema.

Merci beaucoup auch an Florian Stritzinger und Frank Winterfeld für den Lesegenuss eurer Geschichten.

Danke an die beste Selfpublisherin Sandy Mercier, die unsere tolle Gruppe „Autorinnen mit Erfolg" mit Birgit Strobel, Elke Gier, Franziska Szmania und Wiebke Schröder gegründet hat. Von euch durfte ich sehr viel lernen.

Vielen Dank an Jennifer Falter für mein bezauberndes Logo und an Anja Henschel für mein digitales Zuhause. Ihr verschönert meinen neuen Weg.

Danke an meine Lieblingsschauspielerin Susan Sideropoulos. Einfach mal die Zweifel über Bord werfen und ansprechen. Es könnte ja gut werden!

Liebe Leserin, lieber Leser,
danke, dass ich dich mit auf die Reise nehmen durfte. Ich wünsche mir, dass du immer auf dein Herz hörst. Wenn dir meine Geschichte gefallen hat, würde ich mich über eine Bewertung freuen, die ja so etwas wie ein Arbeitszeugnis für mich ist.

Zu guter Letzt noch ein Dankeschön an meine beiden Omas, die mich lange in meinem Leben begleitet haben. Nein, ich fange jetzt am Schluss nicht an zu weinen.

Danke, liebes Universum, lieber Gott, dass ich leben darf!

Sei zweifellos DU!
Deine Martina

… und jetzt habe ich noch zwei Lesetipps für dich, die ich dir wärmstens ans Herz legen möchte.

Für alle, die endlich etwas verändern wollen.

Betty Ulrich führt das langweiligste Leben aller Zeiten. Ihr Alltag besteht aus Arbeit, nervtötenden Telefonaten mit ihrer Mutter und dauerhafter Erschöpfung. Der krönende Abschluss jedes Tages ist das Einschlafen vor dem Fernseher, der ihr hilft, sich nicht so allein zu fühlen. Nie hat sie Zeit, darüber nachzudenken, was sie eigentlich will. Bis sie ohne ihr Handy in den Zug steigt und sich auf eine Reise nach Wien begibt, bei der sich ihr Leben komplett auf den Kopf stellt.
Ihre dortigen Abenteuer bringen sie dazu, sich den großen Fragen ihres Lebens zu stellen:

Woher weiß ich, was mich glücklich macht? Wie kann ich ein aufregendes Leben führen, ohne alles verändern zu müssen? Und wieso bin ich eigentlich auf der Welt?

Bettys Reise nach Wien wird zur Reise zu sich selbst. Jule Pieper hat wieder einen tiefsinnigen Ratgeber in eine humorvolle Geschichte gepackt, die ihre Leserschaft zum Nachdenken, Weinen, Lachen und letztendlich zum Wandel bringt.

Es ist eine Stärke, Schwäche zu zeigen.

ANJA JAHNKE

Der berufstätigen Mutter Isabella scheint ihr Leben zu entgleiten. Stets damit beschäftigt, allen gerecht zu werden, verliert sie sich selbst und ihre Bedürfnisse völlig aus den Augen. Für die vermeintlich wichtigen Dinge zu funktionieren, führt Isabella in einen Zustand völliger Erschöpfung. Den intensiven Warnungen ihres Körpers zum Trotz gerät sie in immer kürzeren Abständen in heftige Auseinandersetzungen mit ihrem jüngsten Sohn. Die Ablehnung des eigenen Kindes wächst mit jeder Situation, in der Oskar Isabella mit seiner ungehemmten Wut gnadenlos den Spiegel vorhält.
Wagt sie den Blick ins Innere vor der Eskalation und begibt sich auf die Reise zu sich selbst? Oder bricht die Familie unter der Last zusammen?